As filhas de Safo

Selby Wynn Schwartz

As filhas de Safo

TRADUÇÃO
Nara Vidal

autêntica contemporânea

Copyright © 2021 Selby Wynn Schwartz
Copyright desta edição © 2025 Autêntica Contemporânea

Título original: *After Sappho*

Todos os direitos reservados pela Autêntica Editora Ltda. Nenhuma parte desta publicação poderá ser reproduzida, seja por meios mecânicos, eletrônicos, seja via cópia xerográfica, sem a autorização prévia da Editora.

EDITORAS RESPONSÁVEIS
Ana Elisa Ribeiro
Rafaela Lamas

PREPARAÇÃO
Silvia Massimini Felix

REVISÃO
Marina Guedes

CAPA
Allesblau

IMAGEM DE CAPA
Detalhe de *Le Poète Guillaume Apollinaire et ses amis* (1909), de Marie Laurencin.
© Fondation Foujita / AUTVIS, Brasil, 2024

DIAGRAMAÇÃO
Guilherme Fagundes

Dados Internacionais de Catalogação na Publicação (CIP)
(Câmara Brasileira do Livro, SP, Brasil)

Schwartz, Selby Wynn
  As filhas de Safo / Selby Wynn Schwartz ; tradução Nara Vidal. -- 1. ed. -- Belo Horizonte, MG : Autêntica Contemporânea, 2025.

  Título original: After Sappho
  ISBN 978-65-5928-451-1

  1. Ficção norte-americana I. Título.

24-216221   CDD-813

Índices para catálogo sistemático:
1. Ficção : Literatura norte-americana 813

Cibele Maria Dias - Bibliotecária - CRB-8/9427

A **AUTÊNTICA CONTEMPORÂNEA** É UMA EDITORA DO **GRUPO AUTÊNTICA**

Belo Horizonte
Rua Carlos Turner, 420
Silveira . 31140-520
Belo Horizonte . MG
Tel.: (55 31) 3465 4500

São Paulo
Av. Paulista, 2.073 . Conjunto Nacional
Horsa I . Salas 404-406 . Bela Vista
01311-940 . São Paulo . SP
Tel.: (55 11) 3034 4468

www.grupoautentica.com.br
SAC: atendimentoleitor@grupoautentica.com.br

A tuttə voi che siete Lina Poletti
Ou seja, a todas vocês que são Lina Poletti.

Os problemas de Albertine
(do ponto de vista do narrador) são
(a) mentir
(b) lesbianismo
e (do ponto de vista de Albertine)
(a) ter sido aprisionada na casa
do narrador.

Anne Carson, *O método Albertine*

Nota à edição brasileira

Optou-se por manter, nas chamadas de cada fragmento, os títulos de textos, artigos, peças e obras em sua língua de origem. Em geral, no texto corrido, esses títulos são retomados ou em tradução livre ou acompanhados da explicação de seu significado, tal como feito na edição original. Para as exceções, incluiu-se, na primeira ocorrência, uma nota de rodapé com a devida elucidação. Estão em português os títulos de obras clássicas e daquelas traduzidas e publicadas em português, exceto quando aparecem nas chamadas dos fragmentos.

Prólogo

SAFO, *c.* 630 A.C.

A primeira coisa que fizemos foi trocar nosso nome. Vamos nos chamar Safo.

Quem era Safo? Ninguém sabia, mas ela era dona de uma ilha. Vivia rodeada por moças. Podia sentar-se para jantar e mirar profundamente os olhos da mulher que amava, por mais infeliz que estivesse. Quando ela cantava, todos diziam que era como o fim da tarde às margens de um rio, afundando no musgo, enquanto o céu se derramava sobre você. Todos os seus poemas eram canções.

Líamos Safo na escola, em aulas destinadas apenas a aprender a métrica de poesia. Poucos professores poderiam imaginar que estavam inundando nossas veias de acácia e mirra. Com um tom de voz seco, seguiam explicando o aoristo[1] enquanto dentro de nós sentíamos o agitar de folhas das árvores sob a luz, tudo manchado, tudo trêmulo.

Naqueles tempos éramos tão jovens que nem sequer havíamos nos conhecido. Nos jardins dos fundos, líamos tudo que podíamos, sujando nossos vestidos de lama e resina dos pinheiros. As famílias de algumas de nós nos

---

[1] Segundo o *Dicionário Houaiss*, é uma "forma aspecto-temporal do verbo grego antigo, que expressava a ação pura, sem determinação quanto à duração do processo ou ação ou ao seu acabamento". (N.T.)

mandavam para escolas distantes para que nos sofisticássemos e tivéssemos futuro. Mas não era esse o nosso futuro. Mal tínhamos começado o presente. Cada uma ficava em seu próprio lugar procurando, nos fragmentos de poemas, palavras que descrevessem o sentimento que Safo chamava de *aithussomenon*,[2] a maneira pela qual as folhas se movem quando nada as toca a não ser a luz da tarde.

Naquela época não tínhamos nome, então celebrávamos cada palavra, mesmo que elas estivessem mortas havia séculos. Ficávamos acordadas a noite toda lendo os ritos noturnos das *pannuchides*;[3] o exílio de Safo para a Sicília fez nossos olhos se voltarem para o mar. Começamos a escrever odes para mudas de trevos e maçãs avermelhadas, e a pintar telas que virávamos para a parede ao menor sinal de um passo. Um olhar de lado, um sorriso torto, uma mão pousada em nossos braços logo acima dos cotovelos: ainda não havíamos decorado as falas para essas ocasiões. Tínhamos a oferecer apenas alguns versos e fragmentos. Dos nove livros de poemas escritos por Safo, meros resquícios de datílicos sobreviveram, como no Fragmento 24C: *nós vivemos/ ...o oposto.../ ...audácia.*

---

[2] Em *If Not, Winter: Fragments of Sappho* [Se não, inverno: Fragmentos de Safo], Anne Carson apresenta os fragmentos de Safo não como uma tradução, mas como um ato criativo de releitura. Para *aithussomenon*, este adjetivo tão específico do grego antigo, ela não encontra equivalente em inglês, optando pelo termo hifenizado *radiant-shaking*, que se refere à tremulação que vemos quando o brilho da luz do sol toca uma folha. (N.T.)

[3] Cerimônia da Grécia antiga, possivelmente originária da região de Ática. Faziam parte da festa rituais e jogos sexuais. Com o tempo e a disseminação da cultura cristã, a cerimônia foi sendo extinta e passou a ter conotação pejorativa de promiscuidade. (N.T.)

Um

CORDULA POLETTI, *n.* 1885

Cordula nasceu em uma família de irmãs que não a compreendiam bem. Desde o princípio, ela foi atraída pelo que era exterior ao núcleo da casa: o sótão, a varanda, a janela dos fundos tocada pelos galhos de um pinheiro. Em sua cerimônia de batismo, ela se livrou das mantas que a enrolaviam e engatinhou até o altar. Era impossível prendê-la. Nem mesmo durante o tempo necessário para lhe dar um nome.

CORDULA POLETTI, *c.* 1896

Sempre que podia, ela pegava uma cartilha de latim da Biblioteca Classense e ia sentar-se sob uma árvore perto do cemitério. Em casa, chamavam-na: Cordula, Cordula! Mas ninguém respondia. Ao encontrar as saias de Cordula jogadas no chão, sua mãe se desesperava. Que cidadão em sã consciência, em Ravena, se casaria com uma moça que trepava em árvores só de calcinha? A mãe procurava: Cordula, Cordula? Mas na casa não havia ninguém que respondesse àquela pergunta.

X, 1883

Dois anos antes do batizado de Cordula, Guglielmo Cantarano publicou sua pesquisa sobre X, uma italiana de 23 anos. Gozando de perfeito estado de saúde, X saía assobiando pelas ruas e fazia feliz uma penca de namoradas. Até Cantarano, que reprovava aquilo, teve de admitir que X era jovial e generosa. X era imensamente esforçada e capaz de fazer uma sala estremecer com tantas gargalhadas. Mas não era essa a questão. A questão era o que X *não era*. Ela não era uma dona de casa dedicada. Permanecia impassível diante das crianças choronas, não vestia saias que pudessem limitar seus passos, não tinha qualquer desejo de ser perseguida pelo hálito quente dos rapazes, não conseguia gostar de tarefas domésticas e não tinha nada da modéstia decorosa digna da virgindade. O que quer que X fosse, escreveu Cantarano, deveria ser evitado a todo custo.

Assim sendo, X foi levada para um sanatório e as mães italianas foram orientadas a prestarem atenção a qualquer sinal de desvio em suas filhas. Até mesmo aquelas que tinham seios normais, Cantarano avisava, poderiam acabar como X, cujos órgãos genitais aparentemente normais não a impediram de certa noite, bem tarde, tentar incendiar a casa da família.

C. POLETTI, *c.* 1897

Ela calou as vozes insistentes de sua família dentro de casa e subiu em sua árvore. Ali de seu refúgio de folhas, avistou o cemitério. Os túmulos dos poetas envoltos por coroas de louros e marcados com versos gloriosos, enquanto as sepulturas das pessoas comuns listavam como seus únicos feitos os nomes dos filhos e do viúvo enlutado. Tantas morreram no parto e tão poucas em naufrágios.

Sua mente era um emaranhado de odes líricas e verbos não conjugados. Cada verso de Ovídio pedia o desvelamento, por mãos corajosas, do objeto que sofria a ação. Cada epíteto rastreado à sua fonte revelava o divino se movendo por trás das cenas da vida humana: em sua árvore um grande farfalhar de deuses, corujas e serpentes aladas. Assim que terminou a cartilha de latim, ela passou para o grego. Ficou acordada até tarde, escandalosamente tarde. Estava claro que, na verdade, ela não era Cordula.

LINA POLETTI, *c.* 1899

No fim do século, ela mudou de nome. Cordula soava, afinal de contas, como um amontoado de cordas. Lina era uma linha ligeira e delicada, uma mão pincelando uma fila de botões. Lina era aquela que leria Safo.

Lina morava com a família na Via Rattazzi, não muito longe do túmulo de Dante. Um túmulo é um lugar morto no chão. Há uma pedra em cima dele coberta de pequenos cortes que são palavras. Lina ficava acordada até tarde escrevendo versos para o túmulo. Não para Dante, que estava morto desde 1321, mas para as fissuras que as palavras fazem em substâncias imutáveis.

Muitos anos se passariam até que ouvíssemos falar em Lina Poletti. Na infância, ela vivia sozinha, suas únicas companhias eram as solenes constelações do céu noturno. A ladainha gritava pela casa: Cordula, Cordula! Mas Lina só ouvia o silêncio das estrelas. Um dia, ela aprenderia a traduzir Safo sem precisar de um dicionário. Descobriria que era uma de nós. Mas naquele tempo era surpreendente que Lina, ao contrário de X, não tivesse incendiado a casa da família.

LINA POLETTI, *c.* 1900

Com a virada do século, Lina Poletti superava os colegas em estudos clássicos, desde a elocução até o modo elegíaco. Além disso, mantinha distância quando os colegas formavam grupinhos na volta para casa ou trocavam entre si rabiscos de rimas grosseiras. Lina caminhava sozinha para a Biblioteca Classense e tomava nota dos vários usos do genitivo.

O genitivo é um caso que relaciona os substantivos. Muitas vezes, o genitivo é definido como possessivo, como se a única forma de um nome estar ao lado do outro fosse por posse, por ganância. Mas acontece que há também o genitivo que remete à lembrança, quando um nome está sempre pensando no outro, recusando-se a esquecê-la.

SAFO, FRAGMENTOS 105A E 105B

Safo escreve sobre as várias meninas: as dóceis que prendem os cabelos sem vaidade; as que são douradas e entram, voluntariamente, no quarto de núpcias; e aquelas *como os jacintos nas montanhas que os pastores/ com seus pés pisoteiam*. Um livro inteiro de Safo foi feito de canções de casamento; como os jacintos nas montanhas, nenhuma delas sobreviveu.

Para a moça que deseja evitar ser pisoteada pelos pés dos homens, Safo recomenda o galho mais distante da árvore mais alta. Há sempre aquelas raras, Safo diz, que *os apanhadores de maças esqueceram –/ não, não é que esqueceram: não foram capazes de alcançar.*

O pai de Lina ganhava a vida vendendo panelas de barro. Com quatro filhas para criar, ele viu a necessidade de casá-las como uma moeda de troca. Uma prole de filhas já era um fardo em si, e não havia mercado para moças que não fossem dóceis.

Sempre que a mãe de Lina a chamava – Cordula, Cordula! – para bordar os lençóis de linho para seu dote, Lina já estava em outro lugar. Ela estava terminando a cartilha de grego, ou enfurnada em um canto da Biblioteca Classense, ou tinha pulado a janela dos fundos e escalado o pinheiro para ler poemas de um século menos abafado por tecidos.

Dá para imaginar Lina naquela época: suas botas de cano alto com botões, suas citações eruditas. Por cima das botas, nem parecia que ela usava saia. Assim era Lina Poletti, fazia coisa nítidas parecerem esparsas e insignificantes. Ela tinha seu próprio jeito de escapar do século.

SAFO, FRAGMENTO 2

Um poema clético é um chamado. É tanto um hino quanto uma súplica. Curva-se em reverência ao divino, matizado e brilhante, e ao mesmo tempo clama para perguntar: Quando você virá? Por que seu brilho está distante de meus olhos? Você desliza pelos galhos quando eu durmo nas raízes. Você se derrama como a luz da tarde e, ainda assim, em algum lugar, permanece fora do dia.

É invocando a quem permanece e, ainda assim, precisa ser chamada com urgência de uma grande distância que Safo escreve sobre o *aithussomenon*, o tremor das folhas brilhantes no instante da antecipação. Uma poeta está sempre vivendo no tempo clético, qualquer que seja o século. Ela está clamando, ela está esperando. Ela se deita na sombra do futuro e cochila entre suas raízes. Seu caso é o genitivo da lembrança.

LINA POLETTI, *c.* 1905

Lina Poletti lutou para ocupar uma cadeira na biblioteca. Lutou para fumar no Café Roma-Risorgimento. Lutou para frequentar encontros literários à noite. Ela dava o nó em sua gravata com dedos determinados e se apresentava em público, muitas vezes, ao som dos comentários feitos à boca pequena na Piazza Vittorio Emanuele II.

Ela foi, contra a vontade da família, para a Universidade de Bolonha. Estudou com o estimado poeta Giovanni Pascoli, que ficou surpreso de encontrá-la ali. Ele a olhava de lado, ainda que ela estivesse bem visível na fila da frente, com a caneta em punho. Não eram muitas as mulheres que queriam escrever uma tese sobre a poesia de Carducci. Em relação a Lina Poletti, as pessoas sempre diziam que ficavam surpresas ao encontrá-la; não havia muitas como ela. É verdade que Lina tinha olhos muito marcantes, com aros dourados ao redor das pupilas. Parecia volátil, alquímica. Como se algo pudesse atravessá-la como um raio e mudar tudo. Como Sibilla Aleramo nos diria mais tarde, Lina era uma onda violenta e luminosa.

Dois

RINA FACCIO, *n.* 1876

Quando menina, Rina Faccio vivia em Porto Civitanova e fazia tudo que lhe mandassem fazer. Seu pai lhe disse para trabalhar no departamento de contabilidade da fábrica e ela obedeceu. Rina tinha doze anos, era submissa; e seus cabelos, compridos e escuros.

Na fábrica eram produzidas garrafas de vidro, milhares por dia, tingindo o ar de uma fumaça ferruginosa. Rina se encarregava das quantidades, de quanto de sulfato de sódio era levado para as fornalhas nos ombros dos tantos *portantini*, meninos que trabalhavam oito horas por dia por uma lira. Não havia escola em Porto Civitanova, por isso Rina tentava ensinar a si mesma como dar conta de tudo isso.

RINA FACCIO, 1889

Em 1889, a mãe de Rina disse à filha, sem palavras, algo de que ela nunca se esqueceria. A mãe estava em pé diante da janela, olhando para fora, usando um vestido branco com as alças que deslizavam pelos ombros. Então, de repente, a mãe caiu da janela. Desmoronou, com seu vestido trêmulo, como um rasgo de uma folha de papel. Seu corpo precipitado de dois andares, dobrado em péssimo estado. Foi isso que a mãe de Rina Faccio disse a ela.

NIRA E RESEDA, 1892

Nira foi a primeira troca de nome que Rina fez. Ela queria escrever para o jornal local, mas tinha medo de que seu pai descobrisse.

Quando Rina Faccio fez quinze anos, deixou para trás os anagramas. Escolheu o nome Reseda porque a fazia se lembrar de *recita*, um verbo para atrizes, que significa: ela faz o papel, ela recita sua fala. Quando seu pai bradou da sala de estar sobre as opiniões impressas dessas desavergonhadas que apareciam nos jornais, fossem quem fossem, Rina Faccio levantou os olhos do bordado com uma expressão tão vazia quanto uma folha em branco.

RINA FACCIO, 1892

Apesar de ter recebido o aviso mudo da mãe, Rina Faccio não previu seu destino. Ela somava e subtraía, obediente, os números da fábrica, mantendo sempre em dia as cadernetas de contabilidade. Um homem que trabalhava na fábrica vinha circundando-a. Ele tinha as mãos grossas que puxavam alavancas, um hálito que subia pela sua nuca. Ela não se deu conta dele até que o círculo se tornou muito estreito, e então era tarde demais. Seu vestido foi levantado. Ela gritou, mas só a palma grossa da mão do homem conseguiu ouvi-la.

RINA PIERANGELI FACCIO, 1893

Assim que o pai de Rina soube que ela fora possuída pelo homem, não havia nada a ser feito a não ser transferi-la a ele, por sobrenome e lei. Os artigos da lei italiana obrigavam uma filha a se tornar esposa pela palavra do pai. Em particular, o Artigo 544 do Código Penal era como uma mão de ferro manipulando meninas de dezesseis anos à posição de noivas dos mesmos homens que as pisotearam.

No inverno, Rina foi levada de uma casa a outra, fraca e confusa. Na casa de seu pai, suas duas irmãs sentaram-se em silêncio, com os bordados nas mãos, enquanto a mãe, ou o que sobrou dela, era mandada para um sanatório em Macerata. Não havia palavras para o que acontecia na casa do marido a quem, agora, Rina pertencia. Depois de Rina Pierangeli Faccio ter sido entregue a ele, junto com alguns móveis de sala de jantar, as cortinas se fecharam. Quando nos primeiros meses ela sofreu um aborto, em um fluxo febril de sangue, ela não perguntou a razão. Mas sentiu brotando em si um ódio revoltoso pela vida, essa vida, a dela.

O CÓDIGO PISANELLI, 1865

Os políticos saudaram o Código Pisanelli como um triunfo da unificação da Itália. O novo Estado estava ávido para crescer em pleno potencial, alongando-se ao comprimento de toda a península e cobrindo a população com suas leis. Como disse um político: Fizemos a Itália; agora precisamos fazer os italianos.

Sob o Código Pisanelli, as mulheres italianas ganharam dois direitos memoráveis: podíamos fazer nosso testamento para distribuir nossa propriedade depois de mortas, e nossas filhas podiam herdar nossas coisas. Nossa escrita, antes da morte, nunca tinha sido tão importante. Na Itália, passamos a considerar que talvez pudéssemos deixar como legado para nossas filhas um pequeno dote a ser penhorado por um futuro.

RINA, 1895

Em 1895, em meio a roupas sujas e hematomas, Rina Pierangeli Faccio deu à luz o filho daquele homem. Um varão. Quando a criança completou dois anos, ela encontrou uma garrafa de láudano e, sem dizer nada, bebeu tudo.

O láudano não matou Rina Pierangeli Faccio, mas aniquilou seus dias como esposa prendada. A mulher que ela foi até aquela noite estava morta, ela disse. O médico prescreveu repouso, o marido a repreendeu, mas Rina só se dirigia à sua irmã.

Geralmente era a primeira coisa que fazíamos quando estávamos mudando: encontrávamos uma irmã e ficávamos com ela, tomando café da manhã no quarto. Ou a encontrávamos em seu quarto e ficávamos lá, fingindo, se necessário, que éramos irmãs. As empregadas arregalavam os olhos, mas, se fôssemos firmes, chá com leite e torrada eram servidos em nosso quarto, em bandejas da largura de nossa cama.

DR. T. LAYCOCK, *A Treatise on the Nervous Diseases of Women*, 1840

O célebre dr. Laycock de York, ao escrever sobre distúrbios nervosos das mulheres, não pôde deixar de notar que, quanto mais tempo as jovens passavam umas com as outras, mais excitáveis e indolentes ficavam. Era uma condição que podia afetar costureiras, trabalhadoras de fábricas ou qualquer mulher que se relacionasse com outras mulheres.

Em particular, ele alertou, moças jovens não poderiam se relacionar com outras em escolas públicas sem correr o sério risco de excitar as paixões e de serem levadas a saciar-se em práticas injuriosas tanto do corpo quanto da mente. Romances, sussurros, poemas anônimos, educação em geral, dormitórios compartilhados: assim que as meninas começavam a ler na cama, elas começavam a ler na cama juntas. O que podia parecer afeto entre irmãs ou fantasia colegial deveria ser diagnosticado como antecedente pernicioso de paroxismo histérico. Em meio a essas tensões, poderia ser altamente contagioso e levar uma casa inteira ao caos.

EMENDA AO CÓDIGO PISANELLI, 1877

Os direitos que não tínhamos na Itália eram os mesmos direitos que não tivemos por séculos, e por isso não vale a pena enumerá-los. Contudo, em 1877, uma modificação no Código Pisanelli permitiu que as mulheres depusessem como testemunhas. De súbito, legalmente podíamos assinar nosso nome ao lado do que sabíamos ser verdade. Nossas palavras, que antes sempre foram vistas como inconstantes e frívolas, ganharam novo peso quando fixadas em uma página.

Então, começamos também a notar como os contornos de nossas portas e os dotes tinham tamanhos iguais, de modo que uma caixa pudesse ser enfiada em outra, permitindo a transferência da noiva. Ninguém podia deixar o casamento, mas algumas de nós discerniam bem o formato que ele dava à nossa vida. Como disse um político naquela época: Na Itália, a escravidão da mulher é o único regime no qual os homens podem viver felizes. Ele quis dizer que éramos nós o pequeno dote a ser penhorado pelo futuro da pátria.

Três

ANNA KULISCIOFF, *n. c.* 1854

Antes que passasse a vida lutando pelos direitos das mulheres italianas, Anna Kuliscioff nasceu no sul da Ucrânia. Assim que ela teve idade suficiente para entender a ideia básica de humanidade, passou a explicar seus princípios àqueles ao seu redor, o que a levou a ser exilada, presa e detida na Europa.

Em 1877, cantava para pagar o jantar em um parque público de Kiev e depois fugiu do país com um passaporte falso. Mal pisou na Suíça à procura de uma prensa clandestina, um policial se aproximou fazendo perguntas incisivas sobre a crença revolucionária dela de que as mulheres não poderiam ser mantidas como propriedade.

Ela foi expulsa da França, presa em Milão e encarcerada em Florença, ainda que não houvesse qualquer evidência de culpa a não ser que ela era claramente incorrigível. Em 1881, ela teve uma filha, cujo pai era um italiano anarquista. Anna Kuliscioff teve o cuidado de não se casar com ele. Tinha outras ideias.

ANNA KULISCIOFF, 1886

Anna Kuliscioff era alvo de gritos e imprecações com tanta frequência que, até o ano de 1884, ela raramente se dava conta dos insultos. Matriculou-se na Universidade de Nápoles para estudar medicina, mesmo que nenhuma mulher tivesse se matriculado no curso até então. Ela se interessava por epidemiologia e por que cargas d'água tantas mulheres italianas acabavam morrendo de febre no puerpério. Em sua formatura, em 1886, quando ela foi considerada uma perversão patológica da feminilidade, Anna Kuliscioff fez uma pausa breve para recitar a definição médica correta de "patogênese". Em seguida, pegou seu diploma.

A *patria potestas*

Com base simplesmente na vida humana, Anna Kuliscioff se opôs ao papa, ao czar russo e à maioria dos socialistas italianos. Era ridículo ver com o que esses homens se ocupavam em vez de trabalharem na prevenção de infecções pós-parto. E o que era pior, o que era realmente perverso, era o colapso normalizado de corpos nos fundos das casas, quase sempre corpos de mulheres, ato autorizado pela lei civil denominada *patria potestas*.

Patria significava tanto pai quanto patriarcado, e *potestas* era a amarra firme de seus poderes para fazer o que quisessem com mulheres, crianças e bens domésticos. A *patria potestas* era passada de pai para filho desde o Império Romano. No Código Pisanelli, de 1865, a ideia estava atrelada à *autorizzazione maritale*, a qual permitia que o homem tratasse sua mulher eternamente como uma criança; não importava o quanto ela havia se expandido em corpo e mente, nunca seria uma adulta completa dentro da pátria. Tão logo pôde, Anna Kuliscioff se tornou médica, com especialização em ginecologia e anarquismo.

DRA. ANNA KULISCIOFF, *Il monopolio dell'uomo*, 1890

Em 1890, a dra. Anna Kuliscioff, sabe-se lá como, conseguiu ser convidada a proferir uma palestra na Sociedade Filológica da Universidade de Milão, onde nenhuma mulher jamais havia sido palestrante. Ela escolheu para seu tópico o título *O monopólio dos homens*. Em um dia ensolarado de abril, Anna Kuliscioff aproveitou a oportunidade para explicar aos que ali estavam como o casamento era, fundamentalmente, uma humilhação para a mulher. Os filólogos deveriam muito bem saber, ela ressaltou, que *patria potestas* nada mais era do que o termo em latim que significava a venda a preço baixo das filhas, pelos pais, aos mesmos homens que as violavam.

DRA. ANNA KULISCIOFF, *Critica Sociale*, 1899

Condenada pelo tribunal militar a vários meses de prisão, a dra. Anna Kuliscioff foi solta no primeiro dia de 1899. Ela voltou para casa e para seus livros empoeirados, para a luz de inverno que vinha da janela, para o espetáculo dos pináculos brancos do Duomo de Milão anunciando sua imponência na praça. Enquanto tomava um café, Anna Kuliscioff se permitiu sentar no divã verde. Era um ano novo; logo seria um novo século; ainda que metade dos socialistas radicais que escreviam para a revista *Critica Sociale* continuasse presa, Anna Kuliscioff ponderou que a publicação não poderia ser postergada.

Em um afã entre tinta e poeira, Anna Kuliscioff escreveu a todos que poderiam auxiliar na próxima edição: camaradas, revolucionários, socialistas, feministas, escritores, editores. Entre os camaradas de Anna Kuliscioff, estava um revolucionário socialista cujo suplemento feminista estava sendo editado por uma jovem escritora chamada Rina Faccio.

RINA, 1901

À noite, Rina podia ler livremente e ir ao teatro. No Norte, estávamos começando a ouvir a palavra *femminista*, que soava um pouco como *femme*, do francês, significando tanto esposa quanto mulher. Com clara preferência por mulheres a esposas, observamos atentamente os sinais do que estava por vir. Por exemplo, o teatro de Milão ficava tão lotado que Rina mal conseguia encontrar seu assento. A peça era *Uma casa de bonecas*, de Ibsen, a história de uma mulher chamada Nora, que, finalmente, deixa de ser esposa. No último ato, Nora sai de casa, abandona o marido e os filhos, bate forte a porta, com o barulho da tranca soando como um século encerrado.

ELEONORA DUSE, *Nora*, 1891

Uma casa de bonecas estreou na Itália com a atriz Eleonora Duse. Ela já era famosa quando pisou no teatro em Milão em 1891, aos 32 anos, melancólica e determinada. No palco frio, ela tirou o chapéu e o casaco de pele, e, quando inclinou a cabeça, puseram em volta de seu pescoço uma corrente de chaves pesadas. As pontas das chaves pendiam até a altura de suas coxas, de modo que, a cada passo que ela dava, ouvia-se o barulho de corrente e chave, chave e corrente. Na noite de estreia, os ingressos para vê-la custavam o dobro do preço, e ainda assim o teatro estava abarrotado de pessoas em todos os lugares. Então, a cortina subiu e Eleonora Duse se tornou Nora.

RINA, *Sibilla*, 1902

Em 1902, Rina abandonou aquele homem, a criança e seu nome. Ela fugiu para Roma e alugou um pequeno quarto com uma escrivaninha. Entre aulas particulares e trabalho voluntário em um abrigo para crianças pobres, ela se apaixonou por um ilustre romancista. Quando o romancista perguntou seu nome, Rina disse Sibilla, como Sibila de Delfos. Um novo nome era como um caderno em branco. Rina poderia se escrever nele. Em um bloco de páginas frescas ela poderia se escrever enquanto se tornava Sibilla, enigmática e sibilante.

Pelo Código Pisanelli, sua conduta era imperdoável. Ninguém podia abandonar um casamento, sobretudo uma mulher ou mãe. Qualquer advogado que quisesse defendê-la faria isso por caridade. Um problema assim, como o da sra. Pierangeli Faccio, não tinha solução, ele disse, e ela nunca mais poderia rever seu filho. Seus nomes antigos se arrastariam com ela como correntes. Ao sair do escritório do advogado, Sibilla fez um som arranhado na garganta, como o vapor saindo da terra rachada. Dali, ela voltou para sua escrita.

SIBILLA ALERAMO, *n.* 1906

Anos depois, Sibilla Aleramo diria que tinha nascido em 1906, quando o primeiro exemplar de *Uma mulher* foi publicado em Turim. Ela segurou o livro nas mãos. Não era como segurar um bebê. Não era como segurar um frasco de láudano. Era, sim, um objeto sólido, o volume de uma vida. Trazia seu novo nome na lombada. Se era um romance ou uma autobiografia ninguém poderia dizer, mas as páginas foram o sustento de Sibilla quando ela veio ao mundo, determinada, aos trinta anos. Era a história dela que ela contava a si própria, como uma sibila que come as próprias palavras.

SIBILLA ALERAMO, *Una donna*, 1906

O original de *Uma mulher* foi incialmente rejeitado por um grupo de editores em Milão porque era monótono demais. Era apenas a história de uma mulher, disseram. Era uma história que eles já conheciam, pois havia apenas uma história. Não havia tensão dramática.

Uma mulher falava da história de uma jovem cuja mãe cai de uma janela, em um vestido branco, como um rasgo de uma folha de papel, cujo corpo é pisoteado como um jacinto, cujo pai a entrega a um sujeito, cujo filho nasce em meio a roupas sujas e hematomas. Era a história de uma mulher que não se chamava Nora e que cessa, finalmente, de ser esposa.

Uma mulher foi publicado por uma pequena tipografia em Turim, e quase imediatamente multidões de leitores compraram todos os exemplares. Os editores em Milão ficaram espantados, mas, como homens de negócio sensatos, compraram os direitos para a reimpressão do livro. Talvez existisse um novo mercado para histórias enfadonhas de mulheres, observaram, ou talvez as mulheres que liam essas histórias encontrassem ali algum improvável interesse.

Congresso Nazionale delle Donne Italiane, 1908

A própria rainha Elena, usando uma saia azul-cobalto e chapéu de penas, compareceu ao primeiro Congresso

Nacional de Mulheres Italianas, na primavera de 1908. Com o preço dos bilhetes de trem reduzido, professoras e funcionárias dos correios e dos orfanatos de toda a Itália puderam se reunir em Roma, subir os degraus sagrados do monte Capitolino e se misturar com condessas e com as infames *femministe*. Mais de mil mulheres assistiram à condessa Gabriella Rasponi Spalletti presidir a cerimônia inaugural na Sala dos Horácios e Curiácios, decorada por afrescos. Nos jardins era servido chá e, então, juntas, deram início às perguntas das mulheres.

De fato, havia muitas questões relacionadas às mulheres; as demandas das imigrantes não eram as mesmas levantadas pelas condessas. As sufragistas queriam o voto; as professoras queriam campanhas de alfabetização; as funcionárias dos orfanatos queriam auxílio para mães solteiras. Mas duas petições eram universais e unânimes: o fim da odiosa *autorizzazione maritale* e a implementação da regra de que qualquer homem que participasse do Congresso deveria ter o direito de voto sobre seus procedimentos negado.

SIBILLA ALERAMO E LINA POLETTI, 1908

Em 1908, Sibilla Aleramo já era uma escritora conhecida e uma infame *femminista*. Lina Poletti era uma poeta de 23 anos, de olhos dourados e que ficava parada no corredor de mármore da Sala dos Horácios e Curiácios observando Sibilla. Elas estavam em Roma, era abril e havia mulheres por toda parte. Em quartos quentes, as mulheres se juntavam para discutir os direitos que deveriam ter. Até a rainha tinha comparecido e, com ela, a princesa Maria Letizia, para ouvir mais sobre a educação das meninas. Anna Kuliscioff também estava lá, encorajando todas elas a não se contentarem com uma educação básica para meninas, uma vez que as mulheres tinham o poder de votar contra a *patria potestas* e contra os homens autocratas que faziam tais leis.

Uma poeta é aquela que está parada à porta e vê o espaço diante de si como um mar em cujas ondas ela mergulha. Lina respirou fundo e andou em direção à multidão, o cardume de ombros que sobressaíam, o fervor das conversas e o farfalhar das saias à sua volta; por fim, ao se aproximar de Sibilla, ela suspirou triunfante. Com o sopro da respiração em sua nuca, Sibilla se virou, e lá estava Lina com seus olhos incandescentes. Uma poeta é alguém que, inexplicavelmente, nada para além das margens tentando alcançar uma ilha que ela mesma inventou.

SIBILLA E LINA, 1908

Dessa vez, era Sibilla que permanecia acordada a noite toda, febril e poética. Desde o momento em que saiu da Sala nos braços de Lina, o ar à sua volta foi remexido pelo som de folhas inquietas como pequenos gravetos em cada galho se revirando para sentir em si o que foi que as deixou trêmulas. Lina era aquele som remexido no ar, Sibilla escreveu, ou talvez Lina fosse a luz muda tocando todas as folhas de uma só vez. Lina falava com uma voz muito baixa e era difícil explicar em palavras. Enquanto Roma descansava silenciosa e vazia dentro de seu sono, Sibilla escrevia a Lina: Você é uma onda violenta e luminosa.

R, *c.* 1895

R ficou conhecida por sua mania de escrever cartas, Cesare Lombroso observou, e também pela forma com a qual caminhava debaixo das janelas das mulheres. Quando criança, R se imaginava uma fora da lei, uma gângster, uma capitã das árvores à margem do parque. Agora, aos 31 anos, R era uma artista. R cortou curto seu cabelo e passou a pintar pelas manhãs. Era evidente que R não gostava de conversinha nem de se embelezar e, no geral, achava os homens vazios. Cesare Lombroso, que era um criminologista da escola positivista, justificou o caso pelo fato de o pai de R ser um neuropata; e sua mãe, uma lunática comprovada. Seu irmão também era bastante excêntrico, apontou Cesare Lombroso, feliz por ter descoberto tão excelente caso de estudo.

R aparece nas páginas 423 e 424 de *La donna delinquente, la prostituta e la donna normale*,[4] de Cesare Lombroso, publicado em 1893 em Turim. Traduzido para o inglês em 1895 como *The Female Offender*,[5] o livro não chegou às páginas 423 e 424 porque qualquer menção a práticas sexuais ou órgãos não mamários foi suprimida pelo tradutor. Era, portanto, um pequeno livro que oferecia escassa orientação sobre mulheres delinquentes, mas nós na Inglaterra o lemos de forma ávida mesmo assim. A maioria de nós era artista e todas culpadas por escrevermos cartas demais.

ARTIGO 339

Ainda vivíamos em uma lacuna entre as leis. O que escrevíamos umas às outras, onde dormíamos, em que quartos, não era exatamente proibido. Na Itália, a unificação tinha tragado algumas regras, outras haviam desaparecido como

---

[4] A mulher delinquente, a prostituta e a mulher normal.

[5] A mulher delinquente.

desapareceu o reino de Savoia. Era um tempo de incertezas, mesmo com todo o esforço em catalogar tudo e pôr em tipologias e monografias.

Na verdade, a rigidez de algumas coisas era cobertura para outras. Por exemplo, no século XIX havia uma notável reticência para descrever mulheres que passavam o tempo com outras mulheres. Os dicionários ingleses usavam termos gregos contidos ou omitiam completamente tal possibilidade. Apenas os criminologistas estavam dispostos a discutir o tema, ainda assim apenas para relatar a situação de sanatórios, bordéis e mães não naturais.

Em 1914, surgiu um livro anônimo intitulado *Tribadismo, saffismo, clitorismo: psicologia, fisiologia, pratica moderna*. Foi imediatamente censurado sob o Artigo 339; e seu editor, Ettore Cecchi, condenado a três meses de prisão; enquanto a autora, uma lésbica anônima, não podia ser punida em virtude de sua existência obscena. Das várias formas de estarmos juntas, tribadismo e clitorismo eram duas das mais obviamente visíveis. Mas, ainda assim, sentimos um pequeno arrepio, que não proferimos dentro do quarto que compartilhávamos, por medo da empregada. E lá estava em letras claras na página: o safismo era uma prática moderna. E agora que nos tornáramos um livro todo nosso, estudávamos os diagramas com atenção. Precisávamos de imensa prática até podermos nos tornar Safo.

Quatro

ANNA KULISCIOFF, 1912

Quando todos os cidadãos de um reino são homens, muitas vezes eles elegem uma série de outros homens para reinar, às vezes os mesmos homens. A Itália era um reino assim e, então, em 1906, um homem reinava pela terceira vez. Seu nome era Giovanni Giolitti, e a dra. Kuliscioff tinha algumas palavras duras em relação a ele. Anna Kuliscioff passou fome nos parques da Ucrânia, sobreviveu a uma tuberculose, a um parto e ao exílio. Seu único medo era o de se comprometer, a voz tranquilizadora que acalma a ira até ela se tornar apenas uma pedrinha macia em suas mãos.

Quando Anna Kuliscioff foi ouvir Giolitti no Parlamento, ele exaltava o progresso conservador feito no reino da Itália. Ele disse suavemente: Vocês não concordam com nossa benevolência em dar abrigo aos pobres, aposentadoria aos velhos, proteção às crianças para que não trabalhem até chegarem aos doze anos? E logo, todo e cada homem terá direito ao voto. A Itália será um modelo para a humanidade!

Em silêncio, Anna Kuliscioff guardou sua ira toda dentro do peito. Na primavera de 1912, Giovanni Giolitti falava no Parlamento, ao lado do homem que era o amante de Anna Kuliscioff, sobre o direito do voto feminino. Ela escreveu ao amante: Tentarei chegar a tempo para ouvi-lo falar. Por favor, não me traia. Seu amante falou no

Parlamento no tom suave e ponderado de um socialista racional. Os homens do Parlamento votaram. Satisfeito, Giolitti anunciou o resultado, as mulheres não conseguiram o direito ao voto. Ou, como Anna Kuliscioff disse: Agora, qualquer pessoa que desejar ser cidadã na Itália precisará fazer apenas uma coisa: nascer homem.

SIBILLA ALERAMO, *Ciò che vogliamo*, 1902

Em 1902, Sibilla Aleramo escreveu um artigo que tinha por título "Aquilo que queremos". O que queremos? Para começo de conversa, queremos o que metade da população tem por direito apenas por nascer, e depois queremos mudar a razão pela qual sempre foi assim. Queremos vidas que não nos levem tão facilmente ao láudano e a sanatórios e febres do puerpério. Como escreveu Sibilla Aleramo em seu artigo: Queremos que as mulheres se tornem seres humanos. Que sejamos tão livres, autônomas e vivas quanto fomos até hoje subjugadas, oprimidas e mantidas em silêncio.

Em 1902, imprimiríamos isso orgulhosamente para quem quisesse ler. Mas não era tudo o que queríamos. Desejávamos também escrivaninhas que não fossem as mesas da cozinha manchadas de cebola; queríamos ler livros que nos foram proibidos porque eram eróticos e sugestivos demais; queríamos trocar os lençóis bordados à mão de nossos enxovais por guias de viagens e gramáticas de línguas estrangeiras; queríamos encontrar umas com as outras e debater nossos direitos; queríamos fechar as portas de nossas casas e nos deitarmos nos braços umas das outras, com a luz se derramando pela janela, as cortinas fechadas, a vista da baía correndo em tons de azul e cerúleo até o mar aberto. Sonhávamos com ilhas nas quais pudéssemos escrever poemas que deixavam nossas amantes acordadas a noite toda. Em nossas cartas, murmurávamos fragmentos de nossos desejos umas para as outras, engolindo as linhas por causa de nossa impaciência. Nós seríamos Safo. Mas como Safo começou a se tornar quem foi?

LINA E SIBILLA, 1908

No primeiro cartão-postal que Sibilla mandou para Lina havia pinheiros espalhados em uma vasta planície sob o céu aberto. A primeira resposta de Lina para Sibilla fazia uma alusão inteligente e cortês à enigmática Sibila da Antiguidade. Assim sendo, na terceira e na quarta cartas trocadas, havia referências àquelas horas solitárias em que olhamos os campos bronzeados à margem do mar, pontilhados com as copas dos pinheiros, e prevemos a maravilhosa novidade que dará graça e também atormentará a vida. Na quinta carta, Lina alugou um pequeno apartamento até o qual Sibilla podia ir andando e, na altura da sexta carta, Lina subornava o *portinaio* para fingir não ver nenhuma mulher que viesse lhe fazer uma visita noturna.

NORA, 1879

Em 1878, Henrik Ibsen foi convidado a dar uma palestra no Clube Escandinavo em Roma. Suas peças interessavam muito aos membros do clube, que as discutiam fervorosamente enquanto tomavam conhaque. Ao mostrar sua teoria sobre o drama humano ao clube, Ibsen apresentou uma moção para permitir que as mulheres fossem membras. Fervorosamente, a questão do gênero foi debatida e houve votação: as mulheres fracassaram. Ibsen foi embora do clube escandinavo sem nem mesmo terminar seu conhaque.

Em 1879, Ibsen estava convalescendo na costa amalfitana. A brisa gentil das laranjeiras, os pinheiros doces, o mar se dissolvendo em tons de azul: ele tinha uma escrivaninha instalada no terraço e começou uma nova peça: chamou-a *Uma casa de bonecas* e pôs em Nora, sua protagonista, todas as suas observações sobre o estado deplorável das mulheres no casamento, como elas eram atadas à vida doméstica por correntes em volta do pescoço, como eram mimadas com doces e vestidos até se transformarem em mulheres frívolas, objetos volúveis que os homens tinham prazer de ver dançar nas salas de baile. No fim da peça, quando o marido de Nora insiste para que ela seja, acima de tudo, esposa e mãe, ela responde: Acredito que eu seja acima de tudo um ser humano, tanto quanto o senhor, ou ao menos vou tentar ser um. Em seguida, Nora vai embora.

Quando Rina Faccio viu *Uma casa de bonecas*, em Milão, em 1901, lágrimas rolaram de seus olhos e ela permaneceu lá, ardendo. Rina Faccio nunca chorava no teatro. Mas Nora, uma mulher de carne e osso, destinada a levar a vida de um objeto com um sorriso estampado no rosto, fez Rina chorar. Ou talvez tenha sido o momento em que Nora vai embora que a tocou tão profundamente: o fato de uma mulher *poder* ir embora, mesmo que fosse em uma peça de teatro, fez com que Rina se tornasse Sibilla Aleramo.

LAURA KIELER, 1874

O fim da peça não foi, no entanto, o fim da história de Nora. O que Ibsen não disse foi que, em *Uma casa de bonecas*, reconta a história de uma mulher que ele conheceu, chamada

Laura Kieler e que também tinha sido uma escritora. Os acontecimentos de *Uma casa de bonecas* são forjados com o tecido da existência dela. Ali no palco, retorcidos para existir, destacados pela luz intensa dos lampiões a gás, estão suas crianças, suas dívidas, suas mentiras, seus vestidos, o julgamento na fala do marido, sua dependência acovardada e miserável de uma vida doméstica que lhe garantia nada mais do que um trocado para comprar doces.

Certa vez, quando Laura Kieler precisou de dinheiro, ela mandou a Ibsen o original de um manuscrito implorando-lhe que o indicasse ao seu editor. Ibsen não gostou do romance e não compreendia, além do mais, por que seu desejo era tão desesperado, por que ela era sempre tão inquieta e reservada. Ao receber a recusa de Ibsen em sua mesa da cozinha manchada de cebola, Laura Kieler jogou o manuscrito ao fogo. Ao contrário de Nora, Laura Kieler não tinha como ir embora: grávida e amedrontada, foi, em vez disso, mandada para um sanatório.

Ibsen sentiu-se muito mal em relação a isso. Mesmo assim, sentado em seu belo terraço em Amalfi, ele capturou a vida dela para sua peça.

SIBILLA E LINA, 1909

Em 1909, Sibilla estava com problemas para dormir. Ela viajou para a praia em Santa Marinella, foi para as montanhas e tentou encontrar a paz olhando para o campo de pinheiros. Mas os pinheiros tombavam em ângulos irregulares sobre faces de rochas íngremes, com os troncos pendurados nas ribanceiras e o mar se arrastando em minúsculas ondas de sal, uma sobrepondo-se à outra em uma sucessão vertiginosa. Sibilla ficaria acordada a noite toda escrevendo mais cartas a Lina sobre o tom rosa do amanhecer no horizonte, só para perceber que o céu já estava colorido e vivo pelo crepúsculo. De alguma maneira, as partes indescritíveis de Lina faziam a terra caducar e inexistir.

Lina, por outro lado, dormia maravilhosamente bem. Ela não tinha nem 24 anos e o mundo era uma fonte de imagens líricas. Para cada momento de melancolia romântica, um bosque solitário de pinheiros; para cada deleite, bandos de andorinhas no céu, margens de rios com o frescor de folhagens e violetas. Era praticamente impossível fazer um simples passeio sem que o mundo não lhe inspirasse uma ode, uma elegia. Até quando se sentava ereta na cadeira da Biblioteca Classense, Lina era levada pela lombada em couro verde da *Grammaire grecque*,[6] de Ragon, ou pelas partículas de poeira na luz, enfim, qualquer coisa, uma palavra no dialeto eólico era o suficiente para tirá-la de onde estava. Por exemplo, o léxico de Pólux cita o uso que Safo faz do termo *beudos*, um vestido curto e transparente. Quem não desejaria dormir por horas a fio sonhando com *beudos*?

SIBILLA ALERAMO, *La vita nella
campagna romana*,[7] 1909

Todavia, em 1909, o mundo não era feito de violetas prensadas. Sibilla levou Lina ao Agro Romano, um miasma de lama, fumaça e malária nos campos que rodeavam Roma. Caridosa e consternada, Lina andava de aldeia em aldeia, distribuindo livros aos moradores pobres que não

---

[6] Gramática grega.

[7] A vida na campagna romana.

comiam nada além de um ensopado de ervas e milho ao qual chamavam sopa. Sibilla ajudava na enfermaria para crianças pobres, administrando vinagre e gaze com os cabelos presos por grampos. Enrolados nos braços da mãe, Sibilla escreveu, os bebês pareciam pequenos pacotinhos de carne exausta, já embalados da forma que a vida deles teria.

O que mais poderia ser escrito sobre corpos, Sibilla perguntou a Lina naquele inverno, além do que já estava esboçado nos rostos daquelas mães do Agro Romano? Banguelas aos 25 anos, nenhuma delas sabia ler; viviam em casebres fétidos, raspando tudo à procura de comida. Nunca veriam os degraus de pedra do monte Capitolino, e muito menos responderiam às questões discutidas no Congresso Nacional de Mulheres. Sibilla encolheu os ombros de pena por suas vidas inimagináveis, o contorno opaco de seus rostos fundos de fome. Depois, levantou-se e foi se vestir para o jantar.

SIBILLA ALERAMO, *L'assurdo*, 1910

A peça *O absurdo* nunca foi concluída. O original contava uma confusa história de amantes: Lorenza, Pietro e alguém de nome Arduino, às vezes descrito como uma menina masculina, às vezes como um jovem afeminado, às vezes um sonho feito para parecer realidade. Certo dia, Arduino aparece, Lorenza já não está feliz com Pietro. Ela deseja os dois, ela está hesitante, ela quer Arduino, talvez Arduino não exista. Lorenza não consegue explicar Arduino com exatidão, a não ser que ele é como uma súbita primavera, que o colo dela se enche de violetas.

Quando Sibilla Aleramo escreveu *L'assurdo*, estava narrando sua própria vida. Depois de deixar seu marido, em 1902, Sibilla se apaixonou por um romancista respeitado de Turim. Sério e moderno. Ele acreditava na união livre entre homem e mulher. Mas Lina Poletti era uma jovem poeta impetuosa e acreditava que, se você desejasse alguém, escreveria versos que derramariam violetas no colo dela. Você a levaria à margem fresca do rio à noite e se certificaria de que, ao se levantar de novo, com os cabelos sujos de musgo como se fossem penas, ela não seria mais a mesma.

Sibilla Aleramo dedicou a peça *àquela que me fez/ acreditar que era verdade/ esse sonho*. Aquela era Lina Poletti, ardente e indescritível. Até mesmo os que a amavam não sabiam ao certo se ela era real.

SAFO, FRAGMENTO 147

Para *alguém que se lembrará de nós/ eu falo/ mesmo em outros tempos*, escreveu Safo. Ela escrevia para a mulher que se deitava com ela na grama e no musgo da margem do rio, sobre como a escuridão se aconchegava em seu colo à medida que a noite caía sobre elas e enquanto essa sombra se fundia. Um dos epítetos de Safo mais difíceis de traduzir, até mesmo para uma poeta, é a escuridão iluminada do oco do corpo. Pode ser que seja um pano dobrado ou a carne, a sombra entre os seios ou a imprevisibilidade do crepúsculo. Pode ser um desejo agudo, inquietante, que surge nas vísceras, ou pode ser seu colo cheio de violetas. O que quer que seja, escreveu Safo, dura a noite toda.

SAFO, FRAGMENTO 31

Então era isso que significava amar uma mulher?, Sibilla escreveu a Lina. Ainda que Lina não fosse uma mulher como outra qualquer. Marchando com suas botas de cano alto, apoiando os cotovelos no balaústre enquanto fumava, escrevendo sobre aviação e sobre as eulogias de Carducci. Lina, inefavelmente, era Lina.

O homem que foi amante de Sibilla por oito anos via como sua união livre começava a se dissolver. Ele era um homem respeitado e moderno do novo século: quando Sibilla foi embora, ele deixou que ela partisse. Ela foi com Lina para uma casa de praia onde elas escancaravam as janelas e fechavam as portas, renunciando ao café da manhã porque havia poemas e cavidades demais no corpo. O homem que tinha sido o amante de Sibilla foi desaparecendo e se tornando uma silhueta de traço delicado.

Safo escreve no Fragmento 31 sobre as triangulações do amor. O amante para e observa enquanto a amada lança seu sorriso encantado a outrem. Então, a nova pessoa favorita se aproxima de tal forma a tocá-la. *Tudo deve ser tentado*, Safo escreve; então, o poema é interrompido.

WILLIAM SEYMOUR, 1875

William Seymour era um cocheiro de carruagens de aluguel que tinha um único defeito: um joelho reumático. Era boa gente, bem barbeado e de valor para as ruas de Londres e Liverpool, onde as mulheres ciclistas sempre corriam perigo por causa dos motoristas imprudentes de charretes ou dos cavalos desembestados. Além disso, Seymour tinha uma doce esposa que levava seu almoço no ponto de parada e massageava seu joelho reumático. Em 1875, ele foi acusado de tentar roubar dois pedaços de carne de um açougueiro em Liverpool, coisa que ele, como um homem honesto, negou.

Quando levado a julgamento, William Seymour foi acusado de outros crimes além do roubo das carnes.

Foi desmascarado como Margaret Honeywell, que, ao se casar aos catorze anos, abandonou ousadamente seu marido e teve a coragem de fugir para Londres, onde conspirou para ganhar a vida de forma independente como cocheiro. Ou seja, William Seymour colocou em questão o que era uma mulher como qualquer outra.

SIBILLA ALERAMO, *A proposito di una votazione*[8]

Lina era capaz de traduzir Safo sem precisar de um dicionário, mas não podia assistir às reuniões da Sociedade Filológica da Universidade de Milão porque os filólogos votaram contra a admissão de mulheres. Anna Kuliscioff, que dera, com aspereza furiosa, uma palestra na Sociedade em 1890 sobre o monopólio dos homens, disse que os filólogos confundiram gravemente os modos transitivo e existencial do verbo "admitir". Lina Poletti disse que, se os filólogos de Milão olhassem para ela e vissem apenas uma mulher, poderiam se enforcar. Além disso, Lina não resistia a acrescentar, eles não conheciam Pólux, o lexicógrafo, que elogiou Safo como a mais maravilhosa cinzeladora de palavras a partir da matéria-prima do dialeto eólico?

Sibilla não ligava tanto para filologia, mas identificava de cara o monopólio de um homem. Dedicou seu artigo seguinte a explicar que, enquanto fossem apenas os homens a votar, claramente o termo correto não era democracia, e sim tirania. Nas margens do artigo de Sibilla, Lina escreveu *N.B.* (*nota bene*), do grego τύραννος, cf. Aristóteles, *Pol. 5II*, Tucídides, *Hist. 1.13*. Lina Poletti gostava de ter a última palavra.

---

[8] A propósito de uma votação.

ARTIGO 544

Os filólogos eram teimosos e irritantes, mas o Artigo 544 do Código Penal Italiano poderia te levar diretamente ao láudano. O Artigo 544 só foi extinto em 1981; Sibilla não viveu para ver seu fim. Era uma lei sobre o verbo *impadronirsi*, que mescla tantas formas de poder que é difícil traduzi-lo. *Impadronirsi* significa se tornar o patrão e o possuidor, o proprietário e o patriarca; conquistar, dominar, mandar, ser dono, agir com a impunidade de um pai que, de acordo com o Artigo 554, poderia expurgar o crime de estupro da filha casando-a com o homem que a estuprou, sem o dote. Era o chamado casamento de reparação, assim denominado porque satisfazia ambos os homens envolvidos.

Em *Uma mulher*, Sibilla Aleramo narra como um homem que estuprou uma jovem tenta, subsequentemente, acariciá-la, elogiá-la, pôr sua boca sobre a dela para que nenhum protesto ou questionamento escape de seus lábios. Ele declara, com afetação, que nada pode compensá-la pelo tanto que ela deu a ele e, naquele exato momento, *tentava impadronirsi di nuovo della mia persona*, ela escreveu, ele tentava, mais uma vez, tornar-se o patrão e o possuidor, o proprietário e o patriarca de minha pessoa. Ou seja, enquanto ele a agradecia por ela ter sido estuprada por ele, tentava estuprá-la de novo. Isso ocorreu alguns meses depois que o pai de Sibilla Aleramo, de acordo com o Artigo 544, deu a mão dela em casamento àquele sujeito.

SAFO, FRAGMENTO 16

Sempre que podíamos fugir dos casamentos, fugíamos. Aquelas de nós que não tinham nada nos bolsos a não ser os lenços mal bordados raspavam juntas o que podiam. Algumas de nós davam aulas de piano na monotonia das tardes, e outras limpavam os salões das senhoras até que pudéssemos comprar nosso bilhete. Havia pessoas como William Seymour, meninos sagazes que vestiam as calças dos irmãos, e havia aquelas que poderiam ter passado a vida toda em casas de campo sem fazer nada, se assim desejassem. Mas nenhuma de nós queria viver sendo dominada. Sempre, porém, que abandonávamos o verbo *impadronirsi*, partíamos sem volta; assim, embarcamos, cada uma a seu modo, em uma viagem de ida.

Chegamos a cidades desconhecidas, a portos de ilhas ao Sul, a casas em que encontrávamos alguém que parecia ser uma irmã. Estremecíamos e abandonávamos nosso nome. Começamos a encontrar umas com as outras, bem lentamente, já que éramos tão novas. Você via alguém na rua, alguém como X, e, ainda que a reconhecesse, perguntava-se de onde. Ou haveria um olhar como o de R, questionadora e sábia, levantando-se para ir ao seu encontro na sacada, onde você está porque é o limite mais extremo da casa de seu pai. Então, escrevíamos as primeiras cartas inseguras umas às outras, hesitantes em perguntar, em falar, com quais palavras, alongadas sobre o silêncio. E encontramos uma falsa coragem ao ver nossos versos quebrados e nos espantamos diante de páginas como a de Safo: *orar por um compartilhamento/ …até/ …inesperadamente*. Depois nos sentamos muito quietas, aguardando uma resposta, esperando uma correspondência em fragmentos.

Cinco

A QUE CARREGA A LANTERNA, 1899

Em lascas e começos, a lanterna brilhava e depois vacilava. Era noite no jardim inglês, era verão na infância tardia. A portadora da lanterna era a terceira na fila de irmãos entusiasmados, todos em correria pelo gramado da quadra de tênis. O irmão mais velho segurava o pote de vidro e explicava o sistema, enquanto o mais novo corria em direção ao lago. Eram as mãos da portadora da lanterna que iluminavam o sentido de tudo aquilo.

Por duas vezes o pavio se apagou, mas a portadora da lanterna perseverou. Tinha dezessete anos e estava acostumada aos caprichos das luzes das bicicletas. Por fim, seu momento chegou. Ela levantou a lanterna para procurar cada fenda obscura da árvore. A luz flagrou, triunfantemente, duas mariposas da noite, bêbadas do rum e do líquido meloso que lambuzava os troncos. Um aplauso veio ao ar, o pote de vidro caiu ao chão, um bater de asas vago e tonto foi oferecido como protesto pela mariposa de asas amarelas, e o episódio foi concluído.

Bem tarde, naquela noite, uma lanterna de bicicleta pôde ser vista, piscando, da janela da srta. Adeline Virginia Stephen. Ela escrevia sobre o tal episódio em seu caderno de anotações quando percebeu com grande satisfação que a portadora da lanterna não era ninguém menos do que a própria escritora.

LESLIE STEPHEN, *Dictionary of National Biography*, V. 1, 1882

O ano em que Virginia Stephen nasceu também foi marcado pelo nascimento do *Dicionário de biografia nacional,* escrito por seu pai. Ele editou cada verbete dos primeiros 26 volumes e escreveu sobre centenas de vidas de homens britânicos notáveis, enquanto reclamava de fortes dores de cabeça durante os nove anos consumidos nesse processo. De fato, a Biografia Nacional da Inglaterra não poderia ser curada com meras gotas de xarope de tintura amoniacal de quinino.

Os mortos notáveis da Inglaterra e suas colônias marcharam adiante mesmo depois de Leslie Stephen pedir sua demissão como editor. Eles eram inúmeros, insaciáveis a serviço do império. Seus fantasmas clamavam por glória. O *Dictionary of National Biography* avançou com esforço até chegar aos 63 volumes e ao fim do século.

VIRGINIA, 1895

O escritório de Leslie Stephen era no topo da casa, acima de todos os quartos das mulheres e das crianças. No andar inferior, no quarto dos pequenos, o fogo da lareira ardia nas longas noites de inverno. Virginia observava as sombras agitadas correrem pelas paredes. Enquanto as luzes do fogo vinham em piscadelas e aparições, seus pensamentos queimavam e caíam em ardente confusão. Vozes iam e vinham como as sombras, sussurrando para ela, maliciosas, crepitando, aproximando-se nas janelas. Virginia podia ouvi-las pronunciando palavras abrasadoras para ela. Havia noites no quarto das crianças em que essas vozes vinham cruelmente. Eram pesadelos.

CASSANDRA, 1895

Pesadelos são as visitas do que veio antes dos não mortos. Eles se agarram às costuras que deveriam arrematar sua vida. Eles assobiam os antigos oráculos que te deixarão perturbada na sua própria cama, já que não era possível se mover enquanto a cidade inteira estava ruindo à sua volta em sangue e incêndio. As entranhas dos pássaros se deitarão nas pedras de seus sonhos enviando sinais.

É tarefa das sibilas e profetisas receber essas visitas. Mas Cassandra não era o tipo de profetisa que se calava sobre seus pesadelos. Uma poeta conta que, quando Cassandra se levantava para profetizar, ela brilhava como uma lâmpada em um abrigo antibombas.

De fato, observamos que Cassandra brilhava como uma portadora da lanterna, como alguém que já tinha vivido nossa vida antes. Ela teria visto todas as cinzas nas quais poderíamos acabar queimadas, e teria ouvido todos os comentários jocosos sobre sua loucura. Quais eram, então, em 1895, os pesadelos de Cassandra?

O que Cassandra sabe, Virginia escreveu muitos anos depois, é que Virginia Stephen não nasceu em 25 de janeiro de 1882, e sim muitos mil anos antes; e que desde o início encontrou instintos já adquiridos por milhares de mulheres antepassadas. Concluímos com isso que tanto os pesadelos quanto as sibilas têm muitas vidas.

LAURA STEPHEN, 1893

Laura Stephen, meia-irmã de Virginia, era chamada por uma infinidade de nomes. Seu pai a considerava cruel, malvada, perversa, terrivelmente arrebatada, extremamente perturbadora e extremamente patética. Ela gaguejava e falava em um tom alto e estridente que penetrava os andares de cima da casa em Hyde Park Gate. Para Virginia, ela era uma menina de olhos vazios que mal sabia ler.

De início, Laura foi enfiada em um Rational Corset.[9] Não funcionou e, em 1893, ela foi enviada a um sanatório em Redhill. Passou o resto da vida nessas instituições, balbuciando consigo mesma. Um dos Stephen contou aos outros que em 1921 Laura continuava titubeando coisas sem sentido; a única frase inteligível que ela murmurava era: Eu disse a ele que me deixasse em paz.

FLORENCE NIGHTINGALE, *Cassandra*, 1860

Na época em que a enfermeira Florence Nightingale estava pronta para expressar sua opinião sobre o destino das mulheres vitorianas das classes altas, sua coruja de estimação, Athena, morreu. Florence se acostumara a levar a pequena Athena em seu bolso, uma companhia sólida que observava tudo com sagacidade. Athena notou que os pais de Florence queriam que ela fosse esposa e mãe. Mas a filha deles, teimosa e muito obstinada, embarcou em sua própria carreira, sozinha, exceto por Athena.

Em 1860, Florence Nightingale publicou *Cassandra*, um relato sobre as razões que levavam as mulheres jovens a enlouquecer nas famílias vitorianas de determinada classe. Não era a fragilidade delas, não eram seus caprichos. Não era que lhes faltassem mães devotas e acompanhantes sérias ou

---

[9] Na Inglaterra vitoriana, o "Rational Corset" era uma tentativa de corset mais saudável e menos restritivo em comparação aos corsets tradicionais. Era parte de uma tendência crescente para tentar mitigar os efeitos negativos dos corsets tradicionais, como a compressão excessiva dos órgãos internos e problemas de saúde associados. (N.T.)

aulas particulares. Era o que os outros queriam para essas mulheres, escreveu Florence, que lhes dava esses ataques de nervos. Elas gaguejavam e gritavam porque não havia palavras em seu idioma para o que sabiam.

Florence Nightingale publicou sua *Cassandra* apenas em edições particulares. Em 1860, era perigoso demais falar tão abertamente sobre esses temas, e não restava deusa ou familiar que a protegesse.

VIRGINIA STEPHEN, *Logick: Or, The Right Use of Reason in the Inquiry After Truth: With a Variety of Rules to Guard Against Error, in the Affairs of Religion and Human Life, as Well as in the Sciences, by Isaac Watts D.D.*,1899

Sem reverência pelo falecido sr. Watts ou pela santidade de sua filosofia do *Lógica*, Virginia Stephen substituiu as páginas do volume inteiro, comprado de segunda mão por apenas um centavo, pelas de seu próprio diário. Assim, em 1899, o *Logick* foi transformado nos pensamentos de uma moça de dezessete anos que ganhou para seus próprios devaneios uma bela e robusta encadernação de couro trabalhada.

Muitas de nós já havíamos arruinado nossos cadernos com rabiscos e rascunhos, mas, até Virginia, não tínhamos considerado essa espantosa subversão da não ficção. E mais, admirávamos a praticidade da arte: com papel, couro e cola ela transformou as regras severas do sr. Watts em suas próprias memórias particulares.

SAFO, FRAGMENTO 133

Para os poetas gregos clássicos é algo raro dirigir-se a si mesmo em segunda pessoa. Na verdade, o único exemplo ainda encontrado é em Safo, que o faz no Fragmento 133. Ela diz seu próprio nome no vocativo, que é o caso usado quando se quer chamar alguém diretamente. Por essa razão, às vezes, o vocativo é traduzido como Ó…!, seguido pelo nome do invocado.

Mas Safo não se exclama. Ela não dá sermões a si mesma nem se incita, não se amaldiçoa ou se implora nem prega a si mesma. Em vez disso, como Virginia Stephen escrevendo as primeiras páginas de seu diário, ela questiona. Pergunta sobre si mesma sem ainda saber a resposta. Ela investiga e reflete de verso em verso. A luz está em constante mudança na página, no mar, no pensamento que chega, como flecha, na cabeça questionadora: *Por quê, Safo?*

VIRGINIA, 1903

Em 1897, Virginia começou a estudar grego no Ladies' Department do King's College. Verbo por verbo, lá foi ela, até que em 1903 ela lia Eurípedes e Ésquilo, e ficou maravilhada. Ela ficou extasiada com sua professora de grego, a srta. Case, sobre como uma menina se aventurava no galho no pomar, elevada no ar primaveril, e como os gregos podiam suspender, de forma tão poética, uma donzela em um galho de fruta madura para ser colhida. Mas a srta. Case não permitia esses deslumbramentos sem gramática; se quisessem ler os gregos como os rapazes de Cambridge, então não deveriam se ater ao mero valor literário. Em vez disso, disse a srta. Case, notemos essa forma muito rara de genitivo no terceiro verso.

SRTA. CASE, 1903

A srta. Case, um tipo muito raro de mulher, foi uma das primeiras a se graduar no Girton College, a primeira faculdade para mulheres em Cambridge. Nas peças universitárias, ela fazia o papel de Atena: era inteligente para assuntos tradutórios e direitos das mulheres. Às vezes, Virginia Stephen tinha vontade de guardar a srta. Case no bolso só para consultá-la em caso de necessidade.

Em 1897, enquanto os homens do Senado de Cambridge discutiam se as mulheres deveriam ou não ter permissão para completar o curso universitário, multidões avassaladoras de rapazes estudantes se juntaram a eles. Diante do anúncio de que as mulheres não eram aptas à educação de nível superior, a multidão bradou sua vitória; fogueiras foram acesas, fogos de artifício disparados, bandeirolas penduradas. Do outro lado da Igreja da Universidade, os rapazes de Cambridge arremessaram pela janela a estátua de uma garota de Girton montada em sua bicicleta. Quão politicamente os rapazes de Cambridge podiam suspender uma jovem em um poste, pronta para ser decapitada e incinerada! Ali, a srta. Case notou o uso, ou o abuso, extremamente vulgar, do genitivo de posse.

VIRGINIA STEPHEN, *The Serpentine*, 1903

O irmão mais velho de Virginia se tornou um dos rapazes de Cambridge, e ela lhe exibia seu conhecimento sobre os verbos. Em troca, ele levava outros rapazes de Cambridge para se reunir em sua sala de visitas da casa na Gordon Square, onde ficavam até de madrugada debatendo sobre a verdade e a tragédia. Ocasionalmente, Virginia fazia uma intervenção, talvez sobre algo que tivesse chamado sua atenção nos jornais, como o corpo de uma mulher encontrado no lago Serpentine, aliás, algo não infrequente, com exceção de que, nesse caso, o bilhete preso na parte interior de seu bolso era de paralisar o coração, era toda a sua vida rabiscada em duas ou três linhas borradas pela água: Sem pai, sem mãe, sem trabalho. Que Deus me perdoe pelo que fiz esta noite.

Essa era a natureza da tragédia grega conforme nós modernistas precisamos compreendê-la, dizia Virginia. Como uma inglesa de 45 anos pôde escrever a verdade sobre sua vida e depois se matar; como o volume de sua existência não podia ser encontrado em nenhuma edição do *Dictionary of National Biography* até então concebida pela humanidade; e que filamento dentro dela havia finalmente se apagado e falhado em direção à escuridão naquele dia, naquela hora, quando ela desceu até o lago Serpentine com a morte no bolso. *Por quê, Safo?*

VIRGINIA STEPHEN, *Review of "The Feminine Note in Fiction"*, 1905

"The Serpentine", um ensaio sobre o bilhete suicida da inglesa afogada, permaneceu secretamente colado ao diário de Virginia de 1903. Mas em 1905 Virginia Stephen começou a publicar suas reflexões, persuadindo os jornais que lhe enviassem, por isso, cheques de cinco libras ou mais.

Em 1905, em seu aniversário, sua crítica sobre *A presença feminina na ficção* veio ao mundo. Previsivelmente, um livro com tal título havia sido escrito por um homem. Assim, como era de se esperar, esse homem assegurava que mais e mais romances eram escritos por mulheres e para mulheres, e isso pouco a pouco acarretava o declínio do romance como obra de arte. Além disso, ele continuou, o tom feminino quando ouvido na ficção é apenas um gritinho. Mulheres ficam presas a detalhes supérfluos e não têm qualquer senso da vastidão da arte.

Aquelas de nós que leram os jornais ingleses em 1905 tiveram o privilégio de ver o espetáculo que foi Virginia Stephen arquear as sobrancelhas por escrito. Podíamos ver daqui um vinco cético em preto e branco, as palavras se enrugando enquanto ela reunia toda a sua incredulidade através de sua ironia perspicaz. Ela estruturou seus pensamentos; selecionou suas citações; analisou *The Feminine Note in Fiction* como se fosse um militar observando a marcha desastrada de um regimento preguiçoso. Considerando que as mulheres quase não tiveram garantidos escassos minutos para escrever ficção durante os séculos desde o aparecimento de Shakespeare, Virginia Stephen questionou se não era, afinal de contas, cedo demais para criticar o "tom feminino" no que quer que fosse. E a crítica adequada para uma mulher não seria outra mulher?

Nós comemoramos quando ela arrasou com *The Feminine Note in Fiction*. Se havia qualquer falha nas escritoras, Virginia apontou, isso era uma mera demonstração da clara necessidade de educar as moças com tanto rigor quanto os rapazes de Cambridge. Se nossos romances deviam ser julgados, que os críticos esperassem um século antes de atacar. Por fim, como prova de que as mulheres podiam transitar livremente entre temas desde o pungente até a vastidão da verdade e da tragédia, Virginia deu o exemplo indiscutível de Safo.

SAFO, FRAGMENTO 96

No verão de 1905, Virginia Stephen viajou até o litoral para descansar de sua defesa às mulheres na ficção. Foi um grande alívio sair de Londres, com seus críticos literários e suas constantes ameaças às vidas das moças ciclistas, e chegar a um mundo onde nada acontecia, com exceção da luz sobre a água.

Virginia se levantou para ver os barcos calmos ancorados na baía como gaivotas de asas recolhidas. Durante toda a manhã, ela virava as páginas para baixo para encarar o mundo à sua volta: como os pesqueiros derrapavam na espuma das ondas, como existia aquele silêncio antes das chuvas enquanto a luz se esvaziava e enfraquecia. Virginia rascunhou o que pôde em palavras, inexatas talvez, impressões mais do que ensaios, mas sempre tentando pintar aquele momento, como escreve Safo, quando *a luz/ se deita sobre o mar salgado/ de igual maneira e campos repletos de flores.*

Seis

ROMAINE BROOKS, *L'Amazone*

Romaine Brooks passou a juventude em Roma aprendendo a pintar formas rígidas e cinzentas como seu próprio corpo. Ela não compreendia o motivo de as aulas de desenho com modelos vivos estarem cheias apenas de jovens rapazes: Romaine tinha, afinal, carvão e uma mão firme. Assim, ela se inscreveu ignorando todos, com exceção da modelo. Não podia evitar que os colegas de classe levantassem a voz quando comentavam algo sobre ela, quão estranha e sem jeito ela era, e então começou a usar uma cartola que sombreava seus olhos. Na Scuola Nazionale d'Arte, ela tirou notas altas em silhueta, nus e no primeiro curso de métrica poética. No fim do primeiro ano, pararam de estudar Safo, e Romaine Brooks foi reprovada em literatura.

Natalie Barney passou a juventude em Paris, onde sua mãe estava aprendendo a pintar. Deixada à própria sorte, Natalie fazia o que bem quisesse, ou seja, escrever poemas e encontrar meninas. Em certo verão ela conheceu Eva Palmer, cujos cabelos longos e ruivos pareciam um poema que Natalie Barney queria escrever: caíam até os tornozelos e lá ficavam, irresistíveis. Nos bosques, elas tiravam as roupas para ler Safo e, nuas, declinavam substantivos entre as folhas. Viveram juntas dentro de uma nuvem carmim em Paris, até que Eva foi para a Grécia e se casou.

Quando a guerra chegou, Natalie Barney conheceu Romaine Brooks, que pintava tudo em tons de pomba e aço. Natalie confiava mais ou menos que Romaine pudesse decidir ficar em lugares como Paris, onde a luz era constante e apagada. Romaine olhou friamente para Natalie e começou a pintá-la em tons de cinza, diante de uma janela, invernal, enrolada em uma pele. Na escrivaninha, perto do cotovelo de Natalie havia uma pequena estátua de um cavalo de jade, empinando sobre a pilha de poemas de Natalie. Romaine deu ao quadro o título de *A Amazona*. Depois, trocou Paris pelo ocre e azul do Sul.

PAULINE TARN, *n.* 1877

De forma violenta, Pauline Tarn apagou seu nome. Pauline, insosso e prático; e Tarn, monótono: ela os queimou no azul penetrante do fogo de sua repulsa e partiu, prontamente, para Paris. Seu novo nome seria marcante e enigmático, jurou, ela faria poemas como violetas que desabrocham à noite e os embelezaria com seu novo nome. Não haveria mais nem a Pauline que jantava nem a srta. Tarn que remendava as meias. Em vez disso, ela não consumiria nada que não fosse o ar da noite e costuraria apenas remendos de versos em fragmentos. Ela alugou um quarto na Rue Crevaux e adquiriu a *Grammaire grecque*, de Ragon, encadernada em um elegante couro verde. Logo ela já estava articulando frases do dialeto eólico. Em 1899, ela se reclinava, apoiada em um dos cotovelos, usando um casaco preto e calças de corte masculino enquanto lia Safo. À luz da lâmpada, sua silhueta era escura e delgada. Ela havia se tornado Renée Vivien.

RENÉE VIVIEN, 1899

Renée Vivien mal teve juventude. O pouco que teve foi em Paris, escrevendo poemas e estudando grego. Ela não comia, não dormia, não saía durante o dia. Só o que fazia era traduzir Safo para o francês. Certa noite de outono, em 1899, quando não havia folhas nas castanheiras, em algum lugar entre os Fragmentos 24A e 31, ela conheceu Natalie Barney.

SAFO, FRAGMENTO 24A

Você se lembrará, escreve Safo, *porque na nossa juventude/ fizemos essas coisas,/ sim, muitas e belas coisas.* É verdade que, no florescer de nossa juventude, nos encontramos com Natalie Barney. Mas Natalie Barney tinha encontros com qualquer uma que chamasse sua atenção. Ela andava a cavalo no Bois de Boulogne pela manhã, escrevia sem parar durante toda a tarde à janela e depois ficava em seu salão para nos receber, primeiro em Neuilly, com Eva Palmer graciosa ao seu lado, e depois na Rue Jacob, 20, que ficou famosa apenas por Natalie.

Durante o reinado de Natalie, acreditávamos que todas as mulheres de Paris lhe prestavam tributo. Na verdade, o que imaginávamos ser "todo mundo" era correspondente ao número de mulheres necessário para encher sua casa. Só mais tarde descobrimos as mulheres em Paris que não eram súditas de Natalie, mulheres que eram imperatrizes de suas casas noturnas ou viviam em *quartiers* decadentes fomentando a revolução.

Mas, naqueles tempos, achávamos que todas iam à casa de Natalie: algumas lendo poesias em seu salão, outras dançando no jardim dos fundos da casa, todas nós brotando em volta de Natalie, onde quer que ela estivesse, majestosa e soberba. Ela havia tomado uma casa de paredes comuns cercada de madeira de olmo ordinária e a transformara em um lugar antigo, celestial, sibilino. Como a dançarina Liane de Pougy gostava de dizer naquela época, Natalie era um *idylle saphique*.

E nós, em nossa juventude, lembrávamos a própria Safo escrevendo que nos lembraríamos. E, sim, de muitas e belas coisas.

LIANE DE POUGY, 1899

Liane era uma dançarina no Folies Bergère e nunca conseguia ficar parada em um idílio. Quando começou a dançar o cancã no Bal Bullier, Liane passava por Natalie sem olhar para ela. Porém, se Natalie resolvesse que valia a pena te conhecer, ela iria ao seu encontro, mesmo que isso levasse todo o tempo do mundo e uma quantidade astronômica de flores. Natalie comprou uma roupa de pajem feita de veludo cor de amêndoa e caiu de joelhos na sala de estar de Liane. Pouco depois, em uma explosão de lírios como se guardados em estufa, começou o *idylle saphique* de Natalie e Liane.

LIANE DE POUGY, *Idylle saphique*, 1901

As pessoas diziam que não tinha sido Liane de Pougy que escrevera o *Idílio sáfico*. Chamavam Liane de coquete da forma mais vulgar possível, uma das *grandes horizontales*[10]

---

[10] Expressão francesa que remete às "cortesãs" da Paris do século XIX, mulheres notáveis na sociedade parisiense do início do século XX que se destacavam pela ligação sexual com homens poderosos e influentes, e podiam ter um papel significativo na cena social e cultural da época. (N.T.)

que conseguira seu lugar no mundo nos braços dos outros. Ela até poderia ter sido amante de Natalie Barney, vá lá, mas ter escrito um livro, isso não.

No entanto, aos nossos olhos, ninguém escreveu nada sozinha. Estávamos nos segurando pelos pulsos em um círculo. Não fosse por Natalie, Liane talvez nunca soubesse que era uma de nós. Não fosse por Eva Palmer, Natalie talvez nunca tivesse lido Safo. Não fosse por Safo, Pauline Tarn teria mofado em Londres, cerzindo o calcanhar de meias modestas. No entanto, aqui estava Renée Vivien, um fantasma feito de incenso e violetas, traduzindo Safo para o francês até o amanhecer. Aqui estava Liane segurando nossas mãos e nos fazendo girar pelo jardim, resplandecente, descalça, rindo.

Nos reunimos em volta de Natalie e absorvemos o que precisávamos. Ela transformara os fragmentos em um refúgio, um jardim onde a luz do sol fazia as folhas tremularem. Por isso, achamos que era perfeito e belo que no meio do *Idylle saphique* de Liane de Pougy houvesse um capítulo escrito por Natalie Barney. No meio de Natalie Barney, protegida por colunas dóricas e coroada por nós, estava Safo.

AUREL, *Comment les femmes deviennent écrivains*

Aurel, como Safo, tinha apenas um nome. Enquanto Aurel escrevia *Como as mulheres se tornam escritoras*, ela se recusou a anexar em seus escritos Aurélie, Octavie, Gabrielle, Antoinette ou qualquer outro nome decorativo que lhe haviam dado. Já houvera suficientes mulheres que recebiam nomes. Era hora de as mulheres escreverem o que queriam se tornar.

SIBILLA ALERAMO, *La pensierosa*, 1907

Ao ler Aurel, Sibilla Aleramo sentiu um coro de vozes se elevando no ar. Como as mulheres se tornavam escritoras? Parecia haver tantas respostas; cada voz contaria a sua. Traduzir Aurel para uma revista literária italiana fez as frases voarem na cabeça de Sibilla como pássaros em uma sala. Aurel ansiava que as escritoras desobedecessem às leis que aprisionavam os livros dos homens. Estava na hora de as mulheres se apossarem da linguagem, disse Aurel, ainda que fosse uma palavra de cada vez, para assumirem seus próprios nomes e se tornarem. Tornarem-se mesmo que uma palavra.

A essa altura, no quarto de Sibilla, em Roma, havia um zumbido e um soar de vozes: como traduzir Aurel expressando que as cartas íntimas e cadernos de anotações das mulheres compunham sua própria sensibilidade verbal, como traduzir Renée Vivien invocando a ilha de Lesbos em hinos cléticos: *rends-nous notre âme antique*.[11] Anos atrás, a alma foi exilada de nós? Nossa é a ilha onde uma vez nos abrigamos? Estamos invocando? Estamos esperando?

Sibilla não sabia ler grego, mas conseguia traduzir o poema "Retour à Mytilène", de Renée Vivien, do francês para o italiano. Depois de traduzir Aurel e Renée Vivien, Sibilla traduziu Colette, Anna de Noailles e Gérard d'Houville, que recusava o nome Marie. Sibilla deixou que a voz delas voasse a seu modo, se entrelaçasse com a sua, sobrevindo em sua própria língua; elas formaram um diálogo, ao qual ela deu o título "La pensierosa", que significa "A mulher pensante". Assim, Lina, que em 1907 leu tudo escrito por

---

[11] Devolve-nos nossa alma antiga. (N.T.)

Sibilla Aleramo, aprendeu que, apesar das grandes distâncias entre as mulheres pensantes, ainda podemos inaugurar uma correspondência íntima.

NATALIE BARNEY, *Lettres à une connue*

Em nossos idílios sáficos, escrevíamos inúmeras cartas amorosas. Mesmo depois que os idílios terminaram, não cortávamos nossa comunicação umas com as outras, mas simplesmente mudávamos o tom de nossa intimidade. Uma amiga, uma companhia, uma pessoa querida: para nós, os tons de amizade eram muitos e mutáveis. Por exemplo, depois que o idílio de Natalie Barney e Liane de Pougy chegou ao fim, Liane publicou seu *Idylle saphique*; e Natalie, como resposta, escreveu um romance feito das cartas para Liane. Ela o chamou de *Lettres à une connue*, ou *Cartas a uma mulher que conheço*.

Imediatamente, aquelas mesmas pessoas que disseram que Liane não poderia de fato ter escrito um livro consideraram que as cartas de Natalie não eram, na realidade, um romance. A maioria de nós teria deixado essas palavras arranharem nosso coração. Mas Natalie era tão plácida e confiante, como Radclyffe Hall disse mais tarde, que fazia todas se sentirem tranquilas e capazes só de estarem à sua volta.

Na verdade, Natalie, de seu salão, exclamava: Romance *epistolar*!, e gargalhava. Ela queria ouvir nossas vozes brotando ao seu redor em êxtase irrepreensível. Era de seu feitio identificar as tímidas e desconhecidas, *les inconnues*, e fazer delas *une connue*. Todas que iam à casa de Natalie se tornavam conhecidas. Ela nos instigava a não termos remorsos em nossas cartas, a anunciar nossos novos nomes na porta de entrada. Tínhamos a esperança de nos tornarmos em todas as nossas formas e gêneros.

LÉO TAXIL, *La Corruption fin-de-siècle*, 1894

Logo depois do capítulo "Le sadisme", veio "Le saphisme"; Léo Taxil nos considerava lamentáveis e escandalosas, mas em ordem alfabética. Neste capítulo, foram descritas academias verídicas de formação lésbica onde, segundo Léo Taxil, as safistas se entregavam comunitariamente a orgias inomináveis. Se houvesse de fato uma Academia de Lésbicas com algum tipo de credenciamento, nós teríamos aprendido seu currículo com valentia. Mas Léo Taxil nos superestimou. Na verdade, muitas de nós ainda lutavam com o genitivo de posse, e Eva Palmer, que poderia ter nos ajudado, tinha ido para a Grécia em 1906 e se casado. Ela passou a ser Eva Palmer Sikelianos e circulava por Atenas em túnicas feitas à mão, com seus cabelos cor de fogo arrastando a poeira.

Léo Taxil, assim como Guglielmo Cantarano e, anos antes, Cesare Lombroso, se imaginava criminologista. Isso significava que ele tinha um interesse incomum no que as mulheres faziam quando não estavam sob a guarda dos homens. Todos eles queriam observar, por razões estritamente morais e científicas, o que acontecia nos assentos das nossas carruagens, dentro de nossos quintais e debaixo de nossas roupas. Fomos consideradas espécimes notavelmente corruptas do *fin-de-siècle*, Capítulo III, Seção 2.

Por centenas de páginas, Léo Taxil discorreu sobre bordéis, sádicas, cabotinas, más mães, madames e sobre a imoralidade promíscua que supostamente éramos. O número de mulheres naquele momento, em Paris, em 1894, que moravam com outras mulheres, era cientificamente incalculável, concluiu Léo Taxil. Ele relatou como evidência as palavras de um funcionário de baixo cargo da prefeitura: Era lamentável, sim, mas legalmente nada poderia ser feito; o crime de safismo não havia sido previsto pelo Código Civil Napoleônico.

Como Natalie Barney observou com humor em uma noite de 1913: Talvez Napoleão devesse ter perguntado a uma sibila, *n'est-ce pas*,[12] Sibilla? Do sofá onde estava encostada, Sibilla Aleramo deu um sorriso enigmático para Natalie Barney.

SIBILLA ALERAMO, *Il Salotto di un'Amazzone*

Durante o resto da vida, Sibilla Aleramo se lembrou do Salão da Amazona na Rue Jacob, 20: sim, lembrou-se de muitas e belas coisas. Em 1913, Sibilla viera a Paris e se hospedara com Aurel, que era como uma irmã para ela, e lá ficou por meio ano, já que havia muitas mulheres para conhecer. Parecia que Natalie Barney conhecia todo mundo, e em seu jardim havia um templo de verdade, modesto o suficiente, mas com quatro colunas dóricas sustentando a inscrição *à l'amitié*;[13] em seu interior, um busto de Safo fazia vigília dos jantares privados que Natalie dava à luz da lareira.

Natalie convidou Sibilla para tudo naquele semestre, e assim ela conheceu quase todas nós. Foi nessa época, em centelhas e fragmentos, que ouvimos falar pela primeira vez de Lina Poletti. Talvez tenha sido a lenda de seus olhos derretidos ou a intimidade da luz do fogo, mas sentimos que conhecer Lina Poletti, mesmo que um pouco, poderia nos

---

[12] Não é verdade? (N.T.)

[13] À amizade, à fraternidade ou, ainda, à sororidade.

derreter, dolorosamente, e nos fazer renascer, de forma sólida e brilhante.

RENÉE VIVIEN, *Safo: traduction nouvelle avec le texte grec,*[14] 1903

Embora Renée Vivien tenha se empenhado em traduzir Safo com o máximo de precisão, sempre havia algo que ficava de fora. Renée acendeu velas, queimou incenso, limpou a boca com água perfumada. Durante toda a noite, ela ficava acordada suplicando a espíritos que só ela podia ver, e ainda assim não conseguia trazer Safo ao mundo com precisão. Para ela, Safo era *La Tisseuse de violettes*, a tecelã de violetas; não havia como Renée traduzir as frases incrivelmente delicadas sem esmagá-las em hematomas em suas mãos. Muitas vezes, Renée olhava para os ossos das mãos com grande repulsa. Ela começou a usar argolas em volta dos pulsos para evitar o som de sua mente produzindo as palavras erradas.

Em 1904, Natalie Barney levou Renée para a ilha de Lesbos. Durante alguns meses ensolarados em Mitilene, elas contemplaram o azul perfeito do mar e não falaram em outra coisa senão em fundar juntas lá uma escola, um salão, um retiro, um templo para a intimidade das mulheres, por fim, o "Retour à Mytilène". Renée sentia-se como flutuando em um tempo clético, nadava nas manhãs calmas do Egeu, prometia consumir menos cloral. Ela podia usar calças de linho cru e escrever, fluidamente, seus pontos de vista, como um asceta ou um oráculo. O retorno a Mitilene era ir ao cerne das coisas. Uma vez esmiuçada a carne, os versos se aderiam de fato a Safo.

---

[14] Safo: tradução nova com o texto grego.

Mas, no fim do verão, quando Natalie levou a amiga de volta a Paris, Renée trancou as janelas contra o céu cinzento e emudecido. Ela não conseguia suportar o retorno a um lugar que não fosse Mitilene.

RENÉ

No ano anterior ao verão em Lesbos, Renée havia tentado escrever um livro chamado *Une Femme m'apparut*, ou *Uma mulher apareceu para mim*, sobre seu amor por Natalie Barney. Dois anos antes, Natalie Barney havia escrito um livro chamado *Cinq petits dialogues grecs*, ou *Cinco pequenos diálogos gregos*, sobre seu amor por Renée Vivien. Elas nunca deixavam de se escrever, mesmo se estivessem a um palmo de distância. Em sua correspondência íntima, havia longas cartas, poemas com dedicatórias cheias de carinho e rascunhos inacabados. *Une Femme m'apparut* foi um rascunho inacabado por muito tempo porque, embora Renée pudesse escrever muito sobre aparições, podíamos ver que a carne das mulheres se provava difícil para ela.

Na verdade, Renée não conseguia terminar um poema sem desossá-lo em partes antigas e brancas. Só a mudança de seu nome a acalmava; assim, ela assinou seus primeiros poemas como René. Era um grande alívio, ela nos explicou, ver aquela forma purificada, limpa, masculina de seu nome, no alto da página, protegendo os alexandrinos de qualquer dano. Não sentimos o peso preguiçoso e penduloso de um "*e*" extra?[15]

---

[15] Aqui, o "e" se refere ao feminino dos substantivos em francês. Ou seja, quando um nome ganha um "*e*" extra, ele se transforma na sua versão feminina. (N.T.)

De modo geral, não sentimos. Mas fomos levadas a recordar o personagem San Giovanni no primeiro rascunho de *Une Femme m'apparut* de Renée: andrógino, distante, muito puro, uma poeta sáfica. Nesse primeiro rascunho, San Giovanni está em toda parte, louvando os êxtases do safismo. Mas, no segundo rascunho, escrito depois que Renée voltou de Lesbos, a voz de San Giovanni foi reduzida a quase nada, uma linha aqui e outra ali. Imaginamos o quanto poderia ser cortado antes que Renée desaparecesse.

TRYPHÉ

Naquela época, havia o *poste pneumatique* de Paris; podíamos enviar bilhetes de amor durante toda a tarde por meio de pequenos tubos especiais que percorriam os *arrondissements*. Essas mensagens "pneumáticas" eram chamadas de *petits bleus*, devido à cor azul das cápsulas em que eram enviadas. Mas também poderiam ser *l'heure bleue*, aquela hora perdida do crepúsculo quando o sol já se foi, mas o céu ainda está de um azul indecifrável. Para Natalie, esse azul era voluptuoso e sedutor, a pele do céu esticada diante dela. Para Renée, *l'heure bleue* não era azul coisa nenhuma: era o céu manchado e mergulhado na escuridão. Era o mundo sempre tentando cortá-la em dois finos pedaços. Era o século errado. Era o despertar da noite, o engolir do ar, a nebulosidade do cloral.

Quando Natalie Barney escreveu *Cinq petits dialogues grecs* sobre Renée Vivien em 1901, ela o publicou com o nome de Tryphé. Em grego, *tryphé* indica um amor de superior voluptuosidade, magnífico, imenso e extravagante de corpos nus e estendidos à sua frente, um prazer no ar suave em sua própria pele. Natalie Barney era exatamente assim. Mas Renée Vivien, cujo nome significava algo como "aquela que nasceu de novo e vive", não era. Na verdade, Renée não viveu muito depois daquele verão em Lesbos. Ela escreveu um poema chamado "La mort de Psappha", ou "A morte de Safo", e começou a mergulhar em sua escuridão. Em uma manhã de outono de 1909, quando os castanheiros-da-índia estavam sem folhas, ela deixou seu corpo frágil e leve. Finalmente, disse Natalie, Renée Vivien havia retornado a Mitilene. Toda semana levávamos flores ao seu túmulo em Passy, sempre violetas.

Sete

SIBILLA ALERAMO, *Apologia dello spirito femminile*

Nem sempre conseguimos nos encontrar no tempo ou face a face. Quando Sibilla Aleramo chegou a Paris, em 1913, tudo que ela sabia de Renée Vivien eram fantasmas de palavras em uma página, o espírito divino que permanecia como incenso no Templo *à l'amitié*. Entregamos a Sibilla tudo que pudemos sobre a vida de Renée Vivien; nós a levamos ao túmulo em Passy para que ela depositasse ali seu ramo de violetas.

Em troca, ao longo de muitas noites, Sibilla nos contou a história de Lina Poletti. Na verdade, nos contou muitas histórias: Lina fora moldada. Como Renée, Lina era uma poeta de silhueta fina e sombria; como René, ela era corajosa e inquieta dentro de suas botas de cano alto. Nas histórias de Sibilla, víamos Lina com sua gramática de couro verde, sonhando com *beudos*, e ouvíamos Lina dizer à sua mãe que preferia pôr fogo na casa antes de bordar o enxoval. Bordados não me dizem nada, avisou Lina com impaciência, enquanto em grego há um modo genitivo inteiro para lembrar!

Na casa de Lina Poletti, esse argumento era um insulto à feminilidade. Mas, naquela época, Sibilla Aleramo acreditava que as mulheres deveriam se tornar poetas, em vez de costureiras de sua própria escravidáo, e então ela escreveu um artigo chamado "Defesa do espírito das mulheres". Ela o dedicou a Renée Vivien, o San Giovanni do verso sáfico.

LINA E SIBILLA, 1908

Lina, Sibilla nos dizia, falava em voz baixa e tinha dificuldade para se explicar em palavras. Além disso, quando Lina desejava alguém, muitas vezes ela mudava de nome. Chegariam a você cartas ardentes e misteriosas de quem quer que Lina fosse naquele momento, contava Sibilla, e você com certeza saberia. Ou adivinharia, porque não poderia ser de mais ninguém. As cartas eram como respirações silenciosas em sua nuca: você queria se virar e acolhê-las, mas também queria esperar, sentindo-as chegar uma após a outra, contínuas e excitantes.

Em 1908, Sibilla se sentiu atravessada pelo calor de Lina: as cartas eram tão frequentes quanto era feliz e amoroso o tom delas. Mas, em 1909, Sibilla sentiu que a onda violenta e luminosa de Lina havia atingido sua crista e se afastado dela. Enfim, Lina enviou algumas linhas: ela estava trabalhando em uma nova peça. Precisava de tempo para pensar na ação dramática. Estava interessada nas atrizes.

TRISTANO SOMNIANS, 1909

Foi em 1909 que um certo Tristano Somnians começou a se corresponder com várias atrizes, entre elas a célebre Eleonora Duse. Tristano, qualquer atriz saberia, era como se chamava o jovem herói que enrosca seus braços em torno de sua amada, apertando-a como uma liana de madressilva em volta de uma aveleira. E Somnians significa que ele está sonhando com ela com um meio-sorriso.

Para Lina Poletti, as atrizes eram como verbos ainda não conjugados: continham em si o potencial inebriante para qualquer ação, qualquer comando, qualquer futuro. Era por meio das mãos corajosas delas que um objeto poderia suportar a ação. Que jovem poeta heroico não ficaria na entrada do palco, sonhando com atrizes?

ELEONORA DUSE, *n.* 1858

Durante todo o século do ano em que Eleonora Duse nasceu, Ibsen observou, todas as atrizes na Escandinávia desmaiavam sempre do mesmo lado do palco. Se houvesse um momento dramático, o lenço ia para a mão esquerda, a atriz ia para o lado esquerdo do palco e então havia o desmaio.

Na Itália, porém, as atrizes eram imprevisíveis. Quando sentiam vir o desmaio, uma tontura tomava conta delas onde quer que estivessem, e, quando tombavam no assoalho, pequenas farpas entravam nas palmas de suas mãos. Todos na família de Eleonora Duse eram do teatro. Aliás, sua mãe, Angelica, tomada pelas contrações do parto enquanto a trupe viajava de Veneza para Vigevano, quase desmaiou no trem.

Eleonora acabou nascendo em Vigevano, no meio da noite. Aos quatro anos ela começou a atuar. Sua mãe lhe disse: Não importa onde você desmaie no palco, palco da esquerda ou palco da direita, mas segure o lenço na mão sobre a qual você cairá, para prevenir as farpas.

GIACINTA PEZZANA, *Madame Raquin*, 1879

Em Nápoles, as casas eram amontoadas em escadarias por onde corria água suja, passavam gatos de rua, restos de peixes e vegetais. As crianças eram chamadas de *e' criatu-re*. Tudo corria morro abaixo até chegar ao mar, todas as criaturas mesclando seus ossos, peles e escamas. Pelo menos quando as ruelas chegavam ao mar, todas as *e' criature* podiam ver o céu.

Eleonora Duse entrou para a companhia do Teatro dei Fiorentini, em Nápoles, cuja prima-dona era a espirituosa atriz Giacinta Pezzana. Eleonora, de apenas 21 anos, era, então, órfã de mãe e dada a cair no choro. Seu pai a repreendia por suas crises nervosas. Ele insistia que ali ninguém podia sofrer de *la smara*, um tipo de humor sombrio que os venezianos adquiriam com a névoa gelada da lagoa, já que no dialeto de Nápoles não havia palavra para defini-lo.

No palco com a jovem Eleonora, Giacinta Pezzana começou a fazer os papéis das mães e tias. Eleonora, até então, era tecnicamente uma *seconda donna*, ainda não era uma protagonista; mas Giacinta a puxou para a luz e acariciou seus cabelos escuros com ternura. No outono de 1879, enquanto Eleonora fazia o papel de Thérèse Raquin abraçando sua tia Madame Raquin no segundo ato, Giacinta sentiu um peso arredondado na barriga de Eleonora, por baixo de seu vestido. Nenhuma das duas saiu de sua personagem, mas ambas sabiam: uma *criatur'*.

Nennella, 1879

A escritora Matilde Serao, nascida em Patras e criada em Nápoles, tinha muito amor por qualquer criatura que sofresse. Ela abordava os cidadãos ricos na rua e os repreendia por causa dos orfanatos. Tinha opiniões sobre água suja, esconderijos insalubres em becos e a reputação duvidosa dos amorosos homens solteiros. Assim que Matilde Serao conheceu Eleonora Duse, soube que a amaria pelo resto da vida. Como Matilde sempre dizia: Se eu fosse homem, não haveria fim para isso.

Carinhosamente, Matilde chamava Eleonora de *Nennella*, que significa "bebezinho" no dialeto de Nápoles. Outra pessoa que chamava Eleonora de *Nennella* foi o homem que a engravidou e depois se recusou a vê-la de novo.

De acordo com a lei italiana, a mulher não tinha direito de reivindicar nada ao homem que a engravidara. Uma jovem atriz com meras raspas de dinheiro, os nervos à flor da pele e esgotada, Eleonora se preparou para entregar seu bebê a um orfanato.

SS. ANNUNZIATA

Em Nápoles, a padroeira das *criature* abandonadas pelos pais era Santíssima Annunziata, que dava nome ao orfanato. Na parede do local, havia uma roda fixa, que girava apenas para um lado. Portanto, uma criança bastarda disposta na roda era então girada, irrevogavelmente, à orfandade.

As mães que entregavam seus bebês a Santíssima Annunziata eram chamadas de prostitutas desnaturadas, de coração mau e rosto pintado; os pais não eram chamados de nada, porque a lei italiana não contemplava reivindicações de paternidade. Os órfãos eram chamados de "filhos da *Madonna*", e metade deles morria dentro do intervalo de um ano.

ARTIGOS 340 E 341

Na França, os homens importantes exigiram uma lei para impedir que as mulheres de classe baixa – como lavadeiras, atrizes ou quem quer que fosse desse círculo que eles pudessem ter engravidado – os perseguissem incessantemente com súplicas e choro. E se mulheres devassas, com o coração falso e bebês famintos, tentassem inserir seus bastardos na família tradicional francesa? E ainda, advertiam os homens importantes, todas essas mulheres que se fizeram grávidas viriam chorando para os homens casados pedindo dinheiro para alimentar a criança, e isso seria uma vergonha, um crime, uma mancha no Código Civil Napoleônico. Em 1804, os homens aprovaram o Artigo 340, que proibia estritamente os pedidos de paternidade. Todas as crianças eram órfãs de pai ao nascer, eles argumentaram, e um pai se constitui apenas pelo casamento: *pater is est quem nuptiae demonstrant.*

Logo em seguida, os homens aprovaram o Artigo 341, o qual estipulava que as reivindicações de maternidade, por outro lado, estavam bem dentro do alcance da lei francesa. Uma mulher deveria ser responsabilizada por sua imoral conduta carnal, disseram os homens, e tal lei a faria pensar duas vezes antes de se deitar de forma inconsequente com quem ela sentisse vontade. Assim, um homem importante não precisaria comparecer ao nascimento de seu filho ilegítimo, pois o Artigo 341 presidiria vigilante em seu nome.

ELEONORA DUSE, 1880

Giacinta ajudou Eleonora a disfarçar sua gravidez no palco até o nono mês e, então, Matilde encontrou uma parteira para Eleonora, bem longe no interior, onde ela poderia ficar no anonimato. Quando o bebê nasceu, Eleonora enviou uma foto para o homem que a engravidara, com o rosto radiante e sem forças, e a criatura frágil em seus braços. O homem recebeu a foto, escreveu uma palavra sobre ela e a enviou de volta. A palavra era *commediante*, que significava: você é uma atriz, ninguém acreditará em você.

O bebê morreu depois de alguns dias e Eleonora, que precisava de dinheiro, voltou para o teatro em Nápoles. Tinha tendência a chorar e ter crises nervosas, mas as pessoas diziam que as atrizes eram sempre tão dramáticas que era quase impossível acreditar em suas lágrimas. Indignada, Matilde Serao retrucou que era possível ter *la smara* mesmo na curva azul mais brilhante do céu de Nápoles.

ELEONORA DUSE, NORA EM *Nora*, 1891

Eleonora Duse não chegou a conhecer Laura Kieler, a mulher cuja vida Ibsen capturou para sua personagem Nora. Mas em 1891, quando *Uma casa de bonecas* estreou em Milão, Eleonora se identificou tanto com Nora que as chaves em volta de seu pescoço tilintavam com violência. Eleonora sabia o que era bater a porta na cara de um homem que duvidara de sua integridade. Ela estava com 32 anos e nunca mais seria a *Nennella* de ninguém. Agora, ela dizia às atrizes jovens: Nossa vida está cheia de farpas cruéis e não há nada que amorteça a queda.

Eleonora Duse nunca chamava uma peça pelo título. Para ela, a peça tinha o nome da mulher cujo papel ela faria. Assim que os ensaios começavam, Eleonora se condensava para abrir espaço para a mulher que tomaria seu lugar. Ela prendia os cabelos, punha os próprios sentimentos em um compartimento lateral do coração: tudo a fim de abrir mais espaço para a protagonista. Ela abreviaria seu próprio nome. Assim, naquela noite de inverno de 1891, no Teatro Filodrammatici de Milão, ela foi a Nora que era Nora em *Nora*.

SIBILLA ALERAMO E GIACINTA PEZZANA, *Nora*, 1901

Em 1901, pouco antes de Rina Faccio se tornar Sibilla Aleramo, ela foi ao teatro em Milão e viu Nora. Rina nunca chorava no teatro, mas naquela noite sua amiga querida Giacinta notou as lágrimas transbordando de seus olhos. Giacinta entendeu: Nora estava abandonando o homem com quem era casada e que nunca a vira como um ser humano. Nora estava trancando a porta de um século das mulheres cujo único verbo havia sido "casar-se". O sal molhado que ardia nos olhos de Rina não era exatamente choro. Era o século deixando seu corpo.

A amiga querida de Rina que compreendia tudo isso era a mesma Giacinta Pezzana, agora com seus sessenta anos e uma *femminista* determinada, que tinha ajudado a jovem Eleonora Duse a se transformar em uma prima-dona. Giacinta Pezzana sabia o que era atuar. Ela olhou para os olhos de Rina, que brilhavam na penumbra do teatro, e lhe disse: É agora, chegou a hora. Cinco anos mais tarde, Sibilla Aleramo era a protagonista de sua própria vida, e *Uma mulher* nasceu em meio a um ímpeto fervoroso em Turim.

Giacinta previu que Eleonora Duse e Sibilla Aleramo se tornariam suas próprias Noras. Frequentemente, identificamos umas nas outras uma deixa, uma primeira fala. Mas depois ficamos hesitantes. Consultamos os horários dos trens que queremos pegar, compramos cadernos e outras provisões. Ficamos na soleira da porta, com o futuro diante de nós como um mar de ondas incessantes. E então, perguntamos a Sibilla, como acreditar que haverá uma ilha que nós mesmas inventamos?

ELEONORA DUSE, *Ellida*, 1909

Em 1909, Eleonora Duse estava exausta. Ela havia sido tantas mulheres. Trabalhava desde os quatro anos. Tinha sido vista nos palcos do Egito, da Rússia e dos Estados Unidos; em Paris, a divina Sarah Bernhardt ofereceu emprestar a Eleonora seu próprio teatro particular, com capacidade para 1.700 admiradores. Eleonora já tinha provado as injeções de estricnina e os idílios na ilha de Capri. Mas ela estava na menopausa e tudo o que queria era ficar deitada no divã de seu apartamento em Roma, lendo poesia.

Era uma questão importante: como deixar os palcos. Em 1909, Eleonora Duse escolheu como seu último papel Ellida, que Ibsen chamou de *A dama do mar*. Para Eleonora, Ellida foi, como ela mesma disse, finalmente a liberdade definitiva de seu espírito. Não havia um homem que pudesse impedi-la nem uma lei que pudesse evitar sua emancipação. Ellida, filha de um lanterneiro, era um farol para as mulheres que um dia poderiam escolher quem amar e como viver entre si. Seus cabelos grisalhos brilhavam em uma espiral ao redor da cabeça, e seu pescoço estava livre de joias e correntes. Para Eleonora, Ellida era quem Nora finalmente se tornara, dezoito anos depois de deixar o homem que a mantinha em uma casa de bonecas. Depois, ela abandonou todos os homens que eram esse mesmo homem.

LINA, *Tristano Somnians*, 1909

No verão de 1909, o misterioso Tristano Somnians fez a corte a várias atrizes em Roma. Mensagens cavalheirescas eram perfumadas e enviadas, buquês de madressilva foram enredados nos camarins. Sem ninguém que se comparasse à bela Helena, Lina se sentiu inapta a escrever a peça. Ela estava procurando por aquela que, como diz Safo, *superou todos em beleza/ deixou seu belo marido/ para trás e navegou para Troia.*

Quem, com sua beleza, superaria todos, quem deixaria qualquer homem que tentasse aprisioná-la, quem tomaria sua vida, ferozmente, nas próprias mãos e navegaria adiante, para além das ilhas?

Eleonora Duse havia abandonado os palcos e estava deitada em seu divã em Roma, lendo os poemas de Giovanni Pascoli. Levantou-se por um instante, certa tarde, para receber um protegido do estimado Pascoli, um jovem poeta anunciado como Tristano. Levada à sala de visitas, Lina imediatamente presenteou Eleonora Duse com um volume de Safo, aberto no Fragmento 24C: nós *vivemos/ ...o oposto/ ...audácia.*

LINA, Helena, 1910

Mesmo no inverno, o sol em Roma brilha como uma bênção, escreveu Lina na primeira carta a Eleonora, e você é, entre as mulheres mortais abençoadas, uma Helena que supera todas elas em beleza. Ó Eleonora, quando você voltará a Roma? Você é mais luminosa do que o sol; sua luz brilha no céu de inverno e se derrama sobre os mares. Você é para mim um farol, Eleonora, em você eu vejo além das ilhas conhecidas pelo homem.

LINA, Ariadne, 1910

Sozinha em Roma, Lina começou a escrever uma peça para Eleonora. Ela se chamava *Arianna*, em homenagem ao fio que leva a um labirinto e à mulher que o desenrola.

Uma mulher, escreveu Lina, é alguém que junta os fios de sua vida nas mãos e caminha adiante.

Você agarra os fios em seu âmago, escreveu Lina para Eleonora. Você é Ariadne, desatando todas as distâncias, todos os limites, todas as restrições.

Eleonora Duse estava doente na cama em Belluno, pálida como os travesseiros à sua volta, lendo cenas de *Arianna*. Era um absurdo, disse a si mesma, na sua idade, apaixonar-se por uma jovem poeta fervilhante de ideias. Mas Lina nas cartas era tão calorosa, tão profundamente devota, que Eleonora parecia quase se derreter.

SIBILLA ALERAMO, *Madame Robert*, 1910

Em 1910, Eleonora Duse tinha 52 anos, a mesma idade da personagem Madame Robert na peça inacabada de Sibilla Aleramo, *L'assurdo*. Antes do aparecimento de Madame Robert, *L'assurdo* tem apenas um triângulo de personagens. No centro está Lorenza, a mulher que deve escolher entre o distinto Pietro e o impetuoso e poético Arduino. Ou, visto de outro lado do triângulo, o digno Pietro está lentamente perdendo sua amada para um jovem poeta impetuoso chamado Arduino.

Não conseguimos ver a situação do terceiro lado do triângulo porque, na peça de Sibilla, Arduino é indescritível. Às vezes, Arduino é um jovem afeminado, sem barba e vaga; outras vezes, Arduino é uma menina masculina com botas de cano alto. Quem quer que seja Arduino, é irresistível para Lorenza. Mas Lorenza hesita. Há algo em seu desejo por Arduino que lhe perturba o sono. Arduino não é um homem ou uma mulher como qualquer outra, Lorenza entende isso, mas como é possível amar alguém que não pode ser definido? E se você não puder escrever uma palavra que capture o que sua amada é?

Surpresas, levantamos os olhos do manuscrito de *L'assurdo*. Talvez Sibilla não acreditasse que a palavra "amada" fosse suficiente por si só? Talvez, para que Lorenza amasse alguém como Arduino, ela tivesse de soldar a pessoa a uma superfície que fosse mais sólida do que o lado de um triângulo? Nós nos perguntamos se Sibilla já havia repreendido Lina por ser indescritível.

Lorenza nunca responde a essas perguntas; em vez disso, Madame Robert aparece na peça. Apesar das crises nervosas, Madame Robert exerce o fascínio de ter vivido centenas de experiências dramáticas em seus 52 anos. Arduino é inquieto, brilhoso como um metal fundido; Madame Robert é intrigante, decidida; ela toma Arduino como amante. Nesse ponto, o manuscrito é interrompido. Alguns atos só podem ser escritos como fragmentos, disse Sibilla com um suspiro, eles se despedaçam em suas mãos antes do fim.

LINA POLETTI, *Gli Inviti*,[16] 1910

Todas as cartas da primavera foram enviadas de Lina para Eleonora enquanto tudo derretia. Foi então, nos disse Sibilla, que ela sentiu Lina se afastando dela. Sibilla tentou escrever para Lina, tentou escrever uma peça como Lina, tentou escrever sobre Lina, mas todas as linhas se rompiam na página.

Naquela época, Lina enviou a Eleonora um poema que começava assim: Abra as janelas, mergulhe no mar, venha até a beira do horizonte onde as ondas se derretem, onde estou esperando por você.

---

[16] Os convites.

Naquela época, Lina enviou, também, a Sibilla, uma carta que dizia, na íntegra: Devo estar em Roma em breve para um projeto. Saudações também de Santi Muratori, com quem me casei na quinta-feira passada em Ravena. Espero que esteja bem.

AUDOUIN, *Étude sommaire des dialectes grecs littéraires (autres que l'attique)*

Lina Poletti se afeiçoou ao bibliotecário Santi Muratori desde que começou a frequentar a Biblioteca Classense em Ravena. Ele emprestava a ela qualquer livro dos arquivos e não pedia nada em troca. Quando a mãe e o pai de Lina a sentaram na sala de visitas e disseram: Você precisa se casar e pronto, não se fala mais nisso, Lina Poletti procurou Santi Muratori em meio às suas amadas estantes e explicou o ocorrido. Santi, é claro, emprestou-lhe o livro *Breve estudo dos dialetos literários gregos distintos do ático*, de Audouin, e concordou com a quinta-feira.

Em geral, eles se esqueciam de que eram casados, exceto quando Lina precisava de seu documento de identidade para qualquer coisa. Foi só então, em um acesso de fúria, que Lina escreveu a Santi: Meu querido Santi, pelo jeito não posso ser nada na Itália que não seja srta. Cordula Poletti ou sra. Cordula Muratori, nascida Poletti; por favor, envie os documentos requisitados.

Prontamente, Santi mandou tudo para Lina, em cópias duplas. Em seguida, enviou uma carta a Eleonora Duse, pedindo-lhe gentilmente que compreendesse que Lina, nessas fúrias completas, era devorada por uma chama que a queimava pelas injustiças cometidas contra as mulheres até que ela mesma consumisse sua própria vida. Não era apenas o fato de Santi se importar com Lina e não querer vê-la incinerada e amargurada, escreveu ele a Eleonora, mas também porque ele via, para nós que somos homens, como a vida é favorável, a sociedade cheia de privilégios, quão fáceis são as homenagens e como as recompensas são inúmeras. Cada passo é suavizado para nós. Mas quem, quem luta pelos direitos das mulheres? O que os homens podem oferecer, de seu lugar de liberdade e comodidade? Acima de tudo, o que pode ser feito na Itália?

Com os documentos enviados por Santi Muratori, Lina estava livre para comprar uma pequena casa em seu próprio nome. Agradecida, ela lhe respondeu com uma carta que ele guardou nos arquivos onde passava suas horas de trabalho, em meio a suas amadas estantes de livros, até que a guerra chegou e as bibliotecas foram bombardeadas, enterrando Santi Muratori sob três toneladas de entulho e papel.

LINA POLETTI, *Arianna*, 1910

Juntas, Eleonora e Lina eram praticamente aladas; passaram um verão tardio em Belluno, onde os picos das montanhas mantinham sua neve açucarada mesmo durante a canícula, e depois aterrissaram em Florença, na casa de Mabel Dodge, que lhes ofereceu uma dose de realidade. Ela criava cachorros e não gostava de quase mais nada. Mabel Dodge observou que Lina parecia usar calças compridas e que não conseguia entrar em um cômodo sem pôr em risco dezenas de cachorrinhos pug de porcelana.

Lina deixou o bando de cães latindo no terraço e subiu em um carvalho com seu rascunho de *Arianna*. Mas sua Ariadne continuava a se desviar de cena em cena; às vezes, ela era a destemida tecelá de futuros e, em outras, era apenas melancólica e desolada. Lina queria somente a Ariadne que mantinha os fios presos no punho. Ela queria apenas a Helena que superava todos e partia, navegava para além, ultrapassando até mesmo as ilhas de Skyros e Skyropoula, Psara e Antipsara. Esta era a beleza de Helena: enquanto ela estivesse no mar, sempre se podia ter esperanças de que ela partia não para Troia, mas para Mitilene. Mas era difícil escrever essas coisas, nós entendemos, porque era difícil vivê-las.

GERTRUDE STEIN, *Portrait of Mabel Dodge at the Villa Curonia*

Ouvindo Sibilla no Templo *à l'amitié* tarde da noite, éramos como um coro que ainda não sabe se aquilo será uma tragédia. Àquela altura, já sabíamos como achar nossas irmãs e quando evitar responder a perguntas sobre nossas camas e roupas íntimas. *Tribadismo, saffismo, clitorismo* tinha acabado de ser publicado em Florença, e Natalie Barney nos emprestou muitos dos livros que antes tinham sido mantidos fora de nosso alcance. Porém, tínhamos medo de que o que estava por vir fosse mais terrível e inevitável do que o que podíamos prever. Perguntamos a Sibilla: O que acontecerá a Lina Poletti? Sibilla, enigmática à luz da lareira, apenas nos repetiu uma frase do *Retrato de Mabel Dodge na Villa Curonia*, de Gertrude Stein: Tanto esforço já não tem espaço quando o fim fecha o círculo.

LINA POLETTI, *Arianna*, 1912

Quando o fim fechava seu círculo, Lina e Eleonora foram para Veneza. O verão se prolongou, úmido e pesado, enquanto elas tentavam juntar as pontas soltas de sua vida em comum. Rilke, que morava nas proximidades, leu o rascunho inacabado de *Arianna* e o julgou ambicioso: certamente Lina era talentosa, mas jovem demais, afobada demais, sua Ariadne era muitas coisas ao mesmo tempo. Como um poeta mais velho, ele aconselhou modéstia e um ritmo mais razoável. Minha querida, você tem apenas 26 anos, disse ele, contente-se com pequenas doses de inspiração, não espere que a grandeza recaia sobre você. O próprio Rilke havia acabado de escrever, em um período de poucos dias, várias das *Elegias de Duino*, porque o poema foi ao seu encontro quando ele caminhava solitário ao longo dos penhascos, proclamando seu lugar entre as hierarquias dos anjos.

Lina suspeitava que Rilke estivesse mentindo descaradamente. Ela, no entanto, se perguntou se alguns atos só poderiam ser escritos como fragmentos.

ELEONORA, 1912

Um pavão bramiu nos jardins e Eleonora deixou seu copo cair, quebrando-o. Um miasma úmido se infiltrou na lagoa e sufocou toda a respiração. Luzes berrantes se acenderam na Piazza San Marco e os gondoleiros gritaram alto como as gaivotas.

O fim fechava seu círculo e Eleonora tinha uma doença pulmonar que a impedia de respirar bem. O fim fechava seu círculo e Lina sentia um aperto peculiar na mandíbula. Elas não estavam mais no mesmo lugar, haviam perdido, de alguma forma, as pontas soltas. Lina ansiava por uma Helena que navegasse lindamente para além das margens monótonas do mundo já conhecido. Ela olhou para

Eleonora, que estava dormindo, tossindo, com a camisola enrolada em volta das pernas.

Uma das últimas coisas que Lina disse a Eleonora foi: Vamos embora para Paris, posso comprar uma casinha para nós, ouvi falar muito bem de Paris, lá vive Natalie Barney que conhece todo mundo, Eleonora, em Paris vou terminar minha *Arianna* e você vai voltar ao palco como sua estrela.

Mas Eleonora estava cansada e doente, já tinha sido mulheres demais na vida, e agora só queria se deitar em seu sofá em Veneza e ler poesia. Então, Lina Poletti foi embora sozinha. Ela deixou Eleonora, deixou sua *Arianna* inacabada e deixou Veneza. Como lamentamos que Lina não tenha vindo até nós em Paris nos meses quentes de 1912! Ela poderia ter nos contado tudo pessoalmente. Mas, em vez disso, Lina voltou para Roma, onde, no fim do verão, as tempestades rasgam o céu. Depois disso, o ar fica sempre apagado e límpido, disse Sibilla, e você pode respirar novamente.

ELEONORA DUSE, *La duse parla del femminismo*,[17] 1913

Depois de um ano de convalescença, Eleonora Duse voltou, de forma inesperada, à vida pública para dar uma longa entrevista cujo tema eram as mulheres na Itália. Em primeiro lugar, disse Eleonora Duse, a Itália é indiscutivelmente um monopólio dos homens. É óbvio que as mulheres queriam ser seres humanos em vez de bonequinhas que dançam para agradar seus maridos, que têm a obrigação de ter filhos, que se arruínam. Quem não gostaria de ter o que metade da população tem por direito só pelo fato de

---

[17] Duse fala sobre o feminismo.

ter nascido homem? Além do mais, continuou Eleonora Duse, se uma mulher quer trabalhar, escrever, pensar por conta própria, tomar suas atitudes, amar outra mulher, ela é no mesmo instante categorizada como não natural e perversa por expressar, justamente, as mesmas qualidades que os homens tanto valorizam entre si. Não é de se espantar, Eleonora Duse concluiu, que as mulheres na Itália estejam sendo consumidas pelo puro ódio contra a longa história de tirania dos homens. Do grego τύραννος, ela acrescentou, explicando a um atônito entrevistador que durante sua longa doença ela estudou os clássicos. Ela agora esperava poder ler os antigos no original.

Oito

EVA PALMER, *Safo*, 1900

Eva Palmer se lembraria para sempre da primeira vez que ela foi Safo. Ela ficou imóvel. Era uma *tableau vivant*.[18] Vestida com a metade de um lençol, Eva Palmer esticou um braço como se a qualquer instante fosse começar a cantar. Mas permaneceu em silêncio, com os cabelos ruivos caindo até os tornozelos, e o lençol escorregando lentamente do ombro. À sua volta rondavam os sons do verão na Ilha de Mount Desert: pinheiros rangendo em seu ritmo, pássaros se agitando nos poleiros, uma brisa ondulando as cortinas da casa de veraneio.

Então, um murmúrio surgiu do grupo de espectadores que estavam observando Eva se tornar Safo. Eram pais americanos que estavam ali, em sua maioria, por razões de beneficência. Acostumados a lidar à distância com os órfãos e a comer pratinhos de *petits fours*, eles olhavam Eva Palmer intrigados. Com sua cascata de cabelos ruivos, ela era magnífica, um sonho, um verdadeiro prodígio, ouviram dizer, nas artes clássicas. Os pais americanos que fizeram seu veraneio em Bar Harbor não sabiam exatamente por que Eva Palmer havia sido afastada por um ano da Bryn

---

[18] Do francês, "quadro vivo" ou "pintura viva". Trata-se de uma performance artística em que atores ou modelos permanecem imóveis e silenciosos, recriando uma obra de arte ou uma cena artística.

Mawr. Mas dava para ver que ela era uma garota muito diferente. Com os olhos, eles prendiam com mais força as dobras soltas do lençol. Estávamos em 1900. Foi a primeira vez que Natalie Barney viu Safo em público.

EVA PALMER E SAFO, FRAGMENTO 16, 1898

Na verdade, Eva vinha praticando Safo havia anos. Em 1898, em um dormitório em Radnor Hall, ela foi detida enquanto praticava com mais duas ou três outras moças. Elas tinham prova de grego intermediário, Eva argumentou, e as outras meninas mal conseguiam lidar com o tempo verbal aoristo, e ela estava apenas tentando ajudá-las a entender o conceito de ação passada. Mas o reitor não quis saber. Eva e Safo foram expulsas por um ano. Eva enfiou todos os seus livros em uma valise e partiu para Roma com Safo no colo, a página aberta no Fragmento 16: *deixe-a vadiar/ ...por/ ...levemente.*

ANNA VERTUA GENTILE, *Come devo comportarmi?*, 1899

Em 1899, havia muitos livros italianos instruindo as moças sobre comportamentos aceitáveis. Meninas deveriam ser nobres, simpáticas, trabalhadoras, modestas, devotas, quietas, altruístas e, acima de tudo, livres de vícios. Anna Vertua Gentile, que escreveu dezenas desses livros, publicou *Como devo me comportar?* quando Eva Palmer tinha acabado de chegar a Roma. Eva não o leu.

Em vez disso, passava seus meses em Roma conhecendo a cidade. Ela pegava como referência uma esquina, ou até mesmo uma coluna caída no Fórum, e estudava as coisas de baixo para cima: primeiro os gatos de rua e o musgo, depois os nomes latinos antigos, as grandes pedras que pavimentavam a rua por baixo, as multidões de pés com sandálias que a teriam pisado; as vozes musicadas no ar antigo, as canções que saíam do Templo de Vesta como fumaça da chama sagrada; por fim, a Roma imperial revelada à sua frente. Eva não lia livros que exaltavam as virtudes femininas porque estava se debruçando sobre Virgílio, Catulo, Ovídio.

Foi Ovídio, Eva ficou espantada ao saber, que tomou para si a voz de Safo e a voltou contra ela. *Quid mihi cum Lesbo?* Ovídio escreveu com despeito na boca de Safo: O que é Lesbos para mim agora? Eva Palmer poderia dizer a Ovídio o que Lesbos era para Safo, ela poderia recitar os nomes das amantes de Safo como se fossem suas próprias amigas.

NATALIE BARNEY E EVA PALMER, 1900

No bosque atrás da casa de veraneio, elas tiraram o vestido e, nuas, durante toda a tarde, interpelaram uma à outra no vocativo. Quando Eva recitava poesia, Natalie sentia a multidão silenciosa de árvores curvando suas copas para ouvir. Depois do último verso, Natalie pegou o pulso de Eva, levou-a até o centro da clareira e se afastou para admirar a imagem que havia feito de Eva, majestosa e nua, com as sombras das folhas brincando sobre ela.

Esses foram nossos primeiros dias, e olhamos com fascínio as poucas fotografias que restaram. Eva aparecia como um borrão pálido com os cabelos se arrastando nas lascas do pinheiro, e Natalie tinha um amplo sorriso: as duas eram tão jovens que tudo que conheciam eram livros. Além disso, como Eva tinha lido *Heroides*, contou a Natalie que Ovídio pegara a vida de Safo e a pervertera.

Nunca, Eva jurou, nunca Safo teria se jogado dos penhascos pelo amor de um homem! Ao ouvir o tremor na voz de Eva, Natalie a abraçou e envolveu tudo: livros, corpo, as lascas do pinheiro. Elas eram muito jovens, mas estavam encontrando seu caminho em direção ao que iriam se tornar.

SAFO, FRAGMENTO 19, 1901

No Fragmento 19, nenhum verso está completo. É como se cada palavra fosse engolida depois de uma respiração. Na parte inicial do poema, Safo escreve sobre a espera: a tensão do tempo antes que algo aconteça. Em seguida, o poema é suspenso e, por algum tempo, há apenas o nada que avança, um ponto e um espaço, um ponto e um espaço, um ritmo sombrio. O ponto, espaço, ponto era o barco de Natalie deixando a ilha, pensou Eva, tornando-se uma mancha na baía, desaparecendo. De maneira pragmática, em 1900, Eva voltou para a faculdade, enquanto Natalie foi para Paris.

Quando por fim há movimento, o poema é lançado: *mas indo/ ...pois nós sabemos*, escreve Safo. Não sabemos, mas ouvimos dizer. Não sabemos, mas, apesar de nossas incertezas e elipses, continuamos. Eva está indo embora antes das provas finais de latim. Eva está indo para Paris, ao encontro de Natalie. O ano é 1901.

Finalmente, o Fragmento 19 chega a seu destino; a partir do fim do poema, Safo olha para trás: *Depois/ ...e em direção*. Ao chegar a Paris, Eva começou a treinar como atriz na Comédie-Française. Uma atriz, Eva confidenciou a Natalie, é alguém que ainda acredita nos ritos antigos. Pode haver luzes elétricas e equipamentos, pode haver cetim e cinematografia, mas a própria atriz está sempre em Delfos. Ela fica sobre as tábuas do piso lascado como se

estivesse em meio aos grandes círculos de pedra dos anfi-
teatros, com o Templo de Apolo se erguendo às suas costas. Uma atriz é como uma sibila, ela vê depois e enxerga
à frente ao mesmo tempo.

EVA PALMER E SARAH BERNHARDT, 1901

Em Paris, a atriz Sarah Bernhardt soltou o cabelo de Eva
para que se derramasse como uma cascata brilhante no
chão. Sarah Bernhardt era considerada por muitos como
divina. Bravamente, Eva levantou seu rosto e perguntou a
Sarah Bernhardt sobre atrizes. Sarah, enrolando o cabelo
de Eva em seus pulsos como uma serpente, riu e respondeu
que os antigos ritos das atrizes não eram escritos em papel,
você aprende suas falas na página, mas os ritos, ah! Os ritos
você aprende apenas com outras atrizes.

GIACINTA PEZZANA, *Amleto*

Sarah Bernhardt, assim como Giacinta Pezzana antes dela,
muitas vezes interpretava papéis masculinos. Eram chamados
"papéis de menino" e tinham a vantagem da liberdade de movimento; vestindo calças e meias, você podia andar, se jogar,
fazer movimentos bruscos. Sarah Bernhardt gostava particularmente de ser Hamlet. Suas meias três-quartos tinham um
arremate de pele e ela portava uma espada cuja bainha era
decorada com joias. Além disso, Hamlet era teimoso e altivo,
como Sarah. Sua produção de Hamlet durou quatro horas.

A versão de Giacinta Pezzana como Amleto durou
menos tempo, contudo foi mais ambivalente. Em 1878,
Giacinta Pezzana escondeu os seios com dez metros firmes
de tecido e foi aos Estados Unidos. Dizia estar procurando

novos horizontes, por mobilidade e uma inteligência que não estivesse presa a um gênero específico. Não se sabe o que ela encontrou lá. De fato, Giacinta Pezzana escreveu em uma carta para sua querida amiga Sibilla Aleramo em 1911, *Sulla carta non si dice sempre tutto*: em uma carta, nem sempre dizemos tudo. Em outras palavras, podemos ter aprendido nossas falas na página, mas só pudemos aprender os ritos com outras atrizes.

SARAH BERNHARDT, *Pelléas*, 1901

Eva Palmer aprendeu com a divina Sarah Bernhardt que uma atriz podia assumir qualquer forma que desejasse: um menino, uma rainha, um assassino, um santo. Uma grande atriz pode ser duas coisas ao mesmo tempo; por exemplo, naquele momento Sarah Bernhardt estava ensaiando para ser Pelléas, que era tanto amante quanto cunhado da bela Mélisande. Claro que sim, disse Sarah a Eva com certa impaciência, uma atriz era alguém que fazia os melhores papéis, isso é a arte do teatro. Papéis de menino, papéis de rainha, papéis da mente de Hamlet tão intrincados quanto uma renda: Sarah Bernhardt escolhia os papéis que queria e os tomava para si.

Suas personagens gregas, afinal de contas – disse Sarah, cutucando Eva –, quem você acha que elas eram? Quem era Medeia, Clitemnestra, Antígona? Elas eram homens, *ma chère* Eva! E Ofélia, Lady Macbeth e Desdêmona! Séculos de homens, preenchendo os palcos consigo mesmos, cada papel à disposição deles, usando vestidos ou calções como quisessem. E agora, para ser uma grande atriz, você deve aprender: não ficaremos mais presas a papéis coadjuvantes, às mamães, donzelas e damas de companhia. Não, *chérie*, não vamos nos rebaixar a ponto de considerar o gênero de nossas personagens.

SARAH BERNHARDT E LOUISE ABBÉMA

Antes de Sarah Bernhardt se tornar divina, ela era a filha bastarda de uma cortesã judia. Muito cedo, ela aprendeu quais papéis eram oferecidos a mulheres sem recursos. À medida que subia na hierarquia da Comédie-Française, o conde de K e o príncipe de L disputavam seu afeto; ela ganhava o sustento da forma que conseguia. Em 1864, quando tinha vinte anos, Sarah deu à luz um filho ilegítimo. Em francês, isso era chamado de *fils naturel*, e ela achou natural dar ao bebê seu próprio sobrenome. Na verdade, um pai não era nada para Sarah.

A partir de então, Sarah Bernhardt era celebrada como uma grande atriz e vivia de acordo com sua reputação; em casa, ela mantinha um leopardo com uma coleira de joias, um papagaio, um macaco, seu *fils naturel* e uma coleção de camaleões raros. Uma vez que Sarah ficou conhecida como divina, ela escolheu os aspectos da vida mortal que desejava e se apossou deles. Ela dormiu em um caixão e navegou em um balão de ar quente sobre Paris.

Além disso, Sarah Bernhardt optou por ser acompanhada a todos os lugares pela pintora Louise Abbéma, que usava calças escuras e fumava uma quantidade escandalosa de charutos. Nos círculos sociais, Louise era ridicularizada como *gousse d'ail*: o que não significava apenas um dente de alho, mas aludia ao fato de que sua boca já havia estado em lugares indescritíveis. Quando os jornais franceses perguntaram a Sarah Bernhardt como ela interpretava as pinturas de Louise Abbéma, Sarah respondeu que todos os artistas viviam vidas duplas ou até triplas, um único significado não era suficiente para eles. Então Sarah Bernhardt sorriu com todos os dentes à mostra.

EVA PALMER, *Mélisande*, 1901

Na cena final de *Pelléas et Mélisande*, Mélisande está sentada em um banco, inclinando o queixo para cima e fechando os olhos como se estivesse em um sonho, e Sarah Bernhardt se abaixa para beijá-la. É um momento raro em que a divina toca os lábios de uma mortal. Uma atriz, como um discípulo, pode passar a vida inteira esperando que esse momento luminoso desça sobre ela. Uma tarde, em seu *loge* na Comédie-Française, Sarah disse carinhosamente a Eva: Que Mélisande você seria para meu Pelléas! Um vestido verde-esmeralda, a luz sobre seu rosto!

No grego antigo, para expressar um desejo ou uma esperança, existe o optativo. O optativo é um estado de espírito, quase um sentimento. Ele paira no ar, fora do tempo ou do assunto, de cor melancólica, com suas bordas levemente tingidas de presságio. Tomara, tomara que assim seja, é o que diz o optativo: Que assim seja, que de alguma forma aconteça! Estávamos bem familiarizadas com o modo optativo, pois naquela época o usávamos com frequência umas com as outras. Ficávamos entre invocar nossos desejos em voz alta e esperar, tímidas, que eles simplesmente se realizassem para nós, como a meteorologia.

VIRGINIA STEPHEN, *Poetics*, 1905

As *Geórgicas* de Virgílio estavam repletas de termos técnicos para a apicultura; portanto, em 1905, Virginia Stephen preferiu traduzir os gregos. A palavra inglesa *poet* era meramente ποιητής, cortada numa das pontas, mas, ao mesmo tempo, a *Poética* de Aristóteles oferecia uma visão mais clara da literatura do que qualquer romance de Henry James.

Em 1906, traduzindo pensamento em ação, Virginia Stephen embarcou com a irmã para Patras. Ao chegar à Grécia, ela comentou sobre a luz que se multiplicava em cintilações no mar, as uvas que cresciam nas vinhas e a vista de Olímpia. Ainda assim, uma vez em Olímpia, ela não sabia como proceder, já havia tantas palavras fornecidas pelos guias e, com a claridade, era difícil ver em que século estávamos. Montada em um burro, subindo as encostas do monte Pentelicus, Virginia parou em uma nascente entre pinheiros: Esta não é uma cena de Baedeker, disse Virginia, mas sim um idílio de Teócrito.

ELEONORA DUSE, 1897

Eleonora Duse sentou-se contemplando as ruínas de uma vila à beira-mar construída para divertimento do imperador Tibério durante o verão. Ela estava muito cansada. O médico sueco que a atendeu prescreveu injeções de estricnina e água com limão. Eleonora suspeitava dos efeitos curativos do regime sueco, mas achou-o preferível ao prescrito por seu ginecologista italiano; para diminuir o fluxo intenso de sangue a cada mês, ele havia mandado cauterizar o útero dela.

Eleonora fechou os olhos contra o mar azul-esverdeado. A ilha de Capri era linda, mas estava perto demais do mundo, os barcos com médicos e jornais de Nápoles chegavam todas as manhãs. Se ao menos uma ilha fosse como um interlúdio, Eleonora Duse pensou, ela poderia fazer uma pausa. Já havia sido tantas mulheres na vida. Mas, mesmo em um intervalo, uma atriz precisa trocar de roupa e se preparar para ir em frente.

SARAH BERNHARDT, *Phèdre*

Em 1879, quando Sarah Bernhardt foi a Londres para apresentar *Fedra*, Oscar Wilde espalhou ramos de lírios brancos no cais para ela. Ele escreveu um soneto em sua homenagem e implorou para que ela o visitasse na casa dele em Chelsea. No entanto, houve um atraso na chegada ao seu alojamento em Chester Square, pois a imprensa inglesa queria saber, de uma vez por todas, qual era, segundo a sra. Bernhardt, o valor moral de uma peça escandalosa como *Fedra*. Ah!, disse Sarah Bernhardt, *Fedra* é uma tragédia clássica, quem somos nós para julgar a moralidade dos antigos? Uma artista não deve estar sujeita aos costumes do seu tempo! Então, evitando outras perguntas, Sarah Bernhardt foi a Liverpool comprar um par de leõezinhos.

SRA. PATRICK CAMPBELL, *Pelléas*, 1903

Eva Palmer foi a Londres para conhecer a atriz inglesa Patrick Campbell. A sra. Pat era pragmática e não acreditava na divindade das atrizes. A sra. Pat achava que uma atriz tinha uma vida tão curta quanto a de um narciso, e era inútil fingir que não: você florescia por um dia e depois, se fosse inteligente, se aposentava confortavelmente no sul da França. Na verdade, a sra. Pat, em sua época, tinha sido uma bela Mélisande para o Pelléas de Sarah Bernhardt, já se sentara naquele banco e inclinara sua boquinha cor-de-rosa, ela sabia como era. Agora a sra. Pat estava ensaiando para ser ela mesma Pelléas.

Encarando Eva por cima da borda de sua xícara de chá, a sra. Pat disse: Você é uma promessa, minha querida, daria uma Mélisande arrebatadora, mas precisa abrir mão de algumas amizades se quiser manter sua reputação. Eva balançou a cabeça tão bruscamente que um cacho se soltou. Ela preferiria fazer pequenos papéis no jardim de Natalie a ser uma estrela no palco de Londres, se isso significasse renunciar a suas amigas. Na verdade, Eva declarou com paixão que, assim que Renée Vivien terminasse sua tradução, Natalie faria uma peça dela, Eva teria o papel principal e elas fariam Safo juntas em público!

A pragmática sra. Pat decidiu que o teste de Eva tinha chegado ao fim. Na verdade, havia dezenas de Mélisandes para serem escolhidas, disse a sra. Pat a si própria, e nem todas elas eram safistas terríveis. Eva Palmer era, certamente, uma moça de bom coração, mas a sra. Pat estava juntando cada centavo para comprar uma casa de campo nos Pireneus. Eva Palmer teria de trilhar seu próprio caminho no mundo.

Dialogue au soleil couchant, 1905

Certa tarde em Neuilly, enquanto o sol ainda iluminava o jardim dos fundos de Natalie Barney, Eva Palmer vestiu uma camisola de linho branco e soltou os cabelos. Ela faria o papel da doce donzela de *Diálogo ao pôr do sol*, enquanto Colette seria o pastor árcade que a perseguiria. Natalie bateu palmas para pedir silêncio. Colette se deitou na grama, pedindo a Eva que se entregasse ao fim da tarde, que se deitasse sob a luz verdejante para afundar como um sol que descansa na colina. A colina, sabemos, era Colette. Observando o céu escurecer sobre o jardim, também desejávamos esticar o corpo na grama, murmurar uma para a outra algumas palavras que nos custaram séculos para encontrar. Apenas no jardim de Natalie sentíamos que estávamos trilhando nosso caminho no mundo.

PENELOPE SIKELIANOS DUNCAN, 1906

O motivo pelo qual Natalie Barney acabou deixando seu jardim em Neuilly foi Safo. Na verdade, Natalie gostava daquela casa; Eva morava perto e, no verão, o salão ficava arejado e fazia sombra. Seu único defeito era que, sempre que Natalie encenava Safo no gramado, o proprietário ameaçava chamar os gendarmes. Em 1906, Natalie montou uma peça sobre Safo assistindo ao casamento de sua amada discípula Timas. Cercada por dançarinas descalças, Eva Palmer era Timas em um devaneio nupcial até que o proprietário chegou, furioso. Ordenou que elas saíssem, todas, dançarinas, invertidas, amazonas, safistas, atrizes, todo aquele bando de lunáticas, impondo suas imoralidades aos cidadãos respeitáveis de Neuilly!

Penelope Sikelianos Duncan, que estava tocando harpa com um pedaço de hera entrelaçado ao cabelo, perguntou baixinho a Eva Palmer o que significava aquela palavra, "invertida". Nascida na ilha de Lêucade, Penelope tocava flauta e harpa, cantava inúmeras canções folclóricas gregas e recitava poemas demóticos. Mas se casara recentemente com um americano e, às vezes, não entendia algumas palavras em outras línguas. Felizmente, àquela altura Eva Palmer era muito boa em grego e lhe explicava. Um invertido é alguém considerado reverso, disse Eva, da mesma forma que os colonizadores britânicos julgavam ser o povo de Lefkada, bárbaro demais para governarem a si próprios.

SAFO, FRAGMENTO 51

Um invertido não é exatamente alguém reverso. Um invertido é alguém que ordena o pensamento de outra forma. Partes que algumas pessoas gostam de exibir, por exemplo, um torso de bronze, são guardadas dentro do coração. Ou, ainda, os invertidos podem ser aqueles que têm suas partes mais quentes voltadas para fora, como orquídeas ou polvos.

No Fragmento 51, Safo escreve sobre dois estados mentais em um mesmo corpo. Quando duas coisas se juntam em um único pescoço, em uma única barriga, em um único calor de sentimento que arrepia a espinha, elas orientam, concomitantemente, o corpo em diferentes direções. Estávamos bem familiarizadas com essa desordem quente que se espalhava por nossos nervos. Às vezes, queríamos ser tudo ao mesmo tempo. Um invertido é alguém que acredita que isso seja possível.

NATALIE BARNEY, *Équivoque*, 1906

Durante séculos, os lexicógrafos fizeram circular o boato de que Safo havia se matado por amor a um homem. De acordo com Ovídio, Safo teria se jogado de um penhasco por causa de Faonte. Seu corpo foi despedaçado por ondas e rochas, e seus olhos foram comidos por gaivotas. Além disso, alguns lexicógrafos acrescentaram que, antes disso, Safo tinha sido uma prostituta, tendo dormido com metade dos pastores da ilha. Quando ela se apaixonou pelo jovem Faonte, todas as suas belas palavras foram em vão, ele a desprezou, ela era uma mulher mais velha. Assim, ela não teria tido escolha a não ser deixar seu corpo rolar dos penhascos brancos de Lefkada.

Em 1906, Natalie Barney tinha trinta anos e já ouvira todos os rumores sobre Faonte. Em resposta, Natalie escreveu sua própria Safo, feroz, sábia e profundamente devotada a suas discípulas, na forma de uma peça chamada *Équivoque*. A peça era apenas uma história sobre Safo assistindo a um casamento. Para Natalie, *Équivoque* não era um enredo, mas uma cena: ao redor de Safo há uma aglomeração radiante de garotas que desejam estar ao seu lado, imploram para que ela toque sua lira e cante para elas, mas não são apenas seus versos que as garotas elogiam, é tudo, Safo é tudo para elas; uma jovem diz: Sua vida é sua poesia/ A coisa mais linda.

SAFO, FRAGMENTO 149

Na peça *Équivoque* de Natalie, Safo rapidamente descarta o chato Faonte como indigno de sua noiva Timas. Na verdade, declarou Natalie, se algum dia Safo se jogasse de um penhasco por amor, só poderia ser por Timas, uma mulher cujos cabelos tremeluziam como uma chama no relvado; uma mulher como Eva, descalça em uma túnica de seda que ela mesma havia feito, cantando os versos de Safo enquanto a luz do sol caía em seus cabelos e os emaranhava, vermelhos, no gramado verde.

Natalie tinha amado muitas mulheres depois de Eva, mas ainda assim ela apreciava aquele poema de cabelo, aquele olhar distante e místico. A preciosa Eva era quase um artefato, pensou Natalie. Cada vez mais Eva vestia seus vestidos como se fossem fantasias; o que Eva dizia nos saraus eram falas que ela havia memorizado para a ocasião. Mesmo quando Eva não estava no palco, de alguma forma ela estava sempre em Delfos. Mas Natalie havia escrito *Équivoque* para nos dizer que era possível estarmos em nosso próprio tempo. Sempre que nos reuníamos em seu jardim, era uma consagração viva daquelas noites passadas dançando nos montes de Lesbos: *quando a noite toda/ os puxa para baixo*, escreve Safo, esse desejo e aquela memória. No Templo *à l'amitié*, éramos um aglomerado radiante de jovens, estávamos tão perto de Mitilene quanto seria possível a uma mortal. Para Natalie, Safo sempre permaneceria fervorosamente no presente.

SARAH BERNHARDT, 1906

Realmente, naqueles dias sentíamos o rubor de nossas partes íntimas se voltando umas para as outras. Estudávamos umas às outras de forma tão atenta quanto os livros que havíamos lido quando meninas. Examinávamos as fotografias de Natalie e Eva, borradas no bosque atrás da casa de veraneio. Tínhamos a esperança de nos tornarmos artistas, de escrever versos que mantivessem nossas amantes acordadas a noite toda ou de pintar retratos de mulheres serenas em sua essência. Com exceção de Eva, não aspirávamos a nos tornar atrizes; os antigos ritos nos pareciam assustadores e estranhos. Tínhamos visto o olhar distante de Eva, como se ela já estivesse em Delfos.

Nesse meio-tempo, Sarah Bernhardt foi para os Estados Unidos, levando seus próprios lençóis. Toda a roupa de cama assim como seu revólver tinham bordado seu lema *Quand même*: Ainda assim, a Divina Sarah. Nos Estados Unidos, ela ganhou um jacaré, seu próprio trem particular e um exército de ajudantes de palco. O jacaré morreu depois de beber muito champanhe, mas Sarah Bernhardt era indomável. Trocou seu traje e continuou. Seu trem atravessou o continente, não limitado por ruínas antigas. Não conseguíamos ver como era possível que Eva a seguisse.

Nove

ISADORA DUNCAN, 1899

Quando estreou em Nova York, em 1899, Isadora Duncan dançou o balé da noite de núpcias de Helena de Troia. Ela vestiu uma túnica transparente que deixava seus braços livres, imitando as ilustrações de um livro sobre esculturas gregas. Enquanto dançava, seu irmão declamava versos dos *Idílios* de Teócrito. O programa explicava que a srta. Duncan desejava transportar o público para um reino nobre da cultura antiga, mesmo que apenas por uma noite.

Os jornais noticiaram que era preciso aturar metros de roupa feita de ataduras de gaze para conseguir ver a pontinha de uma perna bonita. Em meio a um zumbido monótono que falava sobre pastores e infortúnios, a srta. Duncan até era atraente, porém etérea demais para um público acostumado a um entretenimento mais substancial. As damas de Paris ou de Londres talvez gostassem de suas poses. Mas quando um nova-iorquino puro-sangue ia ao teatro, ele gostava de ver uma dançarina de verdade, não uma estátua e um poema antigo.

SAFO, FRAGMENTOS 82A E 82B, 1902

Ao retirar dos sarcófagos seu revestimento de papiro, em 1896, os arqueólogos encontraram novos e preciosos retalhos de um poema de Safo. Entregaram os retalhos para os filólogos, que os levaram de volta ao Museu de Berlim para estudos. Em 1902, eles anunciaram a descoberta de um verso sobre Mnasidika, uma jovem que Safo achava mais flexível e proporcional do que sua amada Gyrinno. Enquanto isso, os filólogos insistiram para que Mnasidika fosse conservada em uma caixa de vidro no museu. Ela cheira a poeira, disseram. Para nós, ela cheirava a samambaias úmidas e alcaçuz, e, além disso, gostaríamos de avisá-los que era impossível manter o tempo clético em uma caixa de vidro.

ISADORA DUNCAN, 1900

Isadora Duncan fez a travessia a Londres em uma embarcação de carga com seu irmão. Seu destino era o Museu Britânico, onde poderia estudar os gestos das estátuas de mármore do templo do Partenon. Ao contrário do Partenon, o Museu Britânico não tinha vento e era todo organizado: Isadora poderia passar a manhã esboçando uma cariátide que endireitava os ombros sob seu fardo de pedra e depois tomar chá.

A luz em Londres era cinza-amarelada, suja de fuligem, ainda assim as estátuas diante de Isadora estavam polidas até ficarem brancas como o esmalte dos dentes. Ela sentiu como se estendessem suas mãos antigas para ela, convidando-a a se levantar para dançar. Mas o Museu Britânico tinha regras rígidas: proibido tocar, proibido dançar, proibido grupos de gregos loucos que pudessem exigir o retorno das estátuas de mármore ao templo do Partenon.

TEÓCRITO, *Idílios*, SÉCULO III A.C.

Em uma pequena gaiola de vime, os grilos estavam cantando, disse Teócrito, e o menino que tinha feito a gaiola para eles era um artesão que manuseava os ramos de salgueiro. Teócrito, nascido na culta cidade grega de Siracusa, escrevia em perfeito hexâmetro datílico sobre os pastores sujos de lama nos campos, o berro das cabras, os emaranhados ásperos das heras. Ele transformou os pastores de cabras em deuses e os boiadeiros em poetas. Embora tenha escrito um canto de núpcias para Helena de Troia, quase todos os seus poemas eram idílios.

O que é um idílio? É um lugar no campo onde tudo é exatamente como sempre imaginamos. De fato, "idílio" vem do grego *eidullion*, que significa um pequeno quadro ou uma maneira de olhar para algo até que esteja perfeito. Nesse sentido, é um *tableau vivant*; como era Eva Palmer, majestosa e nua, contemplada apenas por Natalie Barney e uma multidão silenciosa de árvores.

ISADORA DUNCAN, *Danses-Idylles*, 1900

Na primeira fila sentaram-se Natalie Barney e Renée Vivien, perto o suficiente do palco a ponto de apoiar os pés no tapete onde Isadora dançaria. Isadora apareceu em uma túnica de chiffon de seda da cor de pérolas frias. Seus seios se aninhavam no tecido e suas pernas estavam nuas. Ela é quase a Mnasidika do poema, murmurou Renée para Natalie. Isadora Duncan olhou para a distância média do salão e ergueu a palma das mãos para o teto dourado. Renée observou o tecido da túnica de Isadora flutuando ao seu redor como nuvens, como respirações, como o musgo felpudo que envolve uma estátua ao longo dos séculos. No fim da apresentação, Renée pensou em escrever um poema sobre nuvens como pérolas frias, para traduzir as *Danças-Idílios* em verso.

Natalie achou um absurdo ver Isadora Duncan se apresentar em um tapete de sala de estar. E se Isadora concordasse em dançar em meio às colunas dóricas do Templo *à l'amitié* no jardim dos fundos! Aquilo, sim, seria perfeito, a própria imagem de uma musa trazida à vida.

ISADORA DUNCAN, 1902

Isadora Duncan fez sua travessia para a Grécia antiga de caiaque com seu irmão. Na verdade, eles tiveram de ir a Brindisi e pegar a balsa. Mas, quando chegassem à ilha de Lefkada, poderiam alugar um pequeno caiaque, azul e branco, para navegar até Kravasara, de modo que pudessem chegar ao amanhecer, desembarcar felizes e beijar o solo da Grécia antiga. Eles ficaram acordados a noite toda exaltando o mar Jônico.

Isadora e seu irmão viajaram para Agrinio, Mesolóngi, Patras. Havia pulgas. Contudo, sem se deixar abater, firmes em seu intuito, Isadora e o irmão seguiram para Atenas em suas sandálias de couro. De uma colina fora da cidade, eles contemplaram a Acrópole se erguendo em sua grande rocha para encontrar os olhos deles, encobrindo com sombra a extensão humilde de casas modernas. Ao ver aquela imagem, Isadora sentiu que não podia se mover. Comprou a colina. Sonhou com uma casa que imitava o palácio de Agamenon, onde deviam morar na Grécia antiga. A pedra nobre se extraía do monte Pentélico; hectares de plantas espinhosas os protegiam dos camponeses vizinhos. Imagine, Isadora falava com o irmão, que todas as manhãs se levantariam e vestiriam a túnica, buscariam água na fonte, contemplariam a Acrópole e dançariam rapsódias.

A primeira coisa que mandaram construir sobre seu terreno foi um templo. Mas depois descobriram que não havia fontes antigas nas proximidades, nem mesmo um poço, e a construção foi interrompida devido à falta de água potável.

OSCAR WILDE, *Theocritus: A Villanelle*, 1890

Tranquila junto ao mar calmo e risonho, escreveu Oscar Wilde, a ilha seguia com suas vidas: a hera se entrelaçando, os pastores assobiando, os grilos cantando em suas gaiolas de vime. Oscar Wilde escrevia para Teócrito através dos séculos. Sua vilanela era uma carta com uma pergunta: Será que Teócrito se lembraria? Haveria a esperança de recuperar aquele tempo, aquela ilha, aqueles jovens que eram como mudas de salgueiro em um prado?

Uma vilanela se repete muitas vezes, e Oscar Wilde faz a mesma pergunta a Teócrito continuamente. Mas uma vilanela também é um monólogo. Não sobra qualquer espaço para a resposta de Teócrito. Além disso, a Siracusa que conhecíamos era uma cidade caótica na Sicília, com surtos de cólera; as ruínas gregas nos arredores eram desesperançadas e desertas. Lemos o poema mais uma vez e ainda nos perguntamos: Onde está o idílio que nos foi prometido?

PENELOPE SIKELIANOS, 1893

Quando criança, Penelope cantava para as estrelas-do-mar. Ela caminhava ao longo da costa de Lefkada, acenando para os pescadores quando partiam, até encontrar as pedras cheias de água salgada onde as estrelas-do-mar se agrupavam. Ela, então, cantava. Sua voz era fina e aguda, ela ainda estava aprendendo os verbos modais, mas era capaz de cantar por horas. Muitas vezes, cantava até o anoitecer, quando os grilos se juntavam a ela, e noite adentro, enquanto o céu se punha escuro sobre o mar, e os pescadores atracavam seus barcos. Quando as estrelas apareciam, também cantava para elas, que eram como estrelas-do-mar viradas do avesso, ocas e brilhantes.

PENELOPE SIKELIANOS E ISADORA DUNCAN, 1902

Penelope conheceu Isadora Duncan e seu irmão enquanto eles caminhavam por Atenas com suas sandálias de couro. Com polidez, Penelope evitou olhar para os dedos dos pés deles, descalços e empoeirados. Ela era uma jovem educada, de 21 anos, com grandes olhos escuros. Os gregos antigos eram tão familiares quanto primos que vinham de muito longe para visitá-la: a fala deles era dura e estranha, mas suas palavras eram sábias. Portanto, disse o irmão de Penelope, uma família moderna e educada deveria pegar seus primos antigos pela mão e levá-los até o presente, até nossa língua demótica, para que todos os gregos pudessem ouvir.

Em 1902, Penelope já dominava o demótico, o clássico, a flauta, a harpa, a literatura francesa e os modos musicais gregos. Na rua, em Atenas, Isadora Duncan pegou Penelope pela mão e pediu que ela se juntasse a eles para reproduzir uma peça de Ésquilo. Eles queriam algo Trágico, Puro e Antigo, disse Isadora, e também queriam uma centena de órfãos atenienses para fazer teste de cantores. Penelope olhou para Isadora e seu irmão, com os dedos dos pés feios, as túnicas pregadas aos ombros, o rosto americano sério. Ela achava a ingenuidade dos dois cativante, e eles ainda lhe pagariam para cantar.

ÉSQUILO, *As Suplicantes*, 1903

Enquanto Penelope reunia os órfãos atenienses e Isadora se fechava em seu quarto estudando pinturas de vasos, os irmãos delas estavam sentados nos escombros do palácio inacabado e discutiam o futuro do grego demótico. O irmão de Penelope afirmava que o demótico era o sangue vital da língua grega viva, enquanto o irmão de Isadora acreditava firmemente que a língua antiga era eterna em si mesma e não precisava de sua forma moderna. Para resolver o desentendimento, eles chamaram um pastor que passava pela colina com seu rebanho e o convidaram para julgar. Ele era a voz do povo grego, disseram-lhe, e então o irmão de Penelope limpou a garganta para fazer uma tradução espontânea do terceiro *stasimon* de *As Suplicantes* de Ésquilo. Mas o pastor, assobiando para seu cão, disse-lhes que não poderia ficar; ele estava levando o rebanho para pastar e as ovelhas gregas não se importavam com nenhuma outra língua a não ser a grama que iam comer.

PENELOPE SIKELIANOS DUNCAN, 1903

Embora a encenação do terceiro *stasimon* tenha sido considerada um grande fracasso, os irmãos de Penelope e Isadora prontamente se tornaram amigos. Não importava que eles tivessem feito de Ésquilo uma confusão de motivos bizantinos e melodias eclesiásticas, ou que os órfãos, cantando em grego antigo, não conseguissem entender seus próprios versos. Isadora sentiu que o elemento essencial era seu próprio triunfo: contanto que ela pudesse dançar como as figuras de um vaso pintado, o resto era acessório.

O irmão de Penelope proclamou que isso era apenas o começo, que eles deveriam continuar com o projeto de trazer a cultura grega viva para as aldeias gregas. O irmão de Isadora concordou: em seguida, ele fundaria uma Akadémia e Isadora poderia dar aulas de movimento. No entanto, eles teriam de encontrar alguém para ensinar os alunos a cantar, disse o irmão de Isadora, franzindo ligeiramente a testa, e quem seria adequado para uma Akadémia tão ilustre e pobre como a deles? Um mês depois, Penelope estava casada com o irmão de Isadora.

SAFO, FRAGMENTO 22

Não havia ainda rebeliões, mas a imprensa alertava que Paris seria tomada por greves trabalhistas. Penelope tinha um bebê nos braços e seus grandes olhos escuros estavam tomados de cansaço. Na casa semiacabada na colina nos arredores de Atenas, seu marido não permitia que ninguém cruzasse a porta usando roupas modernas. Mas aqui em Paris eles eram os únicos de sandálias e túnicas, e todos os encaravam. No dia anterior, um homem francês tocou o braço nu de Penelope.

Eva ouviu Penelope cantar pela primeira vez por acaso. Imediatamente, Eva sentiu algo em si acordar, uma ideia que se infiltrou nela como a água de uma fonte subterrânea. Quem era Penelope? Eva pensou que ela fosse a origem da música no mundo. Eva convidou Penelope para ficar em sua casa em Neuilly, longe da política e de homens não civilizados. Em seu jardim iluminado pelo sol, Eva disse desejosa:

Eu te convido a cantar/ de Gongyla, Abanthis, tomando/ com sua lira enquanto (ainda, novamente) o desejo/ flutua ao seu redor. Penelope sorriu e respondeu: Assim Safo pediu a Abanthis. Mas eu não tenho uma lira; e você, você é Safo?

SAFO, FRAGMENTO 156

Primeiro elas montaram juntas um tear e, depois, teciam nele, manuseando a lançadeira pelo galpão, ajustando as faixas nos ombros para ver se o tecido caía como as dobras das estátuas antigas. O mundo era feito de fios caindo em seus lugares, de Penelope cantando enquanto prendia a túnica nova de Eva. Para manter Penelope perto de si, Eva decidiu que a peça *Équivoque*, de Natalie Barney, deveria ser musicada com flauta. Assim, Penelope, de olhos escuros, entrelaçou hera aos cabelos e ficou ao lado de uma coluna dórica no jardim de Natalie. Eva não se lembrava de ter visto algo tão belo. Mas Eva se absteve de recitar Safo, *muito mais doce do que o som de uma lira/ mais dourada do que o ouro*. Penelope, com sua flauta e os cabelos escuros, poderia interpretar mal.

TIMAS, 1906

No final de *Équivoque*, Safo salta dos penhascos para o mar Jônico, lamentando a perda de sua amada Timas. No jardim de Neuilly, vimos Safo escolher a morte em vez de ver o casamento de Timas com um homem. Natalie Barney acreditava que era melhor embalar seu corpo até a morte nas ondas do que testemunhar tal destino para sua amada.

Em 1906, Eva era Timas, sempre uma fiel discípula, e na cena final de *Équivoque*, ela fielmente segue Safo até os penhascos de Lefkada, em direção ao mar revolto. Timas também escolhe morrer em vez de se casar com um homem. Qualquer que fosse seu futuro, ele lhe foi vedado; ela nunca mais expressará um desejo no modo verbal grego optativo. No fim da peça, as discípulas restantes lamentam sua morte, semelhante à de Safo e, de alguma forma, ainda mais inevitável. Imaginamos seus cabelos vermelhos sendo arrastados pelas ondas, como uma chama se apagando.

É claro que Eva era uma atriz, ela dizia as falas de Timas como foram escritas; na verdade, todos nós fazíamos o que Natalie nos orientava naquela época, até mesmo Colette apagava o cigarro quando Natalie tossia. Mas nos perguntávamos se Timas ficaria para sempre no jardim de Safo, tão imóvel quanto uma estátua rodeada por dançarinas descalças. Seria esse nosso idílio sáfico, um *tableau vivant* contido entre quatro paredes, como uma fotografia emoldurada em um quadrado? Os tempos de 1906 foram incertos, talvez por isso Natalie Barney tenha chamado sua peça de *Equívoco*.

EVA PALMER, 1906

Três túnicas de seda branca com broches para prendê-las, um par de sandálias de couro e um volume da gramática grega foram a bagagem de Eva Palmer. Ela e Penelope tinham costurado juntas os figurinos para o *Équivoque*, e parecia um desperdício vestirem-nos apenas uma vez, em uma tarde no jardim de Natalie. Eva os vestiria nas ruas de Atenas. Ela passearia pela Grécia antiga com os cabelos soltos; se eles se arrastassem na poeira, seria aquele o solo pisado pelas sibilas, a terra que foi exaltada pela divindade.

Esse não era um retorno fugaz a Mitilene, Eva havia dito com desdém a Natalie na noite anterior à sua partida de Paris. Tornar-se Safo não era uma mera encenação em um jardim! Era viver os ritos entre as pessoas que cuidavam dos antigos santuários. Natalie observou enquanto Eva terminava de arrumar as malas, seus pertences reduzidos a quase nada; nem as cartas de Natalie amarradas com uma fita, nem o volume de poesia de Renée, nem um chapéu ou casaco adequados.

Chegando sem chapéu a Atenas, Eva foi recebida por Penelope, que a levou até a colina que Isadora tinha comprado. Com suas sandálias de couro, elas contemplaram a Acrópole. Estávamos em 1906. Eva Palmer sentiu a Grécia antiga sob seus pés. Ela olhou para baixo e viu que a terra havia sido escavada em um círculo, como se alguém estivesse escavando cada camada do passado. Eva imaginou que, enterrados na encosta, devia haver restos de mármore e bronze. Mas Penelope disse que não, que aquilo era apenas um poço que havia secado.

EVA PALMER SIKELIANOS, 1907

No inverno de 1906, Eva Palmer e Penelope Sikelianos Duncan deixaram Atenas rumo ao mar Jônico. Elas se dirigiam a Lefkada, onde Penelope tinha nascido. Estava muito frio para usar sandálias de couro e, quando Penelope cantava, era possível ver sair de sua boca a fumaça do ar. Na casa da família de Penelope, jantares eram servidos até tarde da noite com poetas demóticas e gregas revolucionárias e garrafas de Vertzami. Agora elas pareciam irmãs, Penelope e Eva, a voz das duas subindo e descendo como os modos musicais gregos: lídio, jônico, eólio. No ano-novo, Eva foi convidada pelo irmão de Penelope para visitar os penhascos brancos de Lefkada. Durante uma semana, ela ficou lá com ele, olhando para a borda.

Em 1907, Eva Palmer não era mais Timas, que recitava os versos que Natalie Barney havia escrito para ela. Em vez disso, ela ficou fascinada com o canto dos olhos escuros de Penelope, que ressoava como infinitude no ar. Ao contrário de Timas, Eva ficou a uma distância segura da borda dos penhascos de Lefkada. O irmão de Penelope a pegou pelo braço.

No fim de 1907, ela era Eva Palmer Sikelianos. Construiu um tear de nogueira para tecer suas próprias túnicas e perguntou a seu novo marido a razão pela qual o grande teatro de Delfos permanecia vazio. Onde estava o coro dançando suas tragédias, cantando suas antigas harmonias? Quem praticava o modo genitivo da lembrança? Eva foi caminhar ao longo da costa de Lefkada, olhando para o mar. Quando pensava em Natalie Barney, em momentos raros e amargos, ela imaginava um objeto envolto em vidro.

Dez

BEATRICE ROMAINE GODDARD BROOKS, *n.* 1874

Na manhã de 1902, quando Romaine Brooks embarcou para Capri, havia uma luz forte e lindíssima na baía. Com os olhos meio fechados, ela viu o contorno da ilha, uma massa promissora de rocha indomável com seus dentes no mar. Ela mal tinha dinheiro para a balsa, não tinha nada para o almoço; seus pincéis estavam carecas e grumosos. Por vinte liras por mês, ela podia alugar uma capela abandonada na parte baixa da cidade. Havia figueiras no pátio de chão rachado e, se ela conseguisse vender um quadro, poderia comprar pão e terebintina.

Romaine Brooks acreditava que pudesse vender um quadro, pelo menos um, pois achava que aquela ilha estivesse afastada de todos os infortúnios dos quais tinha padecido antes. Capri estava distante dezenas de milhas náuticas das provocações de seus colegas de classe na Scuola Nazionale d'Arte. Ainda mais distante de sua mãe, uma herdeira que havia deixado Romaine, aos sete anos, com uma lavadeira e depois, convenientemente, se esquecera dela. A lavadeira alimentava Romaine apenas com café preto e pão frito, mas deixava que a menina desenhasse nos papéis de embrulho que iriam para o lixo.

Romaine?, respondia vagamente sua mãe em algum lugar de Nice ou Monte Carlo. Você se refere à pequena

Beatrice Romaine? Acho que ela está sendo cuidada em algum lugar. Que menina difícil.

Uma ilha, pensou Romaine Brooks, não tem memória. Na verdade, uma ilha surgia do mar para te encontrar assim que você chegava à marina. Ao desembarcar, você encontrava apenas o brilho imediato e casual do sol do meio-dia no porto. Ninguém te cumprimentava e, durante todo o verão, você não lia nada. Você poderia morrer de fome em Capri, mas ninguém te chamaria de Beatrice.

O CÓDIGO ZANARDELLI

Quando a Itália foi unificada pela primeira vez, suas leis eram um pântano incomensurável de várias moralidades. O Código Penal Albertino, o Sardo-Piemontês, o Civil Napoleônico: ser jogada em uma cela ou deixada em paz para viver sua sina era determinado pela região em que você se encontrava. Por isso, os políticos, desejando que a criminalização fosse a mesma em todo o país, começaram a combinar as leis dos códigos em uma só. Por trinta anos eles estiveram muito ocupados.

No fim, os direitos que não tivemos sob o Código Zanardelli eram os mesmos direitos que não tínhamos havia séculos e, portanto, não valiam a pena ser enumerados, mas ganhamos, por omissão, uma liberdade significativa. O Código Zanardelli se esqueceu de mencionar safistas, invertidas, tríbades, amazonas, viragos, atrizes, mulheres delinquentes ou qualquer outra coisa da qual pudéssemos ser chamadas e, portanto, não foi possível nos punir pela lei na Itália. Além disso, estendeu o silêncio que protegia as safistas aos homens que, à moda dos gregos antigos, desfrutavam de uma filosofia de se deitar com outros homens.

Essa foi a razão pela qual Oscar Wilde, logo depois de ser solto de uma prisão inglesa em 1897, fugiu primeiro para Nápoles e, depois, com seu amante, para Capri, sobre o mar azul-esverdeado.

AS SRAS. WOLCOTT-PERRY, 1897

Originalmente, talvez uma fosse Wolcott e a outra Perry, mas quando apareceram na ilha estavam sempre ligadas, com os cotovelos entrelaçados, tão inseparáveis quanto Capri e Anacapri. As sras. Wolcott-Perry mandaram construir para si mesmas uma casa à beira-mar, com pequenas torres em abóbadas que brotavam de colunas dóricas; no jardim havia um templo para a deusa romana Vesta, cujas sacerdotisas passaram a vida juntas em uma casa. No templo das sras. Wolcott-Perry, a chama vestal nunca se apagava. Todos os lugares da casa eram marcados com seu monograma, dois corações unidos por suas iniciais.

Muitos anos depois, Natalie Barney e Romaine Brooks mandaram construir uma casa para si mesmas no sul da França. Cada uma tinha sua própria ala: durante toda a tarde, Natalie podia escrever e Romaine podia pintar em perfeita e solitária liberdade. À noite, elas se reuniam no centro da casa para jantar juntas no único cômodo que conectava uma ala à outra. Elas chamavam sua casa de *Trait d'union*, ou *The Hyphen*: a marca de uma união, a junção entre dois sujeitos individuais que não se apagam um ao outro, mas permanecem ligados em um único ponto voluntário. À maneira delas, lembramos com carinho, Natalie e Romaine estiveram juntas por quase cinquenta anos.

SRA. BROOKS, 1903

Romaine Brooks se casou uma vez. Levou uma manhã em 1903 para se casar e poucas semanas depois para perceber que havia sido um equívoco. O nome dele era John. Ele não aprovava o cabelo dela, de corte curto e elegante agora que a mãe de Romaine tinha morrido, mas estava interessado em sua herança. Para se livrar do marido, Romaine Brooks lhe pagou trezentas libras por ano, com as quais John e seu amante Edward alugaram uma casa em Capri. Eles tinham um fox terrier que levavam para passear na Piazzetta e nos arredores, e assim permaneceram ociosos pelo resto da vida. Em Capri, naquela época, havia muitos casais assim, com muitos cães como aquele; as sras. Wolcott-Perry começaram a fazer listas de quais Johns deveriam convidar para cada jantar.

Por isso, Romaine Brooks deixou Capri e começou a pintar tudo em tons de neblina e madeira queimada. Era ótimo que as leis da Itália não tivessem chegado às suas ilhas para atormentar qualquer pessoa considerada desviante, mas será que John não poderia ter deixado Capri para ela? Agora ela teria de encontrar outro refúgio, outra ilha sem memória. A essa altura, já parecia que muitas das ilhas tinham sido consumidas por seus passados.

EILEEN GRAY, *n.* 1878

Eileen Gray lamentava que seu pai insistisse em pintar paisagens quentes e secas na Itália, em vez das coisas cinzentas e frias que eram brilhantes e sedosas no condado onde nascera. Sua ilha era a Irlanda, não Capri; suas cores eram colinas gramadas cobertas de orvalho e o rio Slaney florescendo com gotas de chuva. Quando ela ainda era menina, o pai deixou sua mãe e foi morar em um vilarejo italiano. Depois disso, Eileen teve uma série de governantas que não fizeram nada para dissuadi-la de se tornar uma artista refratária ao casamento.

ROMAINE BROOKS, *Maggie*, 1904,
E SAFO, FRAGMENTO 156

Mais dourado do que o ouro era o cinza, acreditava Romaine Brooks. O cinza era uma gama de sentimentos, desde o arrulhar das pombas até o pálido e implacável líquen que se alimentava da medula de mármore das colunas caídas. Em Londres, em 1904, Romaine queria pintar a luz fria e cinzenta nos olhos de uma mulher antes de decidir exatamente o que pensar de você. Era Maggie. Em seu retrato, Romaine turvou as feições com um toque de incerteza, fazendo sombras em sua boca e sobrancelha, embora a própria Maggie tivesse cabelos loiro-claros e grande sagacidade. Houve momentos em que Romaine achou Safo muito intempestiva para 1904.

EILEEN GRAY, 1901

A sanguina era um tipo de giz vermelho usado pelos alunos da Slade School of Art, em Londres, para capturar os tons avermelhados da pele. Um pedaço de sanguina parecia uma compressão de sangue seco. Em 1901, quando Eileen Gray se matriculou na Slade, ainda era proibido que as mulheres se misturassem aos homens que estavam desenhando modelos vivos. Supunha-se que o corpo das modelos, mesmo parcialmente coberto, sugeria uma carnalidade imoral, como sangue seco em um lençol branco.

Passeando pelo Soho, Eileen parou em frente à vitrine de um ateliê onde estava exposta uma tela chinesa reluzente. Aquela luz, brilhante e sedosa, aquela profundidade de cor fria como a superfície de um rio ao amanhecer: Eileen nunca tinha visto a tinta brilhar dessa maneira. No ano seguinte, ela se mudou para Paris a fim de frequentar uma escola de arte onde os modelos para as aulas de anatomia eram cadáveres retirados do rio Sena. Para esboçar suas luzes opacas esverdeadas, não era necessário usar sanguina.

SAFO, FRAGMENTO 150

Pois não é correto em uma casa das Musas/ que haja lamentação, escreve Safo, *isso não seria próprio nosso*. Eva Palmer Sikelianos sabia disso e tentava evitar que pensamentos melancólicos cruzassem a soleira de sua casa em Lefkada. Se o lamento invadisse um cômodo, se as musas fossem perturbadas por seu pranto era, geralmente, mais fácil abandonar a casa do que livrá-la desses ecos inauspiciosos. Em 1908, Eva se mudou para uma casa nova em Atenas. Em 1910, ela comprou um terreno em Sykia e percorreu a costa, inquieta, antes mesmo que os batentes das portas fossem instalados.

É claro que não era certo, disse Eva a si mesma enquanto olhava para o mar, esperar que todos os gregos reverenciassem os versos antigos. Uma parcela da população de todo lugar desejaria coisas modernas e baratas, os ragtimes e filmes e as meias encomendadas pelo correio. Mas onde, além de Penelope e sua família, estavam os gregos que cuidavam dos santuários de Safo? As mulheres de Lesbos não recitavam em pentâmetro datílico e as moças não eram ninfas que caíam em canteiros de violetas. Até onde Eva pôde perceber, essas mulheres de Lesbos, as Lésbicas, eram totalmente banais, sem nenhum fragmento de Safo cintilando dentro delas. Esse era o lamento que Eva tentava acalmar no coração antes que se derramasse em sua voz. Mas é tão difícil inverter um lamento quanto se desvencilhar dele.

ALFRED DELVAU, *Dictionnaire érotique moderne, par un professeur de langue verte*

Uma Lésbica, de acordo com um verbete do *Dicionário erótico moderno* de Delvau, é uma mulher que prefere Safo a Faonte. A princípio, nos divertimos com esse epíteto, que em um primeiro momento converteria tantas mulheres que a ilha de Lesbos dificilmente poderia abrigar todas elas; afinal, quem não preferiria Safo a Faonte? Todas nós já tínhamos conhecido muitos Faontes, com seus encantos patéticos. Tínhamos de manter listas de quais Faontes haviam sido convidados para quais jantares.

Uma Lésbica, de acordo com outro verbete do *Dictionnaire érotique moderne* de Delvau, é uma mulher nascida em Lesbos que atualmente reside em Paris. Em 1904, Romaine Brooks estava procurando um lugar onde pudesse viver em pecado tranquilamente e pintar. Ela estava cansada da constante luz quente e forte do sul e de suas intermináveis ruínas. Em 1905, Romaine pôs a cartola que sombreava seus olhos, empacotou os pincéis e foi embora para Paris.

GERTRUDE STEIN, *Rich and Poor in English*

Em 1909, para se livrar de seu proprietário raivoso, Natalie Barney deixou Neuilly e se mudou para a Rue Jacob, 20, em Paris. Depois do Templo *à l'amitié*, podíamos passear de braços dados até a casa de Gertrude Stein, embora tivéssemos o cuidado de ir apenas nos dias em que ela estava disposta a receber visitas. Natalie recebia às sextas-feiras e Gertrude aos sábados, quando também havia homens e *brandy* de framboesa.

Assim, surgiu uma correspondência entre Natalie e Gertrude. Elas enviavam *petits bleus* uma para a outra, como príncipes donos de reinos vizinhos, e entre seus salões foi estabelecido um atalho, como um rio que corta um cânion para dentro de si mesmo, que desaguava na Rue de l'Odéon. Era fácil e instintivo segui-lo, bastava pegarmos nos braços umas das outras para sermos levadas. Na Rue de l'Odéon ficavam duas livrarias que frequentávamos com tanta assiduidade que Gertrude Stein poderia dizer: Eu tenho quase um país lá!

Esse país era a Odéonia, como ficamos sabendo pela proprietária de La Maison des Amis des Livres. Era um reino pequeno, mas maravilhoso, onde encontrávamos livros sobre todos os assuntos imagináveis. Os volumes encadernados em couro que não podíamos comprar em La Maison des Amis nos eram emprestados, embrulhados em papel de seda, por quinze dias. Mais adiante, na Rue de l'Odéon, um bando de americanos tumultuosos entrava pela porta da Shakespeare and Company em busca de correio aéreo e do futuro da literatura moderna. Eles esperavam que o troco fosse dado em sua moeda e que seus poetas nacionais fossem exibidos com destaque. Mas Sylvia Beach colocava poltronas tortas para todos: ela recebia igualmente todos os leitores, como dizia Gertrude, ricos e pobres em inglês.

Por isso, em Odéonia, líamos atlas e biografias, tragédias e manuais para a construção de barcos de madeira muito leve. Em um atlas, aprendíamos que uma faixa estreita de terra é um istmo, enquanto um encadeamento de várias ilhas é um arquipélago. Passeando entre Natalie e Gertrude, discutimos se estávamos em terra ou em mar.

VIRGINIA STEPHEN, *Melymbrosia*, 1907

Virginia, que começou seu primeiro diário com um relato sobre um passeio de bicicleta até o Battersea Park, sentia-se sempre atraída por passeios. Ela gostava de ver uma paisagem se desenrolar livremente enquanto a atravessava, com o impulso dos pedais fazendo com que ruas e árvores passassem por ela. Mas a volta, especialmente para a casa sombria de sua infância em Hyde Park Gate, era um desalento: ela preferia destinos desconhecidos.

Em 1907, Virginia Stephen morava com seu irmão mais novo na Fitzroy Square, e estava escrevendo seu primeiro romance. Ela andava de bicicleta por Londres pensando em como lançar seu livro ao mundo. Ônibus se agigantavam, os cavalos das charretes relinchavam, garotos de recados passavam como flechas: ela desviava, xingava e se perguntava como *Melymbrosia* encontraria seu caminho. Quem gostaria de ler a história de uma garota que sai da ilha da Inglaterra em direção a um futuro desconhecido, em especial se fosse escrita por uma romancista totalmente desconhecida?

De fato, *Melymbrosia*, de Virginia Stephen, não seria publicado até que ambas tivessem mudado de nome: por isso, oito anos depois, quando a paisagem do mundo havia sido irrevogavelmente alterada pela guerra, Virginia Woolf se tornou a autora de *A viagem*.

ROMAINE BROOKS, *The Black Cap*, 1907

Se o cinza englobava muitos sentimentos, então o preto era onde eles estavam enterrados. A ordem do preto, sua auto-clausura austera, deu a Romaine Brooks uma sensação de serenidade em seu novo apartamento no 16º Arrondissement.

Ela revestiu os tapetes e as cortinas de preto e, em seguida, encomendou para si mesma vários pares de calças de lã cinza-carvão com casacos pretos para abotoar por cima e um lenço cor de cinzas. Em 1907, Romaine Brooks pintou uma jovem mulher olhando para baixo, com as mãos meio fechadas, pensativa em um quarto qualquer. Ela poderia ser qualquer pessoa, em qualquer quarto de Paris, sem um passado que a prendesse. Seu pensamento, no entanto, qualquer que seja, faz uma sombra em seu rosto como um chapéu preto.

EILEEN E JACK, 1904

Eileen e Jack moravam juntos em um conjunto de pequenos quartos atrás do Jardim de Luxemburgo. Eileen era aspirante a pintora; em uma sala com corrente de ar da Académie Julian, ela estudava as suaves curvas internas de pulsos e tornozelos. Jack aspirava ser Jack. À noite, Jack pintava a sombra de um bigode, vestia paletó e calças e acompanhava Eileen a estabelecimentos que nenhuma jovem poderia frequentar sozinha. Jack bebia *eau de vie* despreocupadamente, jogava xadrez e achava tudo esplêndido. Eileen, que acreditava, acima de tudo, em interiores privados, achava tudo muito aterrorizante. E se alguém pudesse ver além da superfície plana de Jack?

Foi então que Eileen Gray começou a estudar a arte de fazer biombos, de endurecer as superfícies, de pintar camadas e mais camadas de laca brilhante e quebradiça que não revelavam sua base. Com um mestre das tradições japonesas, ela aprendeu que a laca era feita com a seiva seca de uma árvore venenosa, misturada com pedra pulverizada. Depois de pintar as primeiras camadas, a pele macia e interna de seus pulsos foi consumida por uma erupção cutânea violenta. Mesmo assim, Eileen continuou trabalhando. Ela queria fazer uma tela lacada para Jack, oblíqua e impermeável, algo que protegesse o sensível ato de se vestir.

DAMIA, 1911

Nos salões de música onde Damia cantava, esperava-se que uma moça se vestisse de tal forma a chamar a atenção dos marinheiros. Mas Damia cantava suas cantigas e lamentos em uma simples bata preta que deixava à mostra seus ombros fortes. Quando um crítico a comparou a um boxeador de meia-tigela em repouso, Damia deu de ombros. Ela havia nascido em um quarto apertado no 13º Arrondissement, em uma família de dez; havia sido mandada para um reformatório; aos quinze anos, já tinha ouvido todos os palavrões que poderiam ser dirigidos a uma menina.

Eileen e Jack conheceram Damia em uma boate que nenhuma jovem poderia frequentar sozinha. A voz de Damia era melancólica, baixa e rouca por causa dos cigarros. Seu vestido estava sujo e amassado e, embora ela tivesse apenas dezenove anos, seus olhos eram velhos. Eileen, tentando não encarar seus belos ombros, perguntou sobre seu repertório: ela cantava principalmente *chanson vécues*? Sim, disse Damia, infelizmente aquelas eram canções que ela mesma tinha vivido.

NATALIE BARNEY, *Actes et entr'actes*, 1910

Os atos que então realizávamos tinham cada vez menos interlúdios entre eles. Havia atos adequados apenas para salas privadas, mas também havia, pelo menos em lugares como Paris e Capri, cada vez mais atos que podiam ser praticados em público. Não era apenas o fato de que, sob os códigos Civil Napoleônico e Penal de Zanardelli, as safistas não eram mencionadas. Era também porque estávamos nos tornando mais ousadas e numerosas. Tínhamos facas com cabo de marfim e não éramos mais meninas. Em Odéonia, estávamos adquirindo manuais, atlas, traduções de tragédias gregas com as partes do coro impressas em páginas que nós mesmas aparávamos. Como Romaine Brooks, algumas de nós agora tinham seu próprio meio de vida e, em vez de escolas formais, tínhamos Natalie, que lia "Retour à Mytilène", de Renée Vivien, em voz alta para nós em seu salão. Era verdade, porém, que não tínhamos mais Eva Palmer. Ela estava em um interlúdio, em uma ilha, sozinha na Grécia antiga.

ROMAINE BROOKS, *The Screen*, 1910

Na primeira vez que Romaine Brooks mostrou suas pinturas em público, ela sentiu como se estivesse nua em uma das Galeries Durand-Ruel. Todas as suas pinturas eram de mulheres. Na pintura que Romaine não suportava mais olhar, uma jovem está encostada em um biombo ao lado de uma pequena mesa de laca preta. Ela está vestindo apenas uma tira de tecido fino sobre os ombros. Tem o olhar distante, é melancólica, pálida e sombria, enquanto a mesa é feita de bordas duras. Quando vimos essa pintura, entendemos por que levou Romaine ao desespero. Ela havia pintado uma mesa e um biombo que sabiam como estar dentro de uma casa. Estavam em casa em um ambiente interior, perfeito e angular, enquanto a própria Romaine Brooks permanecia inquieta e vaga, ainda tomando forma.

EILEEN GRAY, *La voie lactée*, 1912

Naquela época, Eileen Gray estava produzindo apenas pequenas amostras de seu trabalho. Produziu para suas amigas íntimas alguns biombos laqueados que elas poderiam usar enquanto se vestiam ou se despiam em seus quartos em Paris. *A Via Láctea*, por exemplo, nunca saiu do quarto da mulher para quem Eileen Gray o fez. A superfície da tela é esmaltada em um azul-escuro ao luar, e o corpo de uma mulher desliza sobre ela, banhado pela luz perolada das estrelas. Com os cabelos à deriva atrás de si, leitosos e brilhantes, ela torna todo o cosmos luminoso. Ela sabe como flutuar suavemente sobre a mais dura das superfícies, seu corpo se move entre o mundo e um sonho.

SAFO, FRAGMENTO 104A

Por fim, os objetos laqueados de Eileen Gray e as pinturas de Romaine Brooks foram reunidos na casa de Natalie Barney. Natalie tinha um jeito de decorar interiores de mulheres diferentes que nunca deixava de nos surpreender. Nas mesas pretas baixas de Eileen, Natalie acendeu velas para Renée e dispôs vasos com os lírios que Liane adorava. Ficamos impressionadas com a imagem que Natalie havia criado: como a chama, espelhada pelo brilho escuro do tampo da mesa, aquecia as gargantas pálidas dos lírios.

Quando Natalie se posicionou embaixo do retrato de Romaine, fizemos um círculo em torno dela, como ninfas na floresta, para ouvir "Retour à Mytilène". Sentimos que, se permanecêssemos na casa de Natalie Barney, seríamos iluminadas por dentro pelas imagens do que poderíamos ser. Às sextas-feiras, na casa de Natalie, pensávamos em Safo:

Noite/ você reúne de volta/ tudo que o deslumbrante amanhe-cer separou. Mas Romaine Brooks, exasperada com nossas salas poéticas e superaquecidas, discordou. Amazonas, não ninfas, disse Romaine com rispidez. E ninguém vai voltar para aquelas ilhas.

PENELOPE SIKELIANOS DUNCAN, *Akadémia*, 1912

Em 1912, Penelope voltou a Paris. No quinto andar de um prédio frio, em uma Akadémia que levava o nome de seu marido, ela passou a dar aulas de teatro grego, músi-ca e tecelagem. Era difícil ensinar a história de Electra aos alunos franceses, Penelope concluiu, mas talvez fosse im-possível ensinar-lhes a diferença entre os modos musicais lídio e mixolídio. Em vez disso, Penelope achava que eles deveriam produzir algo próprio, uma nova encenação das artes antigas para o público francês. Ela pediria a Eva, disse ao marido, e Eva voltaria a Paris por ela, Penelope estava certa, porque as duas eram como irmãs.

ELECTRA E CRISÓTEMIS, 1912

É claro que Eva voltou a Paris por causa da Penelope de olhos escuros. Ela teria descido ao submundo para ouvir Penelope cantar novamente. Em Paris, ficou decidido que Penelope seria Electra, e Eva seria sua irmã Crisótemis. Juntas, elas apresentariam o coro sofocliano, dançando suas tragédias, clamando suas antigas melodias. Elas eram filhas de Clitemnestra e Agamenon, e sabiam o que era atuar. Ainda assim, pertencer àquela família era um fardo.

Em 1912, não contamos a Natalie Barney que Eva tinha voltado a Paris. Em fevereiro, em uma noite que não era sexta-feira, fomos ao Théâtre du Châtelet para ver a nova *Electra*. Nós nos sentamos em uma fileira escura e suspendemos a respiração, observando a luz brilhar sobre Penelope. A peça era menos uma série de eventos e mais uma sucessão de imagens, como um filme em movimento visto quadro a quadro. Esquecemos Clitemnestra e Agamenon. Esquecemos Cassandra. Assistimos apenas a Penelope e Eva, de perfil, um entablamento passando à nossa frente. Meio ajoelhada em sua angústia, Penelope implorava aos deuses que tivessem piedade, enquanto Eva a seguia, tropeçando, sem entendê-la, com os braços estendidos.

VIRGINIA WOOLF, *On Not Knowing Greek*[19]

Electra está diante de nós como uma figura tão firmemente ancorada, escreveu Virginia Woolf, que só pode se mover um centímetro para cá, um centímetro para lá. Mas cada movimento deve ser feito com o máximo de propósito.

Electra deve contar por meio dos movimentos, pois ninguém entende os verbos que ela usa. Até mesmo os poetas estão perplexos: *λυπειν*. Que tipo de sofrimento é esse, ferir-se por um futuro já previsto? Estendendo suas mãos de dedos rígidos, Electra quer saber dos deuses que gaiola escura é essa, da qual eles fizeram sua vida, e por quê. Ela não consegue ouvir racionalmente, diz seu irmão. Mas será que não é razoável dançar os poucos centímetros que lhe foram dados, sabendo como isso vai acabar?

Eva partiu para Atenas antes de nos ensinar todos os modos dos verbos gregos. Só mais tarde descobrimos, por

---

[19] "Sobre não saber grego", ensaio traduzido no Brasil por Sílvio Somer (*Revista Mafuá*, n. 29, 2018).

exemplo, que dois modos não têm futuro. Um é o imperativo, usado para demandas e ordens. O outro é o subjuntivo, usado para tudo o que não é um fato fundamentado. Talvez Electra sofresse em verbos que ninguém entendia, pois não havia um futuro para o modo em que ela vivia.

ROMAINE BROOKS, *No Pleasant Memories*

Foi em seu primeiro ano no internato que Romaine Brooks conheceu a jovem grega. Tinha cabelos ruivos e rebeldes e sabia recitar o dicionário em ordem alfabética, surpreendendo Romaine, que nunca havia memorizado nada, exceto como fazer café em uma cafeteira. À noite, a jovem grega deixava as janelas abertas para Romaine, que entrava como um vento negro e ficava até o amanhecer. Quando elas foram pegas juntas, Romaine não soube explicar. Talvez fosse sonâmbula, talvez tivesse se perdido em algum outro cômodo onde os móveis eram arranjados em uma ordem semelhante. Romaine era de uma família rica demais para ser punida, mas a jovem grega foi mandada de volta, envergonhada, para a ilha onde seus pais ainda moravam em cima de sua taverna. A jovem grega era um sinal, pensou Romaine, de que não havia destino pior do que voltar para a ilha que você havia abandonado. Uma vez que você partiu para o futuro, deve haver apenas o limite rígido do horizonte à sua frente.

A jovem grega foi tema de vários parágrafos das memórias de Romaine Brooks, que nunca foram publicadas. Como Romaine disse obscuramente a Natalie Barney, o único título que sua vida merecia era *Memórias desagradáveis*, e que editora consentiria em condenar um livro antes mesmo de ele nascer?

Onze

SARAH BERNHARDT, *Romance of an Actress*, 1912

Em 1912, tínhamos cinema e telas laqueadas e nos contentávamos em nos sentar em salas com cantos escuros. Mesmo aquelas de nós que ganhavam a vida modestamente podiam agora se presentear com noites de Beaujolais e filmes de Sarah Bernhardt. Tínhamos perdido a companhia de algumas de nós, era verdade. Depois de *Electra*, Eva voltou para a Grécia, enquanto Penelope foi para Londres. Em seguida, o marido de Penelope a levou para um pequeno vilarejo onde eles empilhavam pedras das ruínas para fazer casas. Durante três anos, Penelope respirou pó de pedra. Ela tossia mais do que cantava. Na casa em Sykia, Eva tecia longos bordados sem sentido, esperando por Penelope.

Mas, em 1912, Sarah Bernhardt fez quatro filmes. Ela foi a rainha Elizabeth em *Les Amours de la Reine Élisabeth* e Adrienne Lecouvreur em *Romance of an Actress*. Tinha 68 anos, incansável, junto do filhote de um tigre que ela deixava passear por sua mesa de jantar. No verão de 1912, fez um filme no qual era apenas a Divina Sarah. Era um filme sobre sua vida na casa de verão que dividira com Louise Abbéma, na ilha de Belle-Île-en-Mer, na Bretanha. Encantadas, assistimos a cada cena como se tivesse sido feita para nós. Sentimos que, finalmente, estávamos vendo o verdadeiro amor de uma atriz.

Assim, não dedicamos muitos pensamentos a Penelope, a Eva, a nenhum grito desesperado de profecia ou desgraça. Estávamos observando Sarah e Louise em sua ilha, fazendo piqueniques à beira do penhasco.

GIUSEPPE PISANELLI, *Jus sanguinis*

A lei do sangue corria quente nas veias do Código Pisanelli. Qualquer pessoa poderia nascer em solo italiano, argumentou Giuseppe Pisanelli, mas os verdadeiros cidadãos devem ser formados pelo sangue de suas famílias. Na verdade, afirmou ele aos senadores italianos, o principal elemento da nacionalidade é a raça. Os senadores assentiram, orgulhosos de suas linhagens.

Foi em nome da raça italiana que a nação começou a se apossar de outras terras e chamá-las de colônias. Isso levou a problemas imprevistos que quase sempre terminavam em sangue derramado. Por exemplo, os homens italianos, ao se apoderarem da Eritreia em 1890, também se apoderaram de muitas mulheres eritreias; assim, em 1905, o governo italiano se deparou com um número sem precedentes de filhos ilegítimos. Os políticos da Itália se viram em um dilema: chamar essas crianças de italianas pelo sangue de seus pais ou de colonizadas como suas mães conquistadas. Enquanto isso, mandaram construir orfanatos em Asmara.

OSCAR WILDE, *Salomé*, 1891

Sarah Bernhardt era como um punhal cravado de joias entre as mentes enfadonhas do teatro; Oscar Wilde sempre dizia que a Divina Sarah era a mais antiga e astuta das deusas. Ele a adoraria como uma divindade aos pés de sua bainha de pele caso ela permitisse. Estava disposto a deixar que o par de leões dela o devorasse inteiro, até os cadarços de suas botas. Em 1891, enquanto Sarah fazia o papel de Cleópatra, ele a imaginou sepultada em uma pirâmide, com uma víbora fincada no peito. Arrepios deliciosos tomaram conta de seu corpo enquanto descansava na *chaise longue* de veludo amarelo de seu quarto de hotel em Paris. Oscar Wilde fechou os olhos e deixou a visão palpitar sob suas pálpebras: uma nova peça, calafrios amarelos se contorcendo como víboras no veludo, os olhos de joias de uma rainha assassina do Oriente. Sarah seria Salomé. Ainda que na verdade, Oscar Wilde pensou, Sarah Bernhardt sempre *tenha sido* Salomé, ela era filha da Babilônia.

PAOLO MANTEGAZZA, *Fisiologia della donna*, 1893

O senador italiano Paolo Mantegazza tinha uma teoria sobre a essência das mulheres e dos africanos. Em primeiro lugar, havia algo escuro e subdesenvolvido. Em segundo lugar, eram inferiores aos homens italianos. Em terceiro, afirmava Mantegazza, as mulheres italianas e todos os povos africanos eram só pouco melhores do que crianças, devido à sua fisiologia inata; para o bem da raça italiana, eles deveriam ser patrocinados por aqueles que sabiam mais, ou seja, os senadores da Itália.

Salomé, 1892

Em 1892, Oscar Wilde fez o possível para que Sarah fosse sua Salomé. Escreveu a peça em francês e vestiu sua princesa

Salomé com o mesmo véu dourado que Sarah havia usado como Cleópatra. O palco se encheria de fumaça de incenso para realçar seus contornos nítidos e sinuosos; em meio a essa névoa, a Divina Sarah brilharia como uma serpente, uma lâmina traiçoeira, um rio cortado pelo luar. De fato, disse Oscar Wilde a si mesmo, Sarah era uma perfeita serpente do velho Nilo.

Mas, quando Sarah Bernhardt leu o roteiro de *Salomé*, ela empalideceu. Sarah havia nascido filha ilegítima de uma cortesá judia. Para se firmar no mundo, ela fez os papéis que quis e ignorou os comentários que os acompanhavam: que seu cabelo era muito encaracolado; seu corpo, de uma magreza bizarra; suas bochechas, coradas demais; ela era doente, contagiosa, enganosa, luxuosa, decadente; era filha de sua mãe, filha da Babilônia.

Quando Sarah Bernhardt foi, enfim, reconhecida como divina, ela tirou proveito do direito de ser atriz, em vez do que a haviam nomeado quando nasceu. Acima de tudo, ela proporcionou a si mesma vida e mais vida: intitulou seu livro de memórias *Ma double vie*.[20] A princesa Salomé, no entanto, clama pela morte. Ela dança em seus véus de ouro pelo prazer da traição, entrega seu beijo da morte dentro de uma nuvem turva de incenso. Assim, em 1892, Sarah Bernhardt renunciou ao papel que lhe foi dado; estava claro para onde aquilo a levaria.

PAOLO ORANO, *La Lupa*, 1910

La Lupa era um jornal italiano que recebeu o nome de uma loba. Com a precisão opaca de uma sombra cinzenta,

---

[20] Minha vida dupla.

o *La Lupa* começou a circular na península em 1910. Paolo Orano, o editor, incitava sua loba a caçar vorazmente; suas presas eram os povos decadentes, luxuosos, enganadores, melancólicos e afeminados do Oriente e do Sul, que estavam diluindo o sangue puro da raça italiana. *La Lupa* atormentava os judeus com acusações de socialismo, desvios e conspirações semitas; havia imprecações contra as pessoas escuras e preguiçosas do Sul, pouco melhores do que crianças manhosas; e, é claro, as mulheres. Essencialmente, as mulheres eram seres primitivos, concluiu Paolo Orano, sujeitas a surtos de histeria emocional e preconceito irracional.

Em seu apartamento em Roma, Lina Poletti reduziu *La Lupa* a pedaços e os jogou na lareira. Depois de um minuto, as palavras de Paolo Orano eram chamas de nada. Mas, quando Lina se inclinou para acender o cigarro, sua mão tremia.

CASSANDRA, 1912

Íamos ao teatro, íamos ao cinema. Sentávamo-nos em salas escuras e víamos vidas luminosas passarem diante de nós. Sem nos importar com os cantos escuros, adorávamos os romances das atrizes e invejávamos suas belas ilhas. Àquela altura, já tínhamos esquecido de Cassandra.

Cassandra podia ver o que estava à frente e atrás ao mesmo tempo. Ela corria enlouquecida pelas muralhas de Troia, vendo por todos os lados enquanto os homens a ridicularizavam: era chamada de comediante e coisas piores. Mas Cassandra não conseguia travar a língua e calar o que tinha a dizer. Ela levantou a voz com um tom parecido com o grito do vento. De sua garganta, ela derramou as coisas mais sombrias. Era verdade que os homens nunca lhe davam ouvidos. Mas não deveríamos ter esquecido Cassandra e outras como ela, mulheres que já tinham vivido nosso futuro.

Salomé, 1897

Qualquer papel rejeitado por Sarah Bernhardt era sumariamente recusado por Eleonora Duse. La Duse não seria escalada como uma Salomé de segunda mão! Sim, sim, ela compreendia que o Signor Wilde tinha ido diretamente a Nápoles só para vê-la quando foi solto da prisão inglesa. Mas ele não parecia muito bem. Talvez devesse se afastar por algum tempo antes de recomeçar uma vida pública, sobretudo uma vida no teatro. Um retiro em algum lugar longe das leis e jornais ingleses, Signor Wilde; sim, havia embarcações todos os dias para Capri, a ilha não ficava tão distante quanto parecia. E havia muitos dos compatriotas dele lá que procuravam, como se diz, um refúgio? Um idílio. Ele devia apenas se precaver ao lidar com a população local, pois haviam ocorrido alguns escândalos com garotos que foram convidados a posar para escultores estrangeiros. *Attenzione*, Signor Wilde, não confunda um garoto bronzeado das ilhas com uma estátua para instalar em seu jardim.

ISADORA DUNCAN, 1904

A natureza havia presenteado Isadora Duncan com graciosidade, ela explicou, e, portanto, era seu dever incorporar a Beleza da Natureza nos palcos do mundo, libertar a Arte da Dança do artifício manipulado e restaurar sua honrosa

Herança. Aqui em São Petersburgo, as pessoas viram alguns dos frisos gregos, algumas pinturas de vasos clássicos?, ela perguntou. Ótimo. Então, entenderiam que sua dança surgiu da Nobre Beleza dos Antigos, que seus gestos eram tão Puros e Naturais quanto as estátuas de mármore branco do Museu Britânico.

Devemos salvar a Dança não apenas da frivolidade do balé, que a definhou, prosseguiu Isadora Duncan, com sua voz elevada, mas também das Raças Primitivas e Degeneradas que a corromperam! Nossa Arte não deve ser rebaixada pelo sensual ou manchada pelo decadente: desprezemos a dança da saia, o foxtrote, as moças do entretenimento, a dança do ventre, a dança do *black bottom*! Ela estendeu o braço de forma suplicante, como uma estátua de mármore branco que se perdeu do caminho. Limpou a garganta. Esperava que seu estimado público entendesse o que ela queria dizer.

Ida Rubinstein, sentada nos fundos do teatro em São Petersburgo, entendia perfeitamente o que Isadora Duncan queria dizer. Ida Rubinstein havia nascido filha de um rico comerciante judeu na Rússia czarista. Tinha estudado francês, italiano, alemão, canto, dança e grego. Ela encenou sua própria *Antígona* e ignorou os comentários que vieram junto com a estreia: que seu cabelo era um ninho de cobras fervilhante; seu corpo, bizarramente magro; sua riqueza, de origem suspeita; suas ideias, mal-intencionadas e maldosas. Havia rumores de que ela era uma Salomé, uma lasciva filha da Babilônia; que deveria ser expulsa do país por seus cidadãos, banida para além da zona de assentamento.

Pois bem, disse Ida Rubinstein a si mesma, se esse fosse o único papel oferecido a ela, iria aceitá-lo. Ou melhor, iria agarrá-lo com as duas mãos antes que ele mesmo a estrangulasse.

SIBILLA ALERAMO, *L'ora virile*, 1912

Em 1912, os políticos italianos estavam celebrando os dois triunfos da nação: tinham invadido Trípoli e limitado o sufrágio apenas aos homens. Os homens do governo haviam organizado o ano de 1912 tão habilmente que, enquanto um número desconhecido de pessoas na Tripolitânia e na Cirenaica seriam colonizadas ou levadas à morte, todas as mulheres na Itália permaneceriam sem direito a voto. O império aumentaria enquanto a cidadania diminuiria.

Sobre a situação geral da Itália, Sibilla Aleramo foi perfeitamente lúcida: os homens criaram um país, excluíram as mulheres dele e agora estavam matando pessoas em nome da pátria. Essa era a nação. Uma guerra entre um país e outro, entre uma raça e outra, escreveu Sibilla, uma guerra de ferro e chamas: isso não era criação de uma mulher.

Foi nessa guerra que, pela primeira vez na história do mundo, bombas foram lançadas de aviões. Torpedos rasgaram o mar, civis foram massacrados no oásis de Mechiya, ilhas foram ocupadas e portos explodidos. É claro que concordamos com Sibilla que a guerra foi totalmente bárbara.

Mas o artigo de Sibilla se intitulava *L'ora virile*, a hora viril, e em 1912 ela provavelmente sentiu essa hora chegar. Um tom sedutor e sonoro a chamava, embora não pudéssemos ouvi-lo.

Talvez Sibilla estivesse cansada de ser o principal objeto das leis e teorias italianas, talvez estivesse à deriva em ilusões de interesse mútuo. De qualquer forma, o *L'ora virile* concluiu que, embora as mulheres italianas não tivessem apoiado a guerra, a Itália era, afinal de contas, o lar de ambos os sexos; o país ainda era, portanto, uma unidade de corações, palpitando no quente uníssono da nacionalidade, correndo com o alardeado sangue da raça italiana.

CASSANDRA, 458 A.C.-1913 D.C.

Itys, itys, gritou Cassandra. O que era Itys? Uma criança, um canto de pássaro, uma bobagem, um grito bárbaro. O coro não entendia o que ela estava dizendo. Em geral, os cidadãos dos grandes impérios não tinham vontade de entender Cassandra. Ela era uma estrangeira. Estava sempre vendo serpentes e chamas, pássaros e sangue. Estava sempre dizendo que já tinha visto aquele futuro antes. Para Cassandra, a violência cometida antes tornava inevitável o que viria depois. Itys era um passarinho de garganta cortada, disse ela. Itys era a mais sombria das coisas antigas ressurgindo. *Itys*, o rouxinol, estava cantando e cantando, mas ninguém ouviria.

IDA RUBINSTEIN, *Salomé*, 1908

Oscar Wilde não viveu para ver a estreia de sua *Salomé*. Morreu em um quarto de hotel em Paris em 1900, com sífilis e sem remorso. Até o fim ele permaneceu sem ser amado por seus compatriotas. Mesmo em Capri, onde rapazes bronzeados mergulhavam no mar azul-esverdeado, Oscar Wilde não havia encontrado seu idílio. Em vez disso, encontrou os olhares frios dos aristocratas que frequentavam salas de jantar. Depois de três dias, o hotel foi obrigado a expulsá-lo, pois ele estava maculado pela lei inglesa.

Ida Rubinstein não esperou para ser expulsa da zona de assentamento por seus compatriotas. Em 1908, ela já havia assumido o papel de Salomé, tirando seus sete véus com uma lentidão voluptuosa. Dizia-se com frequência que Ida Rubinstein não era uma dançarina talentosa. Mas conseguia se firmar em uma pose elegante e mantê-la por muito tempo. Podia esperar até que a plateia estivesse febril, rendida em seus assentos, antes que deixasse deslizar o último véu do corpo. Em outras palavras, Ida Rubinstein sabia como fazer de si mesma uma imagem: uma fotografia emoldurada por tudo aquilo que pensavam dela. Ida podia pegar o papel que lhe era oferecido e dançá-lo até a morte.

ROMAINE BROOKS, *The Crossing*,[21] 1911

Quando Romaine Brooks deixou o teatro, ela guardou nos olhos a imagem de Ida Rubinstein. Depois que Romaine afastou a névoa de incenso, o tilintar de tornozeleiras e miçangas, a peruca azul com tranças douradas, ela pôde ver Ida em sua própria forma: quase incolor, elegante em seu desprezo. Ida Rubinstein podia ser cheia de vontade e vaidosa, mas não era Salomé, nem Cleópatra, nem a traiçoeira sultana Zobeide. Quando Romaine olhava para Ida, ela via os longos ângulos vazios de seu corpo e suas bordas sólidas como madeira.

Mais tarde, quando Ida estava olhando para sua imagem inacabada no cavalete, perguntou a Romaine como tornar uma imagem plana e fixa, quando na verdade uma modelo estava sempre se movendo. Uma pessoa era feita de tantos ângulos, disse Ida, como era possível representar alguém de forma tão plena? Romaine estudou as pontas dos ossos do quadril nu de Ida subindo até a ponta.

---

[21] A travessia.

Um corpo é sempre um risco, Romaine respondeu lentamente, é difícil trabalhar com a natureza viva.

SAFO, FRAGMENTO 151

Ficamos em torpor no jardim de Natalie Barney. Em meio ao perfume branco e inebriante dos lírios, nos deitamos na grama com nossos livros lidos pela metade. A hera crescia sem parar, envolvendo as paredes, e no templo as velas queimavam até o fim. Então, como escreve Safo, *sobre os olhos/ o sono negro da noite.*

Talvez tenhamos fechado os olhos para permanecer no sonho de nosso idílio. Ou talvez não quiséssemos ver de perto as histórias macabras pousadas nas árvores como corujas, com as garras enterradas na casca dos troncos de olmos de Natalie Barney. Ainda éramos jovens e sonhávamos com possibilidades. Sabíamos vagamente que, em outras vidas, as coisas mais sombrias já haviam acontecido: que as pessoas tinham sido arrastadas pelos mares como escravas, expulsas de seus países, entregues a destinos de impronunciável terror. Os orfanatos de Asmara se encheram de crianças geradas por violência. Mulheres foram massacradas no oásis de Mechiya, bombas caíram de aviões e despejaram seu conteúdo mortal sobre aldeias. Mas essas histórias nos eram distantes, foscas. Nós as mantivemos afastadas e voltamos nossos olhos para Safo, para Lina Poletti, para a Divina Sarah. Queríamos que as histórias estivessem sobre nós, como superfícies brilhantes refletindo e iluminando nossas esperanças. Não seria enfim nossa hora de nos tornarmos?

No jardim, parecia que o tempo pairava no ar como um incenso, uma nuvem queimada. Ele escurecia nossas intenções e os contornos de nosso rosto. Mal conseguíamos nos enxergar para trocarmos um beijo de boa noite.

OVÍDIO, *Metamorfoses*, LIVRO VI, 8 D.C.

No início, conta Ovídio, Itys era apenas o filho da doce Procne. Mas a coruja que compareceu ao seu nascimento gritava; a violência pairava sobre a casa do bebê Itys. O marido de Procne olhou para as próprias mãos brutas e considerou qual garganta deixar roxa.

Em segredo, o marido de Procne arrastou a irmã dela, Filomela, para uma casa de pedras na floresta. Com suas mãos brutas, ele forçou que ela se posicionasse debaixo dele. Depois, quando ela não tinha nada além de hematomas e trapos, ele cortou sua língua para que ela não pudesse contar nada. Mesmo assim, Filomela, com sangue no lugar da língua, contou tudo: ela teceu uma tapeçaria para sua irmã Procne ler. Procne fugiu, então, aterrorizada para a casa de pedra, e as irmãs correram juntas só para encontrar Itys, inocente em um ato de vingança do próprio homem que o gerou, morto por seu sangue.

Assim, Itys se tornou um passarinho com a garganta cortada, exatamente como Cassandra havia previsto. E Procne se tornou um rouxinol que bate as asas em desespero, condenado a cantar: *Itys, Itys*. A morte de uma criança produz um som bárbaro.

SAFO, FRAGMENTO 154

Essas eram as histórias que nos contavam. Quando éramos crianças, aprendíamos o que acontecia com as meninas

nas fábulas: comidas, casadas, perdidas. Depois vieram os episódios de educação clássica, que nos transmitiam o destino das mulheres na literatura antiga: traídas, estupradas, expulsas, enlouquecidas pelo sofrimento de línguas cortadas. Descobrimos que não era incomum que as mulheres fossem arrastadas pelos mares como escravas e depois assassinadas na soleira de casa. Cassandra era apenas uma dentre muitas.

Era de se admirar que, em vez disso, lêssemos Safo? O pior dos desgostos de Safo são as madrugadas amargas de inveja; o vazio agudo em seus braços, onde uma amada já não está; um exílio de uma bela ilha para outra. Safo tem o luxo de envelhecer na própria cama. Seus cabelos ficam brancos sobre o travesseiro, suas sacerdotisas ouvem sua voz rouca contando as lembranças daquelas noites prateadas e selvagens: *a lua apareceu cheia/ e quando elas em volta do altar tomaram seus lugares.* Safo teve muitos anos de longas tardes e noites celestiais. Nada aconteceu a Safo, exceto sua própria vida.

ISADORA DUNCAN, 1913

Isadora Duncan teve dois filhos. Ela não dizia seus nomes em público, talvez porque fossem muito jovens ou porque eram ilegítimos. Mas em 1913 um carro caiu de uma ponte no Sena, levando consigo a vida das crianças e de sua governanta.

No mesmo instante, os jornais ficaram famintos. A morte de uma criança produz um som bárbaro, mesmo quando impresso. Isadora fugiu das palavras que eram os nomes de seus filhos.

Primeiro, Isadora fugiu para Penelope, no remoto vilarejo de ruínas de pedra. Mas Penelope e seu filho tossiam pó de pedra e manchas de sangue. Isadora não suportava ouvir aquela voz débil e ofegante, com a respiração escassa. Então, fugiu para a costa da Ligúria, para a vila à beira-mar onde Eleonora Duse convalescia.

Eleonora Duse já havia sido tantas mulheres que podia entender qualquer tristeza que fosse: uma atriz é alguém que ganha a vida carregando fantasmas. Mesmo quando está cansada e doente, ela continua sendo um prisma de outros eus. Em 1913, Eleonora Duse ainda era Ellida, que estava à beira-mar, serena na própria vida, um farol para as mulheres de todos os lugares. Isadora Duncan podia vê-la a uma grande distância.

Mas não há arte alguma em perder um filho, disse Isadora, sombriamente, a Eleonora. Eu sei, minha querida, respondeu Eleonora, acariciando a cabeça que repousava em seu ombro. Na vida há sempre esse risco de termos nosso papel em uma tragédia e não sabermos disso.

ISADORA E ELEONORA, 1913

O grego antigo tem um singular e um plural, como em outras línguas. Mas há também o dual, que é usado para duas coisas que ocorrem naturalmente juntas: gêmeos, um par de vasos, seios, as duas metades de uma noz em uma casca. Está vendo?, perguntou Eleonora a Isadora, olhando para a gramática grega que estava aberta entre as duas. Apenas para duas coisas que se abraçam. Como quando você dorme em meus braços, meu bem.

Isadora escondeu o rosto nas mãos e chorou até que as lágrimas escorressem por entre seus dedos. Eleonora fechou o livro com suavidade. É claro que o dual também poderia ser usado para duas crianças no banco de trás de um carro quando cai de uma ponte.

Em silêncio, Eleonora saiu de casa e foi até o mar. Ela não diria isso em voz alta para Isadora, mas há sempre esse risco, na vida, de vermos apenas nossos próprios papéis como tragédias.

SIBILLA ALERAMO, *Il passaggio*

Quando Sibilla chegou a Paris em 1913, ela nos contou histórias de todas as mulheres que Eleonora Duse havia sido. Na verdade, só queríamos ouvir a respeito dos romances da atriz: verões tardios, taças de champanhe quebradas, poemas de amor de Lina Poletti. Mas Sibilla estava empenhada em contar sobre todas as mulheres, no palco e fora dele, às quais Eleonora havia se dedicado. Até Isadora Duncan, tão perdida em sua dor que via apenas seus próprios fantasmas pálidos, foi abraçada por Eleonora Duse.

Sabíamos que Sibilla estava escrevendo um livro chamado *Il passaggio*: a passagem, o caminho através e além, a viagem para um destino com o qual sonhávamos desde nossa infância. Ficamos imaginando se Sibilla nos diria como segurar nossos fios, como partir para o idílio que nos fora prometido. Não seria seu próprio nome um sinal de que ela previa nosso oráculo?

Mas Romaine Brooks, que passava por ali tarde da noite de braços dados com Ida Rubinstein, ficou exasperada com nossa conversa sobre sibilas e sinais. O Templo era uma estufa quente de nostalgia, disse Romaine, e ela estava levando Ida para caminhar na neve. Ida se enrolou em um longo casaco de arminho, deixando a garganta à mostra, e partiu em direção a um silêncio branco e frio. Na soleira da porta, Romaine olhou para nós e disse em voz baixa: Trabalhar com a vida é mais difícil do que vocês pensam.

Doze

VIRGINIA WOOLF, *Mr Bennett and Mrs Brown*, 1924

Em um vagão de trem com destino a Waterloo, Virginia Woolf tentava estabelecer quando tudo tinha mudado. Não era como se, em um belo dia, você acordasse no ano novo e o visse repleto de flores e canções. Não: com o passar do tempo, as cozinhas deixaram de servir aquela sopa pálida e aguada feita de alho-poró fervido e começaram a escalfar ovos com ervas finas; os calhamaços dos criminalistas foram relegados a prateleiras cada vez mais empoeiradas; pouco a pouco, tornou-se menos escandaloso uma mulher operar uma prensa manual ou ler Ésquilo no original. Agora, uma viúva com luvas cerzidas como a sra. Brown, empoleirada em um assento qualquer de segunda classe, pode ser sozinha o tema de um romance inteiro.

Em 1924, enquanto escrevia, Virginia Woolf tentava se lembrar de quando tudo isso tinha acontecido; certamente antes da guerra, mas teria sido no ano em que Tolstói morreu? Ou teria sido durante aquela primavera em que todas usavam saias ajustadas nos tornozelos e alfinetes nos chapéus? No fim, ela deduziu que foi por volta de dezembro de 1910, quando a humanidade mudou irrevogavelmente e, com ela, as cozinhas, os livros e a moda. Acreditávamos que Virginia Woolf tinha razão, que ela podia operar uma prensa manual em sua sala de jantar enquanto traduzia do grego. Ainda assim, para todas nós que olhávamos para trás depois da guerra, havia uma mancha em volta daquele tempo. Não conseguíamos compreender nitidamente os limites do ano de 1914.

NATALIE BARNEY, *Girls of the Future Society*

No início, o ano de 1914 parecia ser um passo à frente elegante e exuberante. De fato, tínhamos motivos para ter esperança e alegria. Sarah Bernhardt recebeu o título de *Chevalier* da República Francesa com uma fita vermelha brilhante. Sibilla Aleramo, despedindo-se de nós na Gare de Lyon, afirmou que *Il passaggio* seria um hino ao amor de Lina Poletti. Em nosso pequeno reino de Odéonia, Gertrude Stein publicou um livro de poemas chamado *Tender Buttons: Objects, Food, Rooms*;[22] Natalie, é claro, fez a leitura em seu salão, onde a governanta dispôs sanduíches de pepino em mesas laqueadas. Nossa vida parecia feliz, espelhada nas superfícies ao nosso redor.

Passeávamos de braços dados e contentes pela Rue de l'Odéon. Tínhamos nossos próprios livros e filmes, e nossas intimidades já eram praticamente impunes de acordo com as leis europeias. Finalmente livres dos criminologistas, agora nossa batalha era com os psicólogos que começavam a mitificar nossos seios, tosses e figuras paternas. Acima de tudo, tínhamos Natalie Barney, que nos prometeu que as Moças da Sociedade do Futuro seriam uma legião de mulheres ferozes. As amazonas rompantes cavalgariam pelo Bois de Boulogne, declarou Natalie; templos à Décima Musa se

---

[22] Botões tenros: objetos, comidas, quartos, em tradução livre. Traduzido no Brasil como *Botões tenros*, por Arthur Lungov (Edições Jaboticaba, 2022).

ergueriam sobre as pequenas estátuas de bronze de grandes homens nas praças públicas. Ai de qualquer homem que se interpusesse no caminho da navegação para Lesbos!

ELEONORA DUSE, *Libreria delle attrici*, 1914

A inauguração da Biblioteca das Atrizes foi uma ocasião íntima e auspiciosa. Eleonora Duse escreveu os convites de próprio punho. Ela alugou um imóvel modesto em Roma e o transformou em santuário, um lugar em que qualquer atriz poderia encontrar refúgio; cada parede era uma estante de livros, cada poltrona era inundada com uma luz abundante. Mobiliada com a coleção particular de Eleonora Duse, a biblioteca oferecia não só a dramaturgia de Ibsen e Zola, mas também filosofia, poesia, tratados políticos e um exemplar comentado da *Grammaire grecque*, de Ragon. Na primavera de 1914, Eleonora Duse girou a chave na maçaneta com um clique forte e a porta da Libreria se abriu.

Era crucial, disse Eleonora a suas convidadas enquanto desfilavam pelo corredor, que qualquer mulher que desejasse atuar fosse educada para além dos limites do palco. A ignorância poderia levar até mesmo a mulher mais inteligente do teatro a preconceitos infundados e medos descabidos, concluiu Eleonora; ela já tinha visto isso acontecer. Portanto, a partir de então, as atrizes teriam um lugar livre e bem equipado onde poderiam aprender a pensar por si mesmas, algo que os ingleses chamariam de um teto todo seu.

Congresso Internazionale della Donna, 1914

Na mesma primavera, em Roma, muitas mulheres se reuniram no Capitólio para o Congresso Internacional das

Mulheres. Estavam se reunindo em salas calorentas. Estavam desejando coisas para si. Suas vozes se elevavam juntas, frases voavam pela Sala dos Horácios e Curiácios como pássaros: emancipação, pacifismo, bibliotecas, direitos das trabalhadoras, ginecologia, igualdade legislativa, divórcio. Vinte e três países de mulheres, com suas flâmulas tremulando, se levantaram e cantaram: Ó irmãs! Anna Kuliscioff estava lá, exortando a todas que não se desesperassem com o recente voto do Parlamento italiano contra o sufrágio feminino. Eleonora Duse estava lá, de braços dados com a condessa Gabriella Rasponi Spalletti, convidando todas as jovens atrizes para sua Libreria.

Sibilla Aleramo não estava lá, e sim aconchegada em uma *chaise longue* no Templo *à l'amitié*. Na opinião de Natalie, não havia necessidade de viajar para Roma; o Templo era seu próprio congresso internacional das mulheres. Como ela disse, fazendo piada enquanto o licor era servido, Ó irmãs! Congresso não é sinônimo de coito, intercurso e outras maneiras de ficarmos juntas?

Enquanto isso, na soleira de mármore da Sala, estava Lina Poletti cobrindo seus olhos dourados com uma das mãos e olhando para o mar de mulheres.

SAFO, FRAGMENTO 56

Eugenia Rasponi, meia-irmã da condessa Gabriella, acreditava na boa carpintaria e na ação política radical. Apesar de seus descendentes virem de vários napoleões, Eugenia recusou todos os pretendentes da nobreza. O que ela queria, explicou à sua consternada mãe, não era um homem bom, mas sim a emancipação total das mulheres da tirania dos homens conhecidos como o governo italiano.

Tal coisa estava levando mais tempo do que Eugenia gostaria que levasse, e a mantinha longe do trabalho de carpintaria. *Insomma,*[23] Eugenia suspirava para suas companheiras no liceu, bem, quando houver liberdade para as mulheres italianas, nós também teremos nosso tempo livre.

O Liceu Rasponi Spalletti para Colaboração Intelectual das Mulheres era um nome pomposo para uma saleta no palácio da condessa Gabriella. As janelas da sala, porém, davam diretamente para o Quirinal, a sede do governo italiano, e Eugenia podia ser vista ali até tarde da noite, lendo volumes de história jurídica ou consertando as cadeiras bambas de suas companheiras. Nos corredores do Quirinale, onde homens sentados em escrivaninhas de madeira envernizada decidiam o destino da nação, persistiam os rumores de que o liceu era subversivo e até mesmo sáfico.

E se fosse?, dizia Eugenia em voz alta, largando seu cachecol enquanto percorria as salas cálidas do Congresso, procurando suas companheiras. O safismo não é uma prática moderna? Em 1914, na Itália, ainda estamos prendendo os editores dos livros que descrevem o amor? Ainda estamos negando às mulheres o direito sobre seu próprio corpo? É como se no novo século nada tivesse mudado. Se conseguíssemos juntar forças, provocaríamos uma mudança tão grande no mundo que as folhas de todas as árvores deste país ficariam tremendo em nosso rastro.

Na soleira da porta, Lina Poletti se virou para ver Eugenia, dizendo com sua voz baixa e ardente: Nenhuma outra mulher *eu acho/ que olhar para a luz do sol/ jamais terá/ sabedoria/ como esta*; Safo, Fragmento 56.

---

[23] Enfim ou em resumo.

VIRGINIA WOOLF, 1914

Em 1914, tínhamos tanta esperança. Nos reuníamos em nossos círculos: as Moças da Sociedade do Futuro, o Liceu, o Templo *à l'amitié*, o Congresso Internacional das Mulheres, a Odéonia. Seguíamos em frente como se, juntas, em breve, pudéssemos romper o mundo à nossa volta.

No entanto, em alguns períodos de 1914, era possível ouvir vozes murmurando, soando como se aquele ano fosse um rádio mal sintonizado. Ouvimos tiros, gritos, acordos à boca pequena feitos em mesas de madeira envernizada. Ouvimos tecidos sendo rasgados em pedaços, poderia ser uma bandeira ou talvez uma saia. Ouvimos um inglês dizer solenemente: As lâmpadas estão se apagando em toda a Europa, nunca mais as veremos acesas durante nossa vida.

Mais tarde, Virginia Woolf questionou se não deveríamos ter perguntado aos homens da Europa a razão pela qual eles foram à guerra. Sinceramente, não passou por nossa cabeça que eles pudessem dar uma resposta coerente. Tentamos ler a história: houve a Guerra Ítalo-Austríaca em 1866, a Franco-Prussiana em 1870, a violenta batalha para a colonização da Etiópia em 1887. Durante 38 minutos no verão de 1896, toda a Guerra Anglo-Zanzibar começou, culminou e terminou. Em 1900, outra coisa acontecia: um monte de revoltas, massacres, conquistas e insurreições; em 1911, a implacável invasão italiana de Trípoli. E agora, em 1914, mais essa insensatez de arremesso de corpos e balas uns contra os outros, até que tudo se tornasse uma massa crua e cortada por lama e feridas feitas de estilhaços que rapidamente se transformavam em gangrena. Poderíamos pedir a eles que se comportassem como pessoas sensatas, pelo menos uma vez? Por que eles apagaram as lâmpadas em toda a Europa precisamente quando tínhamos a esperança de finalmente nos tornarmos Safo?

VIRGINIA WOOLF, *Cassandra*, 1914

No outono de 1914, Virginia Woolf abriu o jornal. Na terceira página, diziam a ela que não havia nenhuma mulher com capacidade literária de primeira linha desde Safo; na quarta, garantiram a ela que a guerra era totalmente necessária e correta. Virginia suspirou. Fechou os olhos e apertou os dedos contra as têmporas. Em seguida, abriu os olhos, jogou o jornal em cima do porta-lenhas e começou a escrever sobre Cassandra.

Naquela época, Virginia Woolf publicou seu primeiro romance, mas foi também quando começou a tentar se matar. Como nós, ela estava desesperada por alguém que iluminasse o caminho para um futuro em que pudéssemos ver nossa vida destrancada diante de nós como janelas. Virginia Woolf sabia que os jornais insistiriam que não havia mais Safos, apenas mais guerras. Ela criou uma Cassandra para 1914. Cassandra era aquela que via tudo e, em vez de suspirar, gritava.

CASSANDRA, 458 A.C.

Em Ésquilo, Cassandra grita se traduzindo. Ela é uma nobre troiana, então escravizada pelos gregos, e a casa para onde é arrastada é uma imagem de horror. Ela para na soleira da porta e grita o futuro indizível: a casa está iluminada com sangue, ela a vê de antemão, ela proclama sua própria morte.

Na verdade, deveríamos dizer que Cassandra grita para além da língua. O grito significa cortar o tecido da vida normal, rasgá-lo em pedaços distorcidos. Assim, estará aberto à profecia. Então Cassandra vive em seu próprio futuro.

VIRGINIA WOOLF, *A Society*

Em 1914, portanto, Cassandra havia se transformado em uma pessoa moderna, perspicaz, inglesa e com senso de ironia. Ela morava em Londres e Virginia Woolf a conhecia bem. Cassandra montou, com seis ou sete amigas, uma Sociedade do Futuro: sua missão era determinar, de uma vez por todas, se os homens eram de fato um esforço que valia a pena. Elas se perguntavam se os homens da Europa deveriam ser descontinuados ou se já haviam se mostrado bastante úteis e bons.

Prontamente, a Sociedade começou a consultar advogados, capitães, acadêmicos, condes e almirantes. Uma de suas frequentadoras leu todos os livros da Biblioteca de Londres. Uma segunda ouviu uma palestra tão longa sobre o valor de mercado do governo colonial que desenvolveu uma leve tosse e teve de ficar em quarentena. Outra se debruçou sobre setecentas páginas que especulavam a respeito da castidade de Safo, escritas por um aluno trêmulo de Oxford. Obedientemente, a Sociedade visitou os locais exaltados como os triunfos da civilização moderna: prisões, minas de carvão, o estaleiro da Marinha Real e hospitais, onde, todos os anos, certa porcentagem de mulheres morria de doenças relacionadas ao parto. As frequentadoras da Sociedade puderam finalmente constatar que os homens mais poderosos e privilegiados da Europa não haviam entendido nada sobre o que a vida deveria ser.

SRA. ETHEL ALEC-TWEEDIE, *Women and Soldiers*[24]

Assim que os britânicos declararam guerra, a sra. Ethel Alec-Tweedie proclamou: Todo homem é um soldado e toda mulher é um homem. De fato, qualquer homem que fosse para o front encontraria, pela Grã-Bretanha, um exército de mulheres suavizando seus caminhos com alegre eficiência. Elas validavam os bilhetes dele no bonde. Elas encaminhariam esse homem para a plataforma correta e acenariam a ele. Ele seguiria viagem e elas ficariam para gerir o país com suas mãos firmes. A sra. Ethel Alec-Tweedie podia ver como essa notícia soaria desconfortável para alguns homens britânicos que estavam acostumados a dirigir os caminhões e fabricar, eles mesmos, as munições. Eles poderiam pensar: Deus do céu! As mulheres nos eliminaram. Em breve estaremos tão extintos quanto o pássaro dodô.

Durante uma animada reunião da Sociedade do Futuro, Cassandra e suas companheiras debateram se esse era ou não o resultado desejado, ainda que de forma discreta. Algumas objeções foram feitas à comparação entre homens e pássaros dodô, pois o pacífico dodô não havia feito nada para causar sua própria extinção; ele havia sido morto pelos homens.

A SOCIEDADE DO FUTURO, 1914

As reuniões da Sociedade do Futuro eram, às vezes, desesperadoras, ultrapassadas, desnorteadas e utópicas. Através de Cassandra e suas companheiras, percebemos que, embora precisássemos acumular mais evidências, o tópico "homens"

---

[24] Mulheres e soldados.

era, na melhor das hipóteses, um debate retórico. Não adiantava esperar mais. Era chegada a hora de partirmos, içarmos nossas velas, afastarmos os cardumes e navegarmos em mar aberto, acreditando que, além do abismo azul, nossa ilha nos aguardava. Éramos devotas e bem equipadas, filhas de homens instruídos. Assim, as Moças da Sociedade do Futuro começaram a se preparar para a viagem a Lesbos.

GLADYS DE HAVILLAND, *The Woman's Motor Manual*[25]

Foi noticiado que muitas jovens amazonas haviam começado a dirigir carros nos últimos tempos. As moças de Girton de antigamente, com suas meias de bicicleta e bolsas de livros, agora estavam no volante. Rápido e moderno, o automóvel nos permitia tomar nossos assentos lado a lado e partir para um destino que mal podíamos avistar no horizonte. Tínhamos casacos cáqui que usávamos para dirigir e rações de emergência. É verdade que nossos carros costumavam enguiçar de repente; mantínhamos uma pilha de livros à mão para que, quando paradas na beira da estrada, pudéssemos ler Renée Vivien. Na verdade, tínhamos aprendido a dirigir lendo os manuais. Não era tão diferente do tribadismo ou do clitorismo: se você estudasse os diagramas com atenção, é provável que conseguisse fazer as manobras enquanto estivesse em rota.

ARTIGO 14

Desde 1882, o sistema legislativo do comércio da Itália estipulou que uma mulher casada que trabalhasse como

---

[25] Manual de automóveis para mulheres.

comerciante não era, de fato, uma comerciante. Ela poderia gerenciar uma loja, administrar uma pousada, fabricar roupas, realizar todo tipo de empreendimento: na melhor das hipóteses, seria classificada como *uxor mercatrix*, a *esposa* de um comerciante. O Artigo 14 era muito claro nesse ponto. No entanto, em 1911, o censo determinou que um número surpreendente de mulheres, viúvas ou que trabalhavam com as filhas, havia se tornado comerciantes em tudo, menos no título. Como poderia ser denominada Zaira Marchi, única proprietária de uma loja de prata no centro de Bolonha? Que taxonomia daria conta do caso de Rosa Grandi, lavadeira que passou adiante sua lavanderia para as mulheres que vieram depois dela? Relutantes, os políticos italianos reconheceram o surgimento da *foemina mercatrix*, a mulher comerciante, como se tivessem descoberto uma nova espécie de besouro.

NATALIE BARNEY, *Pensées d'une Amazone*[26]

Descobrimos tarde demais que os homens da Europa, em 1907, haviam decidido como seus países deveriam declarar guerra uns aos outros. Eles chamaram esse acordo de Conferência de Paz. Levamos as mãos à cabeça. Era como se tivéssemos intitulado nosso congresso internacional feminista de "Rally para a Continuação Internacional da Opressão da Mulher". E agora eles tinham sua "Grande Guerra": que invenção masculina absurda, exclamou Virginia Woolf em desespero; que grande título vazio para corpos mutilados e gás mostarda. Será que eles não tinham respeito pela verdade ou pela lógica? Francamente, não víamos como poderíamos

---

[26] Pensamentos de uma amazona.

avançar, a menos que deixássemos os homens totalmente para trás. No Templo *à l'amitié*, Natalie Barney declarou: Marchemos ao amor como os homens marcham à guerra!

Observamos os homens vestirem seu uniforme e se dirigirem para o front. Para onde deveríamos marchar agora para amar? Se preciso fosse, poderíamos pegar nossos carros e ir embora. Tínhamos atlas e manuais. Mas Natalie Barney nos incentivou a não partir. Em cidades esvaziadas de homens, disse ela, poderíamos finalmente ocupar nosso próprio reino: Odéonia e Mitilene, amazonas e páginas ainda não editadas! Estávamos sempre nos perguntando como encontrar o caminho para alguma ilha que ainda não havíamos vislumbrado, mas por que não estabelecer nosso idílio sáfico aqui, agora, por nós mesmas?

No entanto, sentimos que Lina Poletti nos convidaria a nos aventurarmos mais e mais, a lutar em público pelo que queríamos. A Divina Sarah não se enclausuraria em um jardim de hera sem fim. Até mesmo Natalie sonhava com uma sociedade do futuro, não apenas com um templo do passado. Era 1914: o safismo era uma prática moderna. Então, não poderíamos, finalmente, reivindicar o direito à nossa própria vida? Além disso, havíamos prometido buscar a passagem para um futuro em que meninas como nós, mesmo desde a mais tenra idade, pudessem ser livres. Precisávamos apenas de uma sibila, um sinal, para nos orientar. Para nossa consternação, *Il passaggio* ainda era um manuscrito inacabado, e Sibilla Aleramo tinha ido embora para Capri.

Treze

SAFO, FRAGMENTO 42

Assim sendo, nós, as futuras moças da Sociedade do Futuro, nos reunimos para profetizar nosso próprio caminho adiante. Em um bar perto da Gare du Nord, falávamos juntas, ao mesmo tempo: algumas acreditavam que deveríamos procurar meios para nossa própria ilha privada, sob a sombra das oliveiras, e fazer dessa ilha nosso idílio; outras achavam que deveríamos nos apressar para ocupar os lugares no governo, para mudarmos tudo enquanto os homens estavam presos na guerra. Algumas poucas acreditavam que deveríamos voltar às nossas origens e semear a palavra de Safo aonde quer que fôssemos. Nossas falas eram tão elevadas, sinceras e fervorosas – em meio ao tilintar dos copos nas mesas, e em meio a Colette, que chegara mais tarde, escancarando a porta e assoviando por mais uma garrafa – que não nos demos conta de ouvir a primeira bomba explodindo.

Ouvimos, porém, uma segunda bomba e uma terceira. Havia uma espécie de grito lancinante nas ruas. Assim nos chegou a guerra.

Até aquela noite, acreditávamos que pudéssemos escolher por nós mesmas como nossa história seguiria. Seguramos as pontas dos fios pelas mãos, e só faltava decidirmos entre nós qual delas soltar. Sempre admiramos as mulheres que souberam o que era atuar. Mas foi justamente Eleonora Duse quem nos disse que é possível termos nosso papel em uma tragédia e não sabermos. Talvez ela quisesse ter nos advertido para o risco de vermos, na vida, apenas nosso próprio papel? No meio do caos, mal podíamos enxergar os limites de nossa própria vida.

Essas eram as vozes do coro que ouvíamos, voando sobre nossa cabeça como pássaros dentro de uma sala? Eram aquelas as nossas vozes ecoando em um bar, logo depois que a bomba explodiu? Elas soavam cortantes como o mais triste fragmento de Safo: *O coração delas esfriou/ elas baixaram as asas.*

RADCLYFFE HALL, 1914

Em nosso coração, uma chuva de penas caiu. Trêmulas, olhamos para o céu com medo. Havíamos desdenhado a estupidez belicosa dos homens, tivemos a intenção de permanecer alheias à guerra. Ainda assim, ela caiu sobre nós contra a nossa vontade. Sobrevoou nossas casas como uma coruja desafinada: assobiando e, em seguida, um silêncio aterrorizante antes da explosão. A terceira bomba matou uma senhora em nosso bairro.

Veja como o mundo moderno perece sob uma onda de repugnância, falou Natalie Barney, com veemência, para Radclyffe Hall. Elas passeavam pelo Jardim de Luxemburgo em uma ventania que desnudou até a última folha da castanheira. A guerra é um grande perigo, Radclyffe respondeu. No entanto, algumas de nós sempre viram o mundo moderno como um mar prestes a nos engolir.

SAFO, FRAGMENTO 168B

Depois da explosão das primeiras bombas, a guerra entrou nas nossas casas como fumaça. Cartas solenes de familiares distantes deslizavam por baixo de nossas portas, avisando sobre a morte de irmãos e sobrinhos. O ruído dos aviões nos acordava à noite. Ouvimos pelo rádio que Lesbos havia sido ocupada pela Marinha Real Helênica. Haveria algum pedaço de terra que resistisse ao tempo, lânguida e arcádica como nunca?

Na época, os oráculos de nossos primeiros dias já eram inalcançáveis. Renée Vivian estava enterrada debaixo de violetas murchas e neve. Sibilla Aleramo tinha partido para Capri. Virginia Woolf permanecia, mas para ela cada dia era uma situação delicada, frágil como vaso de vidro com grãos espalhados dentro dele. Não tínhamos coragem de abordá-la.

A guerra havia chegado a trinta quilômetros de Paris. Em nossas camas já não dormíamos, perguntando-nos quem acenderia a luz para iluminar nosso caminho. A cidade sitiada era a única muralha em torno de nossa Odéonia. *A lua se pôs*, escreveu Safo, *e Plêiades: meia/ noite, as horas se vão/ sozinha eu me deito*. Nossas noites eram como os duros biombos laqueados de Eileen Gray, com exceção de todas as estrelas que foram riscadas.

EILEEN GRAY, 1914

Eileen Gray não esperou que a guerra chegasse a ela. Foi ao seu encontro, para o front, onde ela ardia. De dentro das chamas, caducavam corpos mutilados, homens pela metade, precisando com urgência de torniquetes, iodo e morfina. Qualquer um deles poderia ter sido seu irmão ou seus dois sobrinhos. Com muita delicadeza, ela limpou a cinza dos olhos deles e os enfiou em sua ambulância. Ela os conduziu de volta pela noite. Enviou um aviso para nós em Paris de que havia necessidade urgente de mulheres com as mãos firmes. Qualquer uma de nós que pudesse amarrar os cadarços ou dirigir um carro teria seu papel na história. Se houve algum momento para as amazonas, Eileen Gray escreveu a Natalie Barney, esse momento foi 1914.

ROMAINE BROOKS, *La France Croisée*,[27] 1914

Quando a guerra começou, Romaine Brooks voltou a Paris e trouxe com ela Ida Rubinstein. Ida desenhava uma linha no ar aonde quer que ela fosse. Romaine mantinha apontados seus lápis traçando os riscos que Ida fazia na luz embaçada e cinza de Paris. Ida era como falcão, como a asa de um avião cruzando o céu. Ela era capaz de atravessar, intocada, uma nuvem de fogo. Assim, em 1914, Romaine e Ida foram para o front como motoristas de ambulâncias.

Pela primeira vez, em Yprés, gás clorídrico tinha sido lançado nas trincheiras. Os soldados franceses assistiram, espantados, à nuvem amarelada subir da linha do inimigo e avançar em direção a eles na brisa da noite. Logo depois, eles estavam mortos ou morrendo. Quando viram aquilo, Romaine e Ida desistiram de dirigir ambulâncias. Em vez disso, Romaine começou a pintar Ida e seus olhos fundos virados para o horizonte, parada diante das ruínas esfumaçadas de Yprés, com uma cruz vermelha marcada em seu ombro. O que ela vê à distância?, perguntamos a Romaine. Cinza sobre cinza, disse Romaine, e um caminho sem volta.

---

[27] A cruz da França.

ELEONORA DUSE, *Libreria delle attrici*, 1915

Quando a guerra chegou à Itália, uma das primeiras casualidades foi a Biblioteca das Atrizes. Os livros foram encaixotados, as luzes apagadas. Eleonora Duse sentou-se sozinha em um banquinho e pôs no colo sua velha *Grammaire grecque* com a lombada verde descascada. O que seria das atrizes agora que a biblioteca não passava de uma casa comum no subúrbio de Roma? Ainda alguma tocha acesa brilhante entre esse amontoado de medos violentos, essa horda de pessoas em ódio comum? Eleonora Duse não podia imaginar o que estava por vir. Ela sentiu-se como uma luz tímida, vacilante, piscando como aquelas dos rolos no fim dos filmes.

A noite vinha chegando, as andorinhas mergulhavam e sobrevoavam as árvores. A biblioteca permanecia escura, vazia. A corrente enrolada na maçaneta da porta da frente se enferrujaria antes que alguém conseguisse desfazê-la. Apesar dos vários convites de Eleonora Duse, Isadora Duncan jamais ocupou um quarto da Biblioteca das Atrizes; agora ela jamais ocuparia.

VIRGINIA WOOLF, *Effie*, 1915

Effie devia ser um romance, mas não sobreviveu à guerra. Entre as sirenes de ataques aéreos e os cuspes das armas de fogo, Virginia Woolf não conseguia construir seu próprio refúgio. Panos pretos cobriam as janelas de toda a cidade de Londres e as pessoas passavam metade da vida no porão de casa. Effie acreditava que era possível manter uma distância da guerra. Mas a guerra se impôs a ela, lamentando-se para ela, praguejando suas noites, recrutando-a para seus próprios objetivos. Passou a ser impossível imaginar Effie, muito menos escrevê-la. Virginia Woolf, então, adoeceu violentamente.

Em 1915, o mundo parecia o quarto de dormir de uma criança. Virginia ficava deitada na cama enquanto a luz da lareira ardia em línguas infernais. Havia sombras se despedaçando nas paredes e um som estridente vindo de fora das janelas. Em delírio, ela viu a massa preta impenetrável de um teixo, uma silhueta que a encarava nos fundos do jardim, de onde explodiam sons repentinos e estridentes de gralhas, rasgando o céu noturno em fragmentos negros que estilhaçavam o ar e se acomodavam em toda parte.

LINA POLETTI E EUGENIA RASPONI, 1916

Enquanto tomava café da manhã com Eugenia, Lina jogou o jornal no chão e exclamou: Você sabe o que os soldados alemães e austríacos estão fazendo com nossas irmãs no Vêneto? E estupro nem é considerado crime de acordo com as leis da guerra. Precisamos lutar, em todas as frentes, não há o que questionar, avise à sua amiga Gabriella que o Liceu deve se erguer em defesa delas!

No entanto, em 1916, o filho da condessa Gabriella Rasponi Spalletti havia sido gravemente ferido em batalha e ela saíra de cena. O salão em seu palácio no qual o Liceu havia florescido tinha sido requisitado para se tornar enfermaria para os doentes, e as cortinas viviam fechadas.

LINA POLETTI, *Il poema della guerra*

Destruidores de mulheres/ são, Lina Poletti começou assim seu verso: eles são assassinos de mulheres. No pátio da prisão, ela continuou, está deitada a enfermeira Edith Cavell, contra quem as armas de doze homens apontaram; eles atiraram em suas têmporas enquanto ela procurava curá-los. *Per voi, per voi tutte, cadute*, Lina escrevia com força e amargura em suas páginas. Para vocês, para vocês todas, mulheres arrancadas de sua vida e agora jazendo banhadas de sangue e em silêncio, nós as defenderemos, nós diremos: para além dela eles não podem passar; nós deteremos esses homens diante dessa morte, desse corpo, dessa mulher que foi deixada como um arranhão na lama da prisão: não haverá nem mais uma.

Durante toda a guerra Lina escreveu seu poema. Havia muitas mulheres assassinadas e não havia tempo para o desespero. Às vezes, à noite, Eugenia suspirava. Lina ardia e ardia, a mente acesa com as chamas e bombardeios, com gritos que ela ouvia em seu sono; antes de amanhecer, ela se levantou da cama onde dormia também Eugenia e escreveu mais um verso. Eugenia acordou e chamou: Lina? Lina disse em voz baixa e urgente: Você sabe, sobre os saques na cidade de Yprés, o que eles fizeram? E Eugenia respondeu: Lina, meu amor, o que eu sei é que depois de arder e arder, não sobra nada a não ser cinzas.

LINA POLETTI, *Comitato Femminile*, 1916

Lina Poletti avisou que ela mesma lideraria o Comitê de Mulheres. Com os olhos derretidos, ela implorou às companheiras: Vamos nos erguer e resistir, vamos em busca de justiça! Daqui a cem anos, disse Lina em sua voz baixa e ardente, nossas irmãs se lembrarão de nós. Monumento nenhum marcará nossa batalha, mas nossa canção ecoará na boca delas, as ruas do futuro ressoarão nossas palavras *Siamo il grido, altissimo e feroce, di tutte quelle donne che più non hanno voce*:

Somos o grito, alto e feroz de todas as mulheres que já não têm voz. Eles não podem nos enterrar debaixo das pedras, eles não podem nos sepultar em desespero, nossas vozes viverão para além de nossa morte. Nosso coro nunca será silenciado.

Lina era assim, tinha uma maneira própria de escapar do século. Desde pequena ela fora atraída para fronteiras distantes dos espaços que tentavam contê-la. Agora era como se ela pudesse enxergar um futuro além do nosso, como se estivéssemos todas em um mar turbulento revolto pelo tempo, e Lina, só Lina, pudesse nadar até a crista da onda e enxergar terra à vista.

CASSANDRA, 1918

A última reunião da Sociedade do Futuro foi no outono de 1918, quando as folhas derradeiras ainda tentavam se agarrar aos galhos. A noite era barulhenta do lado de fora da janela, um fluxo rápido de carros e vendedores de jornal. A colega que tinha trabalhado arduamente em uma monografia sobre a castidade de Safo foi a última a falar. Ela gritou: Oh, Cassandra, por que você me atormenta?

Foi quando compreendemos: Cassandra nos atormenta porque ela já sabe a resposta. Pior ainda, Cassandra nos diz que nós também já sabemos. Mesmo antes da guerra nós já sabíamos que não era possível manipular toda história em torno de nós mesmas. É verdade que Eva e Natalie tinham tirado Faonte do centro de *Heroides* para que pudéssemos lá dançar, gloriosas, os pés descalços em vingança, por amor a Safo. Poderíamos buscar de Ovídio nossas línguas de mulheres de volta.

Porém, no mundo moderno isso era infinitamente mais difícil. Histórias agora eram novelos emaranhados que pareciam não ter nem centro nem heroínas. Os fios se desfaziam em nossas mãos. Em Paris, por exemplo, em 1917, as costureiras das casas de moda estavam em greve. Eram mulheres que trabalhavam em fábricas que reivindicavam salários justos e condições seguras de trabalho. Evidentemente que as apoiamos. Porém, elas trabalhavam nas mesmas fábricas que confeccionavam os uniformes dos soldados. Fardados nos uniformes que elas faziam, os soldados saíam matando pessoas; e os outros soldados fardados de outros uniformes retaliavam; portanto não eram só irmãos e sobrinhos que morriam, mas velhas senhoras do bairro também. Assim, moças eram estupradas no Vêneto, a enfermeira Edith Cavell foi baleada no pátio da prisão. Como vocês podiam dirigir uma ambulância em uma guerra assim?, perguntamos a Eileen Gray e Romaine Brooks, e elas responderam: Como não podíamos?

Itys, itys, gritou Cassandra. O que isso quer dizer?, queríamos saber. Você já viveu nosso futuro, Cassandra, diga-nos! De repente o ar se agitou, as folhas da árvore contra a janela estavam tremendo, havia uma luz clara demais para uma noite de outono, vozes voavam como pássaros em uma sala. Romaine Brooks dizia: Trabalhar com a natureza viva é mais difícil do que pensam. Eleonora Duse dizia: Há sempre o risco de, na vida, termos nosso papel em uma tragédia e não sabermos disso.

Então, disse Cassandra, não é verdade que nada acontece para Safo a não ser sua própria vida. Vocês se esqueceram de que uma poeta se deita na sombra do futuro? Ela nos chama, está esperando por nós. Nossas vidas são os versos que faltam em seus fragmentos. Há esperança de nos tornarmos, em todas as nossas formas e gêneros. O futuro de Safo somos nós.

Catorze

CASSANDRA, 1919

Depois da guerra, ficamos com cinzas nos olhos, na boca. Começamos a limpar os escombros e a poeira de nossa visão. Éramos livres para comprar manteiga e gasolina, podíamos andar nas ruas sem medo. Quase todas nós permanecemos, com exceção de Eileen Gray, que partiu depois de seu sobrinho ter sido morto na batalha de Yprés. De Londres, ela nos contou que Virginia Woolf estava escrevendo pequenas crônicas sobre a vida.

Por muito tempo dissemos a nós mesmas que seríamos Safo, que as palavras de Cassandra soavam estranhas em nossa língua. Pronunciávamos suas palavras em uma letania interrompida, como se estivéssemos recitando tempos verbais estrangeiros:

Nós, que viemos depois de Safo, agora iríamos além.

De seus fragmentos, surgiriam nossas formas novas e modernas.

Haveria um futuro para a energia que vivíamos.

Não seguiríamos mais o estilo o melancólico e optativo.

Agora Safo seríamos nós.

Nós nos manifestaríamos para Safo,
e Safo nunca mais seria a mesma.

Jogamos fora nossos livros de gramática clássica, os babados de seda e as heras, os exemplares de Renée Vivien. Depois, dissemos a Natalie Barney que Safo jamais usaria roupas com botões e golas. Safo dirigiria nossos carros e escreveria nossos romances.

Imaginamos Safo, com expectativa e até impaciência, nos observando, esperando que seu futuro chegasse através de nós. Pensamos em Virginia Woolf: crônicas de vida, a partir de agora. É isso, disse Romaine Brooks, chega de poesia lírica. Menos natureza-morta com flores. Mais retratos nossos.

VITA, *Julian*, 1918

Julian caminhava pelas ruas invernais de Paris de braços dados com sua esposa, Violet. No meio dos muitos soldados que caminhavam pelos bulevares precariamente em suas muletas, Julian era uma figura jovial, saudável e atraente. Era incomum ver alguém com tamanha sorte de ter todos os membros intactos e uma mulher jovem e adorável como Violet. Julian estava, na verdade, escrevendo a história de sua vida extraordinária. Ainda não estava claro se seria um romance ou um livro de memórias: a vida de Julian era feita de episódios que desafiavam a mais heroica das imaginações. O próprio Julian, rascunhando a primeira versão, se surpreendeu com os destinos que caíam sobre ele em cada capítulo.

Julian!, gritou Natalie Barney toda feliz quando ele apareceu à porta. E Violet, que surpresa deliciosa! Temos sanduíches de pepino, *faites comme chez vous*![28] Romaine Brooks lançou um olhar diferente a Julian e disse: Não nos conhecemos de algum lugar? Mas, antes que Julian

---

[28] Fiquem à vontade ou sintam-se em casa.

pudesse responder, Natalie interferiu com um sorriso irônico. Querida, deixe-me te apresentar Julian David Mitya Victoria Mary Orlando Vita Sackville-West Nicolson de Knole. Claro, disse Romaine, examinando a figura diante dela. Posso te pintar?

VITA SACKVILLE WEST, *Portrait of a Marriage, c.* 1920

Um casamento pode servir para cultivar um jardim simétrico. Ou pode ser útil para oferecer jantares ou explicar a diplomatas estrangeiros sua razão de estar ali. Quando um objeto pesado precisa ser carregado a quatro mãos de um cômodo a outro, isso é um bom casamento; também serve caso seja preciso navegar um barco pequeno em meio à ventania. Os melhores tipos de casamento são os afáveis e que envolvem o mesmo gosto em literatura e decoração. Em casos extremos, como o de Lina Poletti, um casamento poderia ser manuseado como uma pistola com silenciador.

Não era necessário que lêssemos *Retrato de um casamento* para entendermos o matrimônio de Julian e Violet. Assim que as vimos entrarem pela porta da casa de Natalie, sabíamos que, se uma delas pusesse a mão no leme, a outra estaria a postos para içar a vela. Teríamos assistido a um filme inteiro de Julian e Violet fazendo piquenique em um dos penhascos da ilha da Bretanha.

Ao mesmo tempo, de outro ponto de vista, sabíamos bem por que Vita Sackville-West tinha se casado com Sir Nicolson. O jardim da frente do palácio onde Vita morava com seu marido era bem planejado, com cercas vivas perfeitas emoldurando rosas que coravam ao sol. Era ordeiro e inglês até que você chegasse aos fundos, onde o caramanchão tinha sido destruído pelos pés de amora e o galpão estava coberto por heras que abrigavam o cruzamento de gatos selvagens. Natalie nos confidenciou que Vita e Sir Nicolson tinham concordado em preservar, no terreno do casamento, alguns idílios discretos e selvagens.

Mas o que nós aprendemos lendo *Portrait of a Marriage* era que Sir Nicolson, enquanto estava casado com Vita, era também casado com um homem chamado Raymond. Aparentemente eles tinham o mesmo gosto em literatura e decoração.

ÉLISABETH E NATALIE, 1918

Para o desespero de sua mãe, uma princesa francesa, o gosto de Élisabeth de Gramont era menos pelo clarete e mais por comunismo, feminismo e safismo. Doce com suas amantes, afável com seus amigos e de utopia implacável na política, Élisabeth se casou com Natalie Barney em 1918. Eram ambas escritoras e Élisabeth era a pessoa mais amável que Natalie jamais conheceu. Elas próprias escreveram seus votos de casamento e carinhosas cartas de amor. Quando estavam passando o verão no campo, Élisabeth escreveu um convite caloroso a Romaine Brooks insistindo para que se juntasse a elas, que seria adorável, que Romaine poderia escolher em qual quarto ficar e que poderia pintar a manhã toda em total solitude. À maneira delas, entendemos com afeto, Élisabeth, Natalie e Romaine estiveram juntas por quase quarenta anos.

JACK, 1919

Quando Eileen Gray voltou para Paris depois da guerra, Jack havia desaparecido da casa onde moravam. Seu casaco ainda pendia no cabideiro, sua cigarreira ainda brilhava na escrivaninha, mas Jack tinha ido embora.

Então Eileen não sabia, perguntou Natalie, que Jessie Gavin tinha se casado com um industrial francês muito rico durante a guerra? Não houvera qualquer razão para aquele matrimônio, ninguém estava apaixonado ou precisava de dinheiro. Mas Jessie Gavin sempre foi um pouco estranha flanando por Paris, enfeitada e frequentando lugares impróprios para jovens moças. Jessie era tão indiferente que melhor seria se casar com um homem, para que pudesse pegar emprestado um par de calças dele.

Na verdade, Natalie contou a Eileen, a eternamente excêntrica Jessie, no dia do casamento, se recusou a adotar o sobrenome do noivo. Em vez disso, confundindo todos na festa, ela mudou seu nome para Jackie. Assim, disse Jackie enquanto brindava com uma taça de *eau de vie*, suas amigas poderiam continuar a chamá-la de Jack.

EILEEN GRAY, *Siren Chair*, 1919

Damia tinha passado a guerra cantando para os soldados franceses do front; ela voltou a Paris com uma nota de cansaço na voz grave e rouca. Ela acabou ficando conhecida como *tragedienne lyrique*, como se fosse uma atriz ou uma sibila. Eileen olhou para as cavidades embaixo dos olhos de Damia e decidiu que ela precisava descansar.

Assim, em 1919, Eileen desenhou, esculpiu, poliu e estofou até sua ideia tomar forma. Era uma poltrona elegante, sensual, com pés pretos laqueados e uma almofada de veludo laranja queimado. Nas costas, uma sereia dourada acariciando o próprio rabo, contra a qual Damia acomodava seus belos ombros. E agora que eu fiz para você essa

Cadeira de Sereia, disse Eileen para Damia, espero que não me abandone nas pedras.

EILEEN GRAY, *Jean Désert*, 1922

Em 1922, Eileen Gray abriu sua própria galeria. A ideia era mostrar tudo que ela pensava sobre luz, superfície e autoclausura. Laqueou as portas de entrada em um preto brilhante e instalou painéis de vidro no chão para deixar seu ateliê no subsolo transparente. Dentro da galeria, os objetos eram tão sólidos quanto macios, cada um isolado um do outro. Havia uma escrivaninha de ébano com lindos arremates de prata nas bordas e um tapete que era como musgo sob pedra.

No começo, apenas mulheres foram à galeria e, mesmo assim, enviadas por Natalie Barney. Mas pouco a pouco Eileen Gray passou a ser conhecida além dos círculos do Templo *à l'amitié*, e alguns homens passaram a ir e comprar poltronas. Em determinado momento, até mesmo industriais franceses podiam ser vistos espreitando pelo vidro verde do ateliê. Um deles perguntou com curiosidade a Eileen Gray a razão do nome da galeria ser Jean Désert, quem era ele, um mestre artesão? Não. É um nome que eu mesma inventei, em parte pela solitude do deserto, e em parte porque Jean é o nome masculino mais comum na França, como na Inglaterra temos John ou então Jack.

VIRGINIA YARDLEY, 1922

Desde o nascimento, Virginia Yardley aprendeu que era filha da revolução americana, que descendia de um tenente de pedigree estelar. Mas o que Virginia queria era ser uma jovem moderna; ela frequentou a Bryn Mawr,[29] fazia noitadas, pintava de forma selvagem. Apaixonou-se por Eva Palmer. Frequentou a escola de artes de Nova York mal dando conta de pagar o café e os pedaços de lápis. Como Eileen Gray, ela fez aulas na Académie Julian, em Paris, onde as aulas de modelo vivo eram separadas por preferência: modelo nua, modelo enrolada em lençóis, ou as escadas dos fundos do prédio, evitando qualquer sala onde a vida se despisse e permanecesse nua em sua glória fria. Virginia Yardley logo se tornou adepta de modelos nuas. Sua família não lhe enviava nenhum dinheiro e achava que seu pedigree estava sendo desperdiçado, mas Eileen vez ou outra pagava um drink a ela no Chat Blanc. E então, Eileen perguntava, o que uma jovem moderna gostaria de fazer em seguida? Ficar acordada a noite toda pintando de maneira selvagem até eu me tornar uma modernista, respondia Virginia.

ROMAINE BROOKS, *Renata Borgatti, au piano*, 1920

Deslizando os dedos pelo teclado, Renata Borgatti balançou rapidamente a cabeça, quase um gesto involuntário antes de começar a tocar. A primeira partitura se estendia translúcida por trás de suas pálpebras fechadas e as primeiras notas foram mantidas em silêncio, no ar, sob as palmas das mãos. Esse era o momento de Renata Borgatti.

Depois desse instante, Renata abriu os olhos e pressionou as pontas dos dedos nas teclas, e as primeiras notas saíram de debaixo de suas mãos e ressoaram na sala; um pequeno balanço tomou conta de seus ombros, ela mordeu

---

[29] Bryn Mawr College, faculdade só para mulheres na Pensilvânia, a primeira desta natura nos Estados Unidos. (N.T.)

a parte de dentro da bochecha e fez uma cara feia. Não, Romaine interrompeu, é só do primeiro instante, antes de você começar.

Assim, Romaine Brooks não pintou o retrato de Renata Borgatti tocando piano. A forma severa e impetuosa com a qual Renata se apresentava em público em seus concertos era apenas uma imagem que a plateia pagava para ver. Os desejos da plateia se refratavam ao seu redor, eram barulhentos de cor, memória, acordes altos, opiniões. Romaine também não pintou Renata langorosa na cama com um fiapo de sol refletido no cabelo preto curto: aquela era a imagem que Romaine manteve dela no verão que passaram em Capri. Mas, em 1920, Romaine pintou o momento que pertenceu só a Renata, antes de o som tomar forma: Renata como ela mesma via sua música. Renata preenchida por ela mesma.

VIRGINIA WOOLF, *Night and Day*,[30] 1919

Em 1919, Virginia Woolf sonhou que a noite talvez não afogasse completamente o dia. Ela chamou aquilo de romance, na falta de uma palavra mais apropriada. Poderia ter dito que aquilo era um retrato da noite. Poderia muito bem ter chamado aquilo de um capítulo em uma pintura ou uma maneira de ouvir o canto dos pássaros, já que não havia ainda uma palavra para as formas com que ela sonhava.

Foi em uma noite de junho que o inacabado, o não preenchido e o não escrito vieram em forma fantasmagórica

---

[30] *Noite e dia*, traduzido no Brasil por Raul de Sá Barbosa (Novo Século, 2008).

e se revestiram de um semblante quase completo. Alguém havia acendido as luzes da casa, cada janela refletia seu brilho, alguns eram fortes e dourados, outros fracos e cintilantes, encerrados dentro das cortinas. Ela via a casa à sua própria maneira, como em um momento intacto.

Ainda era 1919; ainda havia pássaros comuns cantando; cantavam pelo jardim e até o rio onde ela estava, levando em sua voz a luz intermitente. Que gentis eram os pássaros de trazer para ela, à margem do rio, na borda da noite, esse som iluminado ondulante se derramando das janelas como boas-vindas. Eram rouxinóis, ela via agora, e na casa tinha sido Cassandra quem acendera as luzes. Cassandra saberia qual verbo ela estava procurando. Em alguma língua haverá de existir um verbo que signifique deixar as luzes acesas para alguém que ainda não chegou.

RADCLYFFE HALL, *The Unlit Lamp*,[31] 1924

Esperar que alguém acendesse uma luz para você era, para Radclyffe Hall, francamente, um convite ao desespero. Talvez, durante a guerra, tivesse havido um interlúdio em que as mulheres inglesas puderam por fim ser homens, como propôs a sra. Ethel Alec-Tweedie. É verdade, Radclyffe reconhecia, que houve motoristas de ambulâncias, sim, ela sabia de Gertrude e Alice chacoalhando pela França em seus Fords, a esta altura todo mundo sabia dessa história.

Mas e o resto, e nós, em tempos comuns, que esperança poderíamos ter? Poderíamos até bater o pé e cortar o cabelo com um canivete e nos recusar a tricotar. Mas isso não era igual a um futuro que flameja de amor em cada janela.

---

[31] A lâmpada não acesa.

Na melhor das hipóteses, era um vislumbre passageiro de outra criatura como você, deselegante e sem refinamento, miserável e acabada, a qual você poderia identificar como companhia solidária. E se essa esperança lançasse qualquer luz, Radclyffe se sentiu obrigada a mencionar, seria o insignificante bruxulear de uma luz fraca qualquer feita de um pavio rígido de óleo frio de séculos atrás, cujo fósforo, quando tocado, queimava seus dedos.

ROMAINE BROOKS, *Peter (A Young English Girl)*, 1923

Ainda assim, à noite, ficávamos paradas em nossas janelas, esperando. O crepúsculo tornava o vidro liso e prateado. A iluminação fraca do lado de dentro fazia nossas pupilas crescerem. Por meio do reflexo tênue de nosso próprio rosto, víamos os vultos nas ruas e partes de portas se abrindo e fechando. De nossa posição privilegiada, víamos o mundo acontecer em pedaços e sombras, uma silhueta, um gesto, uma figura vindo dos fundos. O que era visível parecia manchado, frágil, momentâneo. Juntar os fragmentos em retratos: era por isso que em 1923 tantas de nós éramos aspirantes a artistas e ficcionistas.

Naquela época, Romaine Brooks estava de olho em Peter, uma jovem inglesa. Peter insistia em ter um só nome, sem prefixo ou maiores explicações. Com o colarinho engomado e um paletó preto meio abotoado, Peter sentava-se com a coluna ereta e o polegar enfiado no cinto preto. De perfil, Peter parecia pensativa e empenhada. Um leve franzir da sobrancelha, olhos escuros e fixos em algum objeto distante. Peter era dessas que simplesmente pegava um paletó e saía para a noite, sem se importar com a luz do poste lá fora.

Podíamos ver, nos retratos de Romaine, como a superfície da imagem e o branco da tela permaneciam planos em si mesmos: aquela era Peter, aquela era Renata. O instante reconhecido era uma palheta rápida e oblíqua cruzando o espesso do tempo. Como um clarão em pó, a iluminação era breve e inteira: tocava todas as superfícies de uma vez, e pronto. Era uma maneira moderna de ver alguém.

ÉLISABETH DE GRAMONT, *Les Lacques d'Eileen Gray*,[32] 1922

Madame Eileen Gray quer decorar a sala por completo de forma que esteja de acordo com nosso modo de vida, escreveu Élisabeth de Gramont, com admiração, na revista *Feuillets d'Art*. Naqueles tempos, estar de acordo com nosso modo de vida indicava um compartimento interior pontuado pelo maior número de janelas possível.

Muitas vezes, nos abrigamos sozinhas em nosso interior da mesma maneira que uma orquídea ou um polvo abrigam suas partes moles em uma fissura rochosa. Essa era a sala como um todo, elaborada completamente à nossa volta. Havia escrivaninhas laqueadas para escrevermos, tapetes nos quais afundávamos, divás que eram como o endocarpo de uma fruta exótica. Uma vez em seu interior, trancávamos a porta e refletíamos por dias a fio. Por isso, começávamos a considerar se uma imagem plana não era apenas a fachada do interior. Um romance ou uma pintura eram, no fim das contas, apenas um pacote quadrado de ideias. Mas, sem um lugar para ancorar seu cuidado e suas tentativas de começo, como era possível pintar um retrato em sua forma acabada? Pensamos nos painéis de vidro

---

[32] As lacas de Eileen Gray.

azuis da Jean Désert que dividiam o espaço em galeria e ateliê: um andar para apresentar a cena ao salão sustentado pelo espaço de sua criação. Talvez Eileen Gray estivesse decorando nossas salas com a possibilidade de pensar para além das superfícies que criávamos.

Tão poucas poetas, suspirou Natalie Barney para Élisabeth de Gramont, e nenhuma que toque a lira. Élisabeth abriu um largo sorriso e acomodou a cabeça entre os seios de Natalie. Elas estavam deitadas em um tapete mais macio do que a folhagem na beira do rio, em uma sala que Eileen havia elaborado tendo as duas em mente. Você tem saudades de Safo, disse Élisabeth, mas esta é uma era de retratos e capítulos, *ma très chère Amazone*.[33] Até as pinturas agora estão presas em suas molduras, sem se estender pelas laterais de um vaso. Você percebe por que Eileen Gray quis criar interiores modernos para nós? É como Virginia, em Londres, que escreve contos a partir da vida.

ROMAINE BROOKS, ÉLISABETH DE GRAMONT,
Duchesse de Clermont-Tonnerre, c. 1924

No começo, para Romaine, cada retrato parecia solitário em sua própria moldura. Uma imagem de Ida Rubinstein só tinha a ver com falcões, cinzas e vento. Renata Borgatti, em uma manta malfeita, ficava muito distante de Peter, cujas bainhas tinham o acabamento perfeito, cortadas nos ângulos dos ombros e à altura da linha do queixo. Mas, aos poucos, os retratos começaram a parecer linhas na janela, à noite, cada uma mostrando

---

[33] Minha muito querida Amazona, em francês.

uma silhueta diferente fixada à luz da lâmpada. Por isso, Peter sem prefixos foi seguida por Élisabeth de Gramont, com um lenço de seda branca, posicionada ao pé da escada. Em seu ateliê, Romaine as organizou em uma fila, como uma linhagem ou uma linha de visão. Ao centro, a própria *Amazone*, Natalie Barney, em tons de cinza, diante de uma janela, invernal, enrolada em uma pele, ladeada pela pequena estátua do cavalo de jade. Então, Romaine nos contou que haveria número suficiente de retratos para preencher toda a sala.

ROMAINE BROOKS, *Una, Lady Troubridge*, 1924

Una, Lady Troubridge, foi a primeira a retribuir o olhar dado a ela. Nunca tínhamos visto algo parecido: um retrato que olhava para trás. Parecia que Una olhava para todas nós e para os retratos da sala ao mesmo tempo. Ela não precisa de um retrato que reflita sua própria imagem, disse Romaine. Una já conhecia bem sua aparência. Ela entrecerrou os olhos. Uma sobrancelha se arqueou de forma reticente; um dos lados de sua boca fina se retorceu. O que Una queria era um retrato que mostrasse como ela via as coisas.

Da maneira como Una olhava para alguém era possível construir um ninho ou um nome, um escândalo ou uma nova moda. Na verdade, cada olhar de Una carregava em seu interior pedaços de sua amante John, como pássaros que carregam galhos nos bicos para construir suas casas. John deixou para trás seu antigo nome ao se deparar com a solidez do olhar de adoração de Una. Por isso, todas, menos Natalie, que inicialmente insistiu que já conhecia Radclyffe há muito tempo para mudar agora, começaram a chamar os dois de John e Una, ou Una e John. Dessa forma, Radclyffe Hall acabou se tornando meramente um nome que ia na capa dos livros que logo seriam banidos, enquanto John era o nome chamado em casa, diariamente, para o jantar. Era para John, e apenas para John, que os banhos e suas pantufas eram preparados. Ao ser tratada com tamanha ternura por Una na hora de dormir, John ganhou essa espécie de conforto sólido, normalmente reservado aos patriarcas de meia-idade.

Quando Romaine Brooks a pintou, Una usou um monóculo. Seu olho direito parecia estar estranhamente inchado de orgulho e ceticismo, e na mão direita ela segurava a coleira de um cachorrinho gorducho, de olhos trêmulos, que a endeusava . Una sabia que, se dependesse do cachorro, ele preferia estar trotando pelo parque com John. Mas Una foi persuadida por Romaine Brooks, que lhe prometeu um retrato que, com o título *Una, Lady Troubridge*, mostraria ao mundo como ver John.

ROMAINE BROOKS, *Self-Portrait*, 1923

No auge do verão, em Paris o ar estava quente e opressivo. Romaine tinha ido para o campo com Natalie e Élisabeth. Nós, que tínhamos ficado na cidade, andávamos pelos canais com as meias enroladas no calcanhar. Nós éramos as que não tinham casa de verão: estávamos soltas, até um pouco solitárias.

Romaine nos ofereceu seu jardim na cobertura do prédio. Éramos bem-vindas, disse ela, desde que regássemos a pereira e não caíssemos mortas de tanto beber. Então, em uma noite úmida, subimos as escadas como pardais desgrenhados, passando na penumbra pelos cômodos. Foi

Colette quem mandou que fôssemos ao estúdio buscar lençóis velhos, ela queria se deitar na grama.

Assim que retiramos o lençol da tela, lá estava Romaine, nos olhando fixamente por baixo da aba de sua cartola. Usava luvas cinza e tinha uma expressão fria e distante. Desde o arco nítido do colarinho de Romaine até a curva de seu cotovelo, todas as suas bordas eram duras e rígidas. Finalmente Romaine tinha encontrado seu próprio momento, sua forma de estar em uma sala. Em meio à criação de tantos retratos de outras pessoas, ela criara a partir da vida. Ela havia, afinal, assumido o risco de seu próprio corpo.

Quinze

NOEL PEMBERTON BILLING, *The Black Book*, 1918

Um grande risco para nossos corpos e, portanto, para nossos retratos e romances, era que alguém como Noel Pemberton Billing pudesse tentar lê-los. O principal objetivo da existência de Noel Pemberton Billing era flagrar as esposas dos homens do Parlamento envolvidas em êxtase lésbico. Não que ele pudesse reconhecer o êxtase lésbico, nem se desse de cara com ele; afinal, esse foi um homem que, ao ler Safo, pensou que se tratava da diretora de uma escola para jovens senhoras da Antiguidade. Ainda assim, ele passeava por galerias e livrarias, farejando desconfiado certas pinturas e cutucando as lombadas de romances modernos.

Noel Pemberton Billing era um leitor tão deplorável que só conseguia compreender livros que ele mesmo havia inventado. Esses livros, ainda que não existissem, eram aparentemente repletos de descrições de Sodoma e Lésbia, narradas na pior das prosas. Em 1918, ele inventou *O livro negro*, o qual nunca se deu ao trabalho de escrever, supostamente contendo o nome de cada lésbica na Grã-Bretanha. Nós o imaginávamos estudando com avidez cada página imaginária. Não fosse ele um leitor tão lamentavelmente ruim, pensamos, talvez pudesse apenas ter analisado *La Corruption fin-de-siècle*, de Léo Taxil, de 1894, e teria aprendido que, pela lei, as lésbicas não existiam.

MAUD ALLAN, *Salomé*, 1918

Oscar Wilde já tinha morrido fazia dezoito anos quando a dançarina Maud Allan se tornou Salomé. Ouvimos dizer que ela fazia apresentações privadas em Londres, e Noel Pemberton Billing também ficou sabendo. Ao sentir o cheiro do êxtase lésbico, ele ficou histericamente excitado; no mesmo instante, denunciou Maud Allan aos jornais como a suma sacerdotisa do Culto ao Clitóris.

O que é um clitóris?, os jornais queriam saber. É uma instabilidade na mão? É um tremor na boca? É um órgão indevidamente excitado ou superdesenvolvido? Ao comentar com um colega de clube, um senhor foi ouvido: Nunca ouvi falar desse tal grego, Clitóris, de quem todos estão falando hoje em dia!

Dessa forma, Noel Pemberton Billing começou a ensinar a toda a Inglaterra o que era um clitóris. Clitóris é um tipo de lésbica, ele sustentava. Ou seja, Salomé de Sodoma e Lésbia, sendo regiões da Alemanha Oriental, tinham penetrado indecentemente em nossa nobre terra, fazendo da srta. Maud Allan uma lesbianista; ele garantia que o nome dela estava em *The Black Book* sob a categoria de sadismo ou safismo, talvez ambos. Claramente, esse era um caso de clitóris.

Rex v. Pemberton Billing,[34] 1918

Indignada, Maud Allan apresentou acusações de calúnia difamatória. Entre nós, pensamos que, em um país onde um

---

[34] Expressão jurídica em que *Rex* representa o rei no indiciamento por crime contra o Estado; ou seja: a Coroa versus Pemberton Billing.

homem eleito para a Câmara dos Comuns não conseguia encontrar um clitóris na história da literatura, Maud Allan tinha poucas chances de justiça. Ainda assim acompanhamos com muita atenção, em Londres, o caso se desenrolar. Os jornais relataram que Maud Allan foi interrogada sobre véus, anatomia, Alemanha, vícios lascivos, dança, luxúria, Oscar Wilde, filosofias orientais do amor, sadismo ou safismo, judeus, arte e onde se situavam Sodoma e Lésbia no mapa. Noel Pemberton Billing prestou depoimento dizendo que havia lido *The Black Book* e que o nome de Maud Allan estava por toda parte. O júri mal deliberou antes de pronunciar seu veredito: Maud Allan tinha conhecimento sobre o que era um clitóris. Portanto, nada pior poderia ser dito sobre ela. Ela perdeu o caso.

VIRGINIA WOOLF, *These are the Plans*,[35] 1919

Temíamos que Noel Pemberton Billing e sua corja tivessem destruído meio século de nossa cuidadosa transformação. Não tínhamos previsto que um bando de histéricos poderia nos arrastar de volta para os anos em que X fora presa em um sanatório; e Rina Faccio, condenada ao casamento de acordo com termos do Artigo 554. Estávamos de novo mergulhadas em uma história à qual mal sobrevivemos da primeira vez.

Na Inglaterra, houve um frio e cauteloso distanciamento da vida pública. Julian e Violet partiram para o exterior; Virginia Woolf começou a passar semanas em sua casa em Rodmell, escrevendo. Em Paris, estávamos com muita raiva; Colette rabiscou um esboço daqueles sapos venenosos do

---

[35] Estes são os planos.

Parlamento, como ela os chamava, esmagados sob as patas estrondosas de uma centena de amazonas que cavalgavam para caçar. Até Élisabeth de Gramont jurou vingança, com seu lenço de seda branca pronto para o estrangulamento. No entanto, Natalie Barney, sempre pacifista, nos repreendeu: Nossa vida nunca fora conquistada pela lei, disse ela, apenas pela literatura. Se não estamos mais lendo Safo, os versos de quem vamos seguir?

LINA POLETTI, *Il Cipressetto della Rocca a Sant'Arcangelo di Romagna*, 1919

A última de nossas poetas foi Lina Poletti. Depois da guerra, ouvimos falar que ela tinha ido morar com Eugenia no interior, perto de Sant'Arcangelo di Romagna, onde os jornais da província escreviam sobre colheitas em vez das batalhas. Logo depois da debulha, em 1919, Lina escreveu seu último poema, uma ode a um antigo cipreste que crescia em uma rocha. Retorcida pelos séculos, a árvore permanecia tranquila enquanto os pássaros pousavam em seus galhos; para Lina, ela parecia virar seus membros para recebê-los.

Você vê, perguntou Lina a Eugenia enquanto estavam sentadas entre as raízes, como esse cipreste se afasta de nós, como se já tivesse visto o suficiente da humanidade? As árvores têm uma arte em si mesmas, só que somos ignorantes demais para entender seus poemas.

LINA POLETTI, *Ancora un cero che si spegne*, 1921

Talvez Lina houvesse abandonado a poesia porque já tivesse visto o suficiente, mesmo no ano que antecedeu a invasão dos fascistas em Roma; talvez ela tivesse ouvido as árvores em vez dos políticos. Em 1921, os fascistas começaram a incendiar as redações de jornais e sindicatos; em toda a Itália, o sussurrar sinistro de homens armados podia ser ouvido nas praças. Ainda assim, falava-se muito em pacificação e na necessidade de restaurar a ordem; Giolitti assegurou à nação que os fascistas eram todos homens dignos de confiança, não víamos valor no sacrifício?

Lina não via. Em 1921, ela escreveu um manifesto, contundente em seu desespero e severo em sua profecia. Quando os esquadrões fascistas começaram a erguer suas mãos brutas e a gritar: Esta é a hora da glória viril, agarradas ao punho e espancadas até a meia morte, salvem a era do *impadronirsi*!, sabíamos que Lina cuspiria no rosto deles e se afastaria com suas botas de cano alto. Ela sempre seguiria em frente, sempre impulsionada pela face mais distante da onda. Foi Lina quem nos prometeu que o coro nunca seria silenciado. Mas ela estava sempre nadando, inexplicavelmente, para longe da costa, só para chegar a uma ilha que ela mesma havia inventado.

O manifesto de Lina Poletti foi intitulado "Mais uma vela se apaga". Quase no mesmo instante em que foi publicado, os fascistas marcharam sobre Roma.

EMENDA À EMENDA LABOUCHÈRE, 1921

No mesmo ano, foi proposta pela Câmara dos Comuns a criminalização da homossexualidade feminina. Os membros do Parlamento concordavam que aquilo era um assunto abominável e lamentavam muito ter de levantar tema tão repulsivo da mais grosseira indecência; porém, depois do caso de Maud Allan, falava-se muito sobre o clitóris. Mulheres honradas perguntavam sobre o assunto. As esposas estavam curiosas. Os pedidos de romances de literatura francesa e outros materiais de grande afronta aumentaram. Já passava da hora de a Inglaterra conter sua maré crescente de lésbicas.

A Câmara dos Lordes concordou com a proposta, mas argumentou que o número crescente de lésbicas aumentava cada vez mais com qualquer menção a suas práticas chocantes. É melhor abafar por completo a discussão, argumentou a Câmara dos Lordes, do que incitar indevidamente uma mulher inocente a experimentar, por assim dizer, essas coisas. Portanto, a Emenda à Emenda Labouchère nunca foi ratificada no Parlamento. Assim, ser lésbica não foi algo que chegou a ser proibido na Inglaterra: a própria palavra congelou, datada na boca de um lorde.

Radclyffe Hall não tinha paciência com a Câmara dos Comuns, mas achava que a Câmara dos Lordes poderia ser compreendida: uma lésbica era um cavalheiro da mais alta conduta. Ela mesma exemplificava as melhores qualidades de um inglês: era decente, sensata e uma excelente atiradora. Sua esposa, Lady Una Troubridge, era uma nobre que criava cachorros pequenos. Em outras palavras, não havia diferença entre Radclyffe Hall e o cidadão mais íntegro do Império Britânico; ela era tão boa pessoa quanto um John qualquer.

JOHN, 1921

De sua casa no campo, John começou uma campanha para convencer os homens do Parlamento dos muitos méritos de lésbicas como ela. Ela usava saias de tweed bem-comportadas, era caridosa e bem-educada, pagava seus impostos em dia e fazia da caça um esporte. Será que eles precisavam de mais provas? Muitas de seu tipo haviam ido heroicamente para o front nas guerras para dirigir ambulâncias e cuidar dos feridos; cavalheiros invertidos dotados de grande gentileza tinham salvado a vida de soldados ingleses dos estilhaços e das cinzas. Eles não tinham lido as histórias? Pelo jeito, John via que não. Então, Radclyffe Hall começou a escrever algumas parábolas para instruir os leitores mais ignorantes, os homens que não conseguiam diferenciar Safo de um porta-guarda-chuva.

COLETTE, *Mitsou ou comment*
l'esprit vient aux filles, 1919

Por vários motivos, Colette se opôs às reclamações de John. Que propósito era ter uma vida de saias elaboradas que pinicavam a pele e cozinhar assados aos domingos? E Colette afirmava que, sobretudo, já havia autores demais entre nós. Ela mesma escrevera vários romances e tinha sido expulsa do palco de um salão de música pelo comandante da polícia por causa de um roteiro de peça particularmente picante. O que precisávamos agora, declarou Colette, era de *leitores*. Vejam o caos criado por aqueles idiotas que não conseguiam diferenciar Safo de Salomé!

De acordo com Colette, os leitores eram como amantes. Os melhores eram atentos, inteligentes, exigentes e promíscuos. Ela nos incentivou a ler muito e bem, a procurar exatamente os romances proibidos para nós e a deitar na cama por horas com eles. Deveríamos ler para nos sentirmos fartas e saciadas, Colette nos aconselhou; depois de um bom livro, deveríamos lamber os dedos. Deveríamos ler especialmente sobre a vida das mulheres; por exemplo, ela acabara de publicar a história de Mitsou, cujo título alternativo era *Como as meninas aprendem coisas.*

ADA BEATRICE QUEEN VICTORIA
LOUISE VIRGINIA SMITH, *c.* 1922

Ada Smith nasceu em West-by-God-Virginia, como ela dizia, e foi nomeada por cada vizinho que desse um palpite. Sua mãe tinha uma pensão em Chicago por onde todos passavam, imigrantes, moças trabalhadoras e famílias que iam para o Oeste. No final da rua havia um teatro onde Ada, quando menina, aprendeu coisas.

Foi assim que, aos dezesseis anos, Ada já era uma semiprincesa do circuito de vaudeville que levava trupes de negros para cidades majoritariamente brancas. Ela dançava alguma coisa, cantava qualquer coisa e sabia algumas coisas. Tinha cabelos ruivos em tom queimado e um vestido branco com babados na altura dos cotovelos. Em 1922, ela conseguiu chegar a uma casa noturna no Harlem. Dentro de dois anos, ela embarcaria para Paris a bordo de um navio da Cunard chamado *America.*

ADA BRICKTOP SMITH, 1924

Ada, assim como Colette, sabia quando estourar uma garrafa de champanhe para todos no bar e quando sorrir discretamente e ir embora. Como Colette, ela morou em Paris, entendeu a dinâmica dos salões de música e acabou escrevendo sobre sua própria vida. Mas Ada Bricktop Smith também aprendeu coisas que nunca saberemos: como era pintar o rosto de preto quando, na verdade, ela já tinha a pele preta, por exemplo, só para ganhar a vida cantando canções de menestréis para entreter os sulistas brancos.

Em Paris, Ada trabalhava até tarde e dava aulas de dança até conseguir se tornar a imperatriz de sua própria casa noturna em Montmartre. Lá, ela administrava a contabilidade segurando um charuto e uma taça de champanhe, cantando o que quisesse e dançando qualquer coisa. Ela também recebia moças quando elas chegavam dos Estados Unidos com suas malas de papelão e canções tristes sobre o amor. Nós a convidamos para ir à casa de Natalie Barney lanchar sanduíches de pepino, mas ela sorriu com discrição e disse que estava muito ocupada. Verdade que um dos nomes de Ada Bricktop Smith era Rainha.

BRICKY E JOSIE, 1925

Josie era uma das moças americanas que Ada Bricktop Smith gentilmente acolheu na casa noturna Music Box. Corista do Missouri, Josie também entendia de shows de menestréis, espetáculos de pernas e sabia bem como manter seus pega-rapazes no lugar durante a noite toda. Porém, ela não tinha tido praticamente educação formal nenhuma, Bricky descobriu, e agora que todos clamavam pelo autógrafo da srta. Josephine Baker, era uma pena que ela mal pudesse assinar seu nome. Bricky se serviu de um copo de uísque e disse a Josie o que fazer. O problema era que, disse Bricky, ninguém se importava realmente com Josie, mas ainda assim queriam um pedaço dela. Uma amostra, que fosse. Bricky, então, ajudou Josie a fazer um carimbo com sua assinatura e, quando a porta do palco estivesse em polvorosa com fãs da "Danse Sauvage", Josie poderia carimbar uma série de retratos fotográficos e sair ilesa. Bricky estava certa: se você deixasse, as pessoas te rasgavam em pedacinhos.

VITA SACKVILLE-WEST, *Knole and the Sackvilles*, 1922

Quando parecia que multidões histéricas de homens ameaçavam nos arrastar pelos cabelos de volta ao século passado, Vita Sackville-West se via tentada a escapar para dentro da galeria de retratos que revestia as paredes do castelo Knole. Cada rosto branco e comprido dava lugar ao próximo no ritmo da pintura a óleo; cada moldura dourada mantinha a garantia pontual de uma sucessão ordenada. Os frenesis vulgares dos homens do Parlamento nunca se intrometeriam na grande casa. No Knole, nunca era bem a hora certa para acontecimentos excitantes do século XX.

Mas uma pessoa não poderia viver para sempre enclausurada em uma galeria de seu próprio rosto, infinitamente cristalizado. Em um instante, Vita vestiu as calças. Ela assobiou para o criado pegar seus baús, que foram arrumados bem a tempo de Julian encontrar Violet no cais; naquela mesma tarde, embarcariam para a França. Julian, querido!, exclamou Violet, você é... mas um vento forte soprou as palavras dela para longe, agitando a água com pequenas ondas. O que era, ademais, Julian, de acordo com Violet? Além disso, quem era Julian, quando Vita o encarava no espelho? Aleatoriamente, Vita se perguntou se seria possível escrever biografias de todas as pessoas que ela já tinha sido. E, se sim, quem as leria?

RADCLYFFE HALL, *The Forge*, 1924

Deixando o conforto de sua casa de campo, o fictício casal de lésbicas de Radclyffe Hall viajou para Paris. Eram um tipo adorável de invertidos ingleses: Hilary era romancista e Susan era esposa. Na verdade, mal se podia perceber que Hilary era uma mulher, pois era dotado de um bom senso de virtude moral. Um tipo decente, se é que isso existe, Hilary não se sentia à vontade em Paris, com seus artistas excêntricos e salões de dança intensa onde os corpos se esfregavam a toda hora. Paris oferecia latas de cocaína, bochechas rosadas, quartos nos fundos com papel de parede brocado, a "Danse Sauvage". Prontamente, Hilary levou Susan de volta para a Inglaterra. Elas não eram, disse Radclyffe Hall, *aquele* tipo de gente.

Colette, que havia passado a maior parte de um mês de 1923 levando John e Una para dançar no Bal Bullier, perguntou a Natalie Barney sobre *A forja*. Gostou? Ficou encantada? Queria se deitar na cama e ler o livro por horas? Natalie poderia traduzir as melhores partes para o francês para ela? Natalie Barney suspirou. John estava sempre vendo o mundo moderno como um mar destinado a nos afogar, disse ela. Infelizmente, *The Forge* era apenas mais uma triste enseada.

VIRGINIA WOOLF, *Indiscretions in Literature*, 1925

Sobre o assunto John, Virginia Woolf tentou dizer o mínimo possível. Com certeza, Virginia Woolf defenderia até a morte o direito de Radclyffe Hall de compor histórias severas sobre sexologia. Virginia Woolf empacotaria, metaforicamente, os ouvidos de qualquer crítico que censurasse a escrita de uma mulher. Mas era um segredo aberto que Virginia preferia, como escreveu em "Indiscrições em literatura", as poetas que habitavam as alturas, onde o tempo é um jardim e o amor corre calmamente por ele: uma poeta como Safo, por exemplo.

Não ouvíamos Virginia Woolf falar de Safo desde a guerra. Pequenas chamas de esperança arderam em nosso coração. Em italiano, o amor entre duas moças é chamado de *fiamma*, um fervoroso lampejo de desejo. Não sentíamos isso há muitos anos, mas todas nós nos lembrávamos da incerteza promissora em nossos jardins. É verdade que Virginia Woolf acendeu um fósforo em nosso espírito e instalou em nós uma chama azul. Desde o início, éramos leitoras incorrigíveis; nossas veias estavam sempre inchadas de cássia e mirra. Não podíamos evitar a esperança de que Virginia Woolf fosse a primeira a narrar Safo que se tornava nós.

Dezesseis

VIRGINIA WOOLF, *Modern Fiction*, 1919

Alguém havia entendido a ficção moderna de forma completamente equivocada. Ou melhor, vários homens, ao escreverem seus copiosos romances, a haviam martelado tão persistentemente de forma equivocada ao longo de milhares de páginas que a literatura inglesa agora estava concentrada em uma massa rasa e sem graça. Nenhuma personagem se erguia contra as convenções que marcavam sua vida, não se podia discernir nenhuma zona de perigo de sentimento. Os botões eram abotoados. Os casamentos eram realizados todos os finais de semana de junho, com dias ensolarados. Aqui e ali, uma tia solteirona morria, deixando uma sólida herança para o jovem herói. Tudo corria como esperado.

Mas a *própria vida* estava em constante variação, protestou Virginia Woolf, e um romance deveria prosseguir da mesma forma que a sombra de um vagão de trem viaja pela paisagem. Ora subindo fugazmente ao longo de um muro baixo, ora caindo no leito de um rio, passando sua silhueta de forma irregular sobre a grama e o cascalho: *isso* era um romance, *isso* era o espírito de uma vida se movendo na página. Não é, pois, a tarefa do romancista, questionou Virginia Woolf, transmitir essa variação, esse espírito desconhecido e incircunscrito, qualquer que seja a aberração ou a complexidade que ele possa apresentar?

Em nossos quartos, lemos em voz alta aquelas palavras bonitas: variável, desconhecido, incircunscrito, aberração, complexidade. Mesmo que nossas formas tivessem de se virar do avesso, dissemos a Natalie Barney, era essa a linha que seguiríamos. Uma vida desdobraria interiores irregulares; um rosto seria a superfície para vários pensamentos simultâneos. Cada capítulo correria ao lado de seus personagens, como a sombra de um trem lançado em uma fração de segundo, um disparo disperso contra uma paisagem. Nada correria como esperado.

SARAH BERNHARDT, *Daniel*, 1920

Imediatamente reconhecemos Daniel, um jovem agitado que se recusava a se deitar no leito da enfermaria. Ele se revirava sob o cobertor, a testa febril e os olhos circundados de sombras azuis e pretas. Apesar dos estragos causados pela morfina, o médico achou Daniel bem-disposto e falante, recusando qualquer medicamento que não fosse o conhaque. Não quero nada desses frascos e cataplasmas – exclamou Daniel, esforçando-se para levantar. Dê-me meu casaco, deixe-me levantar desse leito de morte, quero minha vida, mais vida!

Daniel foi o único filme que Sarah Bernhardt terminou depois da guerra. Ela tinha 77 anos, incansável. Uma de suas pernas havia sido amputada acima do joelho; ainda assim, ela era a Divina Sarah. Seu rosto estava pintado de um branco esmaltado e fantasmagórico, e seu olhar pesado pelos medicamentos encarava a câmera por debaixo das pálpebras. É incrível, disse o diretor, olhando de volta para ela através da câmera, Madame Sarah, apesar de tudo, a senhora é Daniel! Sarah Bernhardt balançou a cabeça. Não, disse ela, eu tenho muitas vidas, mas *quand même*, não sou ele; é Daniel que se torna a Divina Sarah.

VITA, 1922

Julian?, perguntou o anfitrião quando ela entrou. Vita, na verdade, disse Vita Sackville-West, tenho sido Vita a semana toda, é muito gentil de sua parte perguntar. Era o inverno de 1922 em Londres, uma noite para velas e aves assadas. Ao redor da mesa, havia vários rostos ondulando na penumbra, alguns olhando Vita com curiosidade, outros discursando com grande sentimento sobre a ascensão da narrativa fragmentada ou o declínio da pintura ao ar livre, outros lhe dando um breve e condescendente aceno de cabeça, como se ela não fosse tão interessante.

Vita Sackville-West não estava acostumada a ser vista como se não fosse interessante, em especial quando estava vestida para a ocasião. Inclinando-se para a luz da vela, ela começou: Que prazer conhecê-la finalmente, Virginia! Devo confessar que a admiro imensamente, de fato, e acho que você é a Safo do nosso tempo. Virginia Woolf ergueu os olhos de forma cortante. Já a conheci em algum lugar antes?, perguntou ela, com o olhar fixo no rosto de Vita. Oh, duvido, respondeu Vita com uma gargalhada despreocupada, eu tenho muitas vidas, mas mesmo assim me lembro da maioria delas.

COLETTE, *En pays connu*,[36] 1923

Em 1923, Sarah Bernhardt começou a fazer outro filme. Ela estava muito debilitada para viajar; discretamente, o diretor organizou de filmar em seu salão. Recusando muletas ou pena, Sarah foi carregada escada abaixo em grande

---

[36] Em país conhecido.

estilo para cada uma de suas cenas. Ela deveria interpretar *La Voyante*: a vidente, a sibila, aquela que prevê o que está por vir.

Um dia, entre uma cena e outra, Colette, que havia caído de amores como uma colegial pelo Hamlet de Sarah, foi convidada para jantar. Aos fundos de um longo salão com retratos nas paredes e rosas secas, estava sentada a Divina Sarah: imperial, eterna, servindo ela mesma o café. As mãos de Sarah Bernhardt pareciam flores murchas, disse Colette, mas seus olhos estavam tão atrevidos e penetrantes como nunca. Ela parecia um jovem rapaz cheio de vida que a qualquer momento se levantaria da cadeira, fazendo barulho com as xícaras. Aos seus pés estavam dois filhotes de lobo com orelhas cinzentas e atentas. A Divina Sarah alimentou os lobos com a nata de seu pires e sorriu para Colette com todos os seus dentes; um sorriso irredutível, disse-nos Colette; mesmo aos oitenta anos, Sarah Bernhardt se dirigiu determinada aos portões da morte e exigiu dela sua vida, mais vida.

SARAH BERNHARDT, *La Voyante*, 1923

Nunca se soube o que Sarah Bernhardt previu como *A vidente*. Colette suspeitava que Sarah visse uma vasta coleção de feras indomáveis à sua volta e sorriu aquele sorriso irredutível. O diretor imaginou que ela estava se lembrando de seu Hamlet, de seu Pelléas, de seu Duc d'Aiglon; no palco, Madame Sarah tinha sido um príncipe entre homens, disse o diretor com admiração. Mas Sarah balançou a cabeça cansada no travesseiro de sua cama de inválida. Margarida e Joana d'Arc eram tão suas quanto Hamlet; além disso, as atrizes não se rebaixavam a considerar o gênero de seus papéis.

Imaginamos, claro, que Sarah se via erguendo-se sobre as multidões de Paris em um balão, sem nunca descer até chegar ao piquenique na borda do penhasco de sua ilha. Esperávamos que Sarah imaginasse todas as suas vidas de uma só vez, uma multidão de personagens clamando para se tornarem ela própria, suas roupas de cama e seu revólver com a fiel inscrição de seu lema. *Quand même!*, brindamos todas juntas, erguendo nossas taças para a Divina Sarah.

VITA SACKVILLE-WEST, *Challenge*, 1923

Lançar, incitar e invadir eram verbos adequados para caracterizar a escrita de Vita. Enquanto Julian percorria uma ilha grega, impregnado de espírito revolucionário e rouco de amor, agarrava os verbos com uma mão firme; a outra segurava uma pistola de algum modelo que Vita procuraria mais tarde. Ora descalço em um cavalo bege, ora mancando heroicamente, Julian atravessou os capítulos de *Desafio* com uma graça viril que Vita começou a invejar, pois o que era a vida de um homem senão o direito inalienável aos verbos de ação? O que Vita poderia ter se tornado se tivesse tais verbos e um par de botas resistente? Com uma cara fechada, ela se levantou da escrivaninha e arremessou um candelabro em direção ao seu reflexo na janela escura. Em quinze dias, seu romance seria impresso e iria, logo em seguida, invadir as livrarias.

VIRGINIA, 1923

Quero tornar a vida cada vez mais plena, escreveu Virginia Woolf. Ela escrevia quatro peças novas ao mesmo tempo, encontrava-se com Vita com frequência e tinha decidido que seu próximo livro ultrapassaria totalmente a categoria de "romance" e exigiria alguma descrição ainda não prevista pela literatura inglesa.

Em sua mente havia parênteses que envolviam uma possibilidade maior até então não observada. Uma alma rara havia sido desvencilhada de amarras, sem laços matrimoniais, sem intimidações: Virginia quase podia esboçar sua silhueta. Seria possível uma personagem que, evitando a morte cronológica, vivesse feliz por mais de um século, desfrutando de sua própria sorte? Haveria uma elipse, um lapso de tempo, um jardim onde alguma forma inexplicável de vida teria criado raízes e estava naquele mesmo momento entrelaçando seus belos galhos no ar?

(Quero começar a descrever meu próprio gênero), Virginia Woolf escreveu tarde da noite em Londres. Por isso é que ela estava a caminho de Paris.

LINA POLETTI, 1923

Assim que Eugenia montou as estantes para a casa nova em Roma, Lina as encheu de livros sobre epigrafia. Uma luz brilhava até tarde em seu escritório enquanto ela decifrava as inscrições dóricas e eteocretenses. Através de diagramas, ela aprendeu a remover, com um pincel de crina de cavalo, a poeira dos cacos de cerâmica; ela soube, de uma jovem arqueóloga, que a escavação da antiga cidade cretense de Gortina já tinha revelado fragmentos de um código de direito civil que, segundo rumores, concedia direitos incomuns às mulheres. Assim, Lina pegou os livros necessários e embarcou para a ilha de Creta.

RACHEL FOOTMAN, 1924

Ninguém em Oxford havia explicado a Rachel Footman como fazer evaporar o sulfato do éter. Ela queria ser química e estava fazendo seu primeiro curso de laboratório. Preparou cuidadosamente um banho-maria e apoiou o caderno sobre a mesa. Mas nenhum professor tinha explicado a ela o tempo demasiadamente longo que leva um banho-maria; naquele ritmo, ela perderia o treino de tênis e, talvez, a hora do jantar. Estudante inventiva que era, acendeu um bico de Bunsen embaixo da banheira. Ouviu-se um som estranho, como o de ar entrando em colapso, um cheiro repentino de algo queimando: seu cabelo, sua bata, seu caderno.

Rachel acordou no hospital; pelas paredes brancas e pela névoa de morfina, ela deduziu que havia morrido. Não, querida, as enfermeiras lhe garantiram, e seu lindo cabelo voltaria a crescer até o próximo período letivo. Seu tutor recomendou sem pestanejar que, a partir de então, ela fosse estudar história da arte ou matemática abstrata. Mas Rachel Footman tinha ido para Oxford para estudar química e, no dia da formatura, em 1926, ela sabia como fazer evaporar sulfatos de qualquer coisa.

EILEEN GRAY, *Casa em Samois-sur-Seine*, 1923

Com olhos críticos, Eileen Gray foi visitar a casa à margem do Sena. As janelas da casa davam para os salgueiros que pontuam o rio, mas as varandas eram estreitas e a escadaria estava mofada. Tinha apenas um estúdio, como se fosse impossível para o arquiteto pensar que duas artistas pudessem trabalhar em seus próprios espaços debaixo de um único teto. Mas Eileen acreditava que, mais cedo ou mais tarde, qualquer que fosse a casa poderia ser transformada de um lugar puramente doméstico em um espaço de sentimento vivo. Ela abriu uma claraboia na escada e liberou as varandas.

Em 1923, a casa em Samois-sur-Seine era convidativa, privada, fresca e luminosa. Em seu interior, se desdobrava uma série de lugares para pensar e trabalhar. Eileen havia colocado tapetes de lã crua em frente à lareira principal, cadeiras entalhadas perto das estantes de livros. Cada quarto de hóspedes tinha sua própria paleta. Damia, que se tornou uma hóspede frequente na cama de Eileen, achou a casa tão atraente que a chamou de Sereia-sobre-o-Sena. Certa tarde, com a brisa do rio entrando pelas janelas, Natalie Barney chegou com um buquê de lírios para parabenizar Eileen por ter virado uma casa inteira do avesso.

VIRGINIA WOOLF, *Mrs D*, 1923

Quem era a sra. D? Uma pergunta profunda assim poderia absorver um romance inteiro. Mas, quase imediatamente, o interior dessa pergunta se desdobrou e outras vieram à tona: quem poderia ter sido a sra. D? E se ela não tivesse sido tão frágil quando menina, por exemplo, tão facilmente influenciada pela insistência de jovens que sempre se apresentavam a ela como "promissores"? Se ela tivesse rido de suas promessas. Se tivesse olhado por cima de seus rostos insistentes e, em vez disso, tivesse visto uma nuvem navegando direto para o mar. Se ela mesma tivesse se afastado de suas praias familiares, sem mastro e sem homem. Será que não haveria nenhuma sra. D? Será que ela teria se tornado uma senhora respeitável, sem chapéu, com olhos escuros e sérios, interessada em política como um homem? Quem era, de fato, Clarissa, antes que um prefixo fosse pendurado nela como colar de joias?

Virginia Woolf caminhava pela margem do Sena, cada passo formando uma palavra na pergunta: quem foi a sra. D? Quem poderia ter sido? Quem de fato foi? Um cigarro oscilava e se queimava em seus dedos. Ela atravessou a Pont Marie, atravessou a Pont Saint-Louis. Um homem que vendia jornais na ponte gritava as manchetes, distorcendo o vento. Em uma rua na Île de la Cité, um vendedor de flores colocava íris em um canteiro de samambaias e erva-doce selvagem. Embrulhadas em jornal, as flores se encharcavam de palavras.

Dezessete

VITA SACKVILLE-WEST, *Seducers in Ecuador*, 1924

Sedutores no Equador era, de fato, uma bobagem, disse Vita modestamente a Virginia, mas ainda assim era bonito vê-la impressa, encapada. Era uma novela, um presente de aniversário e um experimento alquímico, tudo ao mesmo tempo. Vita a escrevera do nada para Virginia, e então Virginia tinha estampado cada letra do texto como tipos de chumbo; por fim, a lombada foi costurada cuidadosamente na edição que agora estava sobre a escrivaninha de ambas.

Em público, a sra. V. Woolf disse que a Hogarth Press estava muito satisfeita por ter trazido ao mundo a novela mais recente da sra. V. Sackville-West. Em particular, Virginia comentou, com um sorriso irônico, que, de fato, Vita era uma sedutora, mas que dificilmente ia a lugares tão remotos como o Equador para ocultá-lo.

EILEEN GRAY, *Lacque bleu de minuit*

Na história do laqueado japonês, existiam os tons mais impressionantes de ébano, pérola e cornalina, mas não havia um azul-meia-noite até Eileen Gray inventá-lo. Uma invenção a partir de noites em claro, observando as estrelas iluminarem em torno de si a menor margem do céu.

Cada estrela prateada em seu firmamento derramava um pouco de luz na escuridão; então o preto se tornava quase imperceptivelmente um azul profundo. Por isso, a luz das estrelas que não chegaria aos olhos de Eileen Gray em sua própria vida lhe concedeu um presente infinitamente distante: *bleu de minuit*.

Na novela *Seducers in Ecuador*, a personagem principal é um homem que embarca em uma viagem da qual nunca volta. Dos conhecidos cais da Inglaterra, ele navega por mares estranhos, chegando finalmente a uma terra onde, semicerrando os olhos, põe óculos de lentes azuis. Seus olhos não enxergam mais a moral comum e os objetos mundanos. Ele deixa a órbita da cor comum. Como Eileen Gray, Vita passou a noite em claro para atingir o estado necessário para essa alquimia. Ela também moeu conchas de ostras lustrosas com um pó de lápis-lazúli e folha de prata. No fim, Vita escreveu para Virginia uma história sobre ver o mundo mudar de cor para sempre, o que é uma maneira de dizer que você está apaixonada.

VIRGINIA E VITA, 1925

Se você me inventar, Virginia escreveu em uma manhã para Vita, eu te invento. No correio da noite, Vita respondeu: *Man camelo tuti*, como dizemos em romani: não posso viver sem você.

Pouco a pouco, elas abriram a vida uma para a outra como amostras de panos coloridos sobre uma mesa. Aqui estava o rosto de Vita na galeria de retratos do Knole, antigo e ligeiramente empoeirado. Aqui estava Rosina Pepita dançando tão feliz que não parecia ser a avó de ninguém. Aqui estava Julian balançando sua pistola em uma ilha grega;

aqui estava Vita, chorando aos pés do grande carvalho que nunca seria propriedade sua, pois ela não era nenhum lorde.

Havia também Virginia como uma menina triste sentada no recesso de uma janela, com o toco de uma vela nas mãos. Se ela apagasse a chama, uma lembrança se apagaria, explicou Virginia, ao menos à noite. E ela dormiu. Seus sonhos eram pássaros de outro mundo. Voavam de dentro de um pequeno teixo no jardim de sua infância e circundavam o telhado de sua casa, grasnando, anos de seus gritos roucos e asas negras. Para Virginia, isso também era uma forma de vida, a vida de pássaros sem ninho dentro de sua mente.

VIRGINIA WOOLF, *Agamemnon*, 1925

Originalmente, *Agamenon* era uma história sobre Cassandra, mas ela foi exilada pela história da literatura. Cassandra se tornou uma estrangeira em sua própria história. Na fronteira, ela espera, século após século, enquanto todos os outros personagens voltam para casa.

Todos, inclusive Agamenon, estavam sempre dizendo a Cassandra que não falasse sobre isso. Sua boca estava cheia de loucura e pássaros, e o coro ficava preocupado com tanto sangue e pequenos ossos.

Em 1925, Virginia Woolf havia reescrito à mão a história de Agamenon. As margens eram metade do que estava acontecendo. Cassandra nunca mais poderia voltar para casa, mas o caderno de Virginia lhe deu muitas mais páginas para viver. Cassandra preencheu o novo espaço com suas palavras: sua loucura, seus pássaros. Quando o coro lhe disse que ela parecia um rouxinol, Cassandra respondeu: Se eu fosse um rouxinol, estaria escrevendo isso?

O coro não sabia o que pensar dela. Até mesmo Vita, que amava Virginia, não entendia a loucura e os pássaros, as partes sem ninhos de sua mente.

VIRGINIA WOOLF, *Hogarth Press*

A prensa tipográfica manual era destinada para as tardes, como uma distração das manhãs de reflexão excessiva. Era sólida, suja e ocupava a maior parte da sala de jantar. No início, Virginia Woolf tinha colocado cada letra em seu lugar; acrescentando o floreio de títulos e frontispícios; secando a tinta com seu próprio sopro. Para o primeiro livro, ela também havia costurado a lombada com fio vermelho, de modo que, quando as páginas se abriam, era como um dia claro de inverno: as margens nevadas, as pernas pretas dos passarinhos pulando em direção às frutas vermelhas da sorveira.

Abríamos esses livros com mãos reverentes. Não sabíamos que tipos de pássaros voariam de dentro deles.

LINA POLETTI, 1925

Nas ruínas de Gortyn havia pássaros pegas e mistérios. Lina tirou a poeira de cada arranhado nas pedras, descobrindo lentamente cada linha do código civil. Em dialetos dórico e jônico, estavam escritos os antigos direitos das mulheres de possuir propriedades, divorciar-se do marido e herdar de sua mãe. Na verdade, o estupro era punido com mais severidade no século V a.C. em Creta, observou Lina, do que na Itália quando Sibilla era jovem.

Naquela noite, em sua carta para Eugenia, Lina descreveu o único mistério das ruínas de Gortyn que ela ainda não havia decifrado. Ela podia entender as inscrições, certamente podia compreender a razão pela qual os direitos das mulheres seriam fundamentais para qualquer sociedade civilizada. Mas Creta tinha sido um ponto de interseção desde os minoicos, habitada por bizantinos, árabes, gregos, romanos, otomanos, venezianos, todos sobrepostos e misturados. Por que então essa insistência dos arqueólogos italianos de que Gortyn representava apenas a grandeza da Grécia clássica? Era como se os arqueólogos fantasiassem uma linhagem pura, transmitida de pai para filho desde Zeus. Mas, na verdade, concluiu Lina, Creta é tanto uma ilha da Ásia, uma ilha da África, quanto uma ilha da Europa. E, se não reconhecermos isso, não seremos muito melhores do que os fascistas.

EUGENIA RASPONI, 1925

Lina, meu amor, Eugenia escreveu de volta, a polícia esteve aqui de novo para nos fazer uma visita. Você se lembra de que da última vez eles estavam muito interessados em seus cadernos de arqueologia? Bem, desta vez eles pegaram emprestados alguns de seus livros sobre filosofia oriental. Também quiseram ver seus poemas, mas, por algum motivo, não consegui encontrar nenhuma cópia. A propósito, aquele poeta americano que estava escrevendo *Cantos*, você deve se lembrar, ficou famoso por aqui. A polícia e o governo gostam muitíssimo dele. Você realmente deveria parar de escrever cartas sobre como entender as ilhas.

NANCY CUNARD, *Parallax*, 1925

Em 1924, a prensa tipográfica foi levada de Richmond para Londres, com Virginia reclamando enquanto descia as escadas. No porão em Bloomsbury, a prensa retomou sua tarefa encardida e gratificante. Virginia olhava para as manchas de tinta nas palmas das mãos e para as pontas amareladas dos dedos: o que Freud diria? Tudo significava alguma coisa para ele, a maneira como se segurava um cigarro, as formas obscuras dos sonhos da infância. Virginia concordava que sempre havia algo se mexendo por trás da cortina dos pensamentos de uma pessoa acordada, porém era possível que fosse mais uma questão de paralaxe do que de falo.

A paralaxe é um fenômeno que consiste em ver a mesma coisa de ângulos diferentes. Do ponto de vista de um homem preocupado com a civilização e seus descontentamentos; por exemplo, uma mulher que não responde às atenções sexuais dos homens é uma fonte de grande mistério. A cortina se agita; esse homem se vê por trás dela, furtivo e importante. Volumes de textos e análise são, desse modo, emitidos por ele. Da perspectiva da mulher em questão, isso é cansativo. Por que sempre temos de falar dos sonhos de grandes homens?

Em 1925, a Hogarth Press publicou um longo poema chamado *Parallax*, de Nancy Cunard. Quando vários críticos disseram que o poema de Nancy Cunard era apenas uma imitação do trabalho de um grande homem, ela os ignorou. A paralaxe pode ser usada para medir a distância entre duas perspectivas, sobretudo quando a distância entre elas é vasta.

NANCY CUNARD, *The Hours Press*

Ter uma prensa tipográfica manual é ter uma espécie de imperatriz queixosa dentro de casa, advertiu Virginia

Woolf a Nancy Cunard. Sempre que madame a convoca, você abandona sua tarde de lazer! Há o trabalho árduo dia após dia e, depois, as manchas de tinta que se eternizam em suas mãos.

Mesmo assim, Nancy Cunard comprou sua própria prensa manual de quase duzentos anos e sua tinta teve de ser removida da pele com a ajuda de gasolina. Mas sentir o clique das palavras sob os dedos! Além disso, Nancy sabia, através da Hogarth, o que era ver seu poema encontrar seu pequeno ninho. Com uma prensa toda sua, a literatura se tornou menos um terreno baldio de críticos e mais um momento cintilante de pigmento vermelho ou preto na página.

Nancy dedicava dezesseis horas por dia à imperatriz dos livros. Sua ideia era imprimir apenas os textos de outras pessoas e incentivar acima de tudo os voos poéticos mais arriscados. Se houvesse alguma elegia excêntrica demais, alguma concepção estranha demais para ser publicada em outro lugar, ela poderia encontrar sua casa na The Hours. Mas Nancy Cunard não ignorou completamente as advertências de Virginia Woolf: ela manteve a prensa tipográfica no estábulo.

GERTRUDE STEIN, *The Making of Americans*, 1925

Você podia imaginar os americanos feitos de quatro partes de água e uma de blefe. Fervidos e diluídos a quarenta graus, não davam mais de meio copo. As delicadas operações de bater bem uma mistura eram desconhecidas por eles. Mas, por Deus, se entrassem em um carro, disparavam! As nuvens se dissipavam com a velocidade dos americanos.

A partir de 1902, Gertrude Stein começou a compor *Americans* todos os dias e a chamá-lo de romance. Em 1911, o primeiro lote estava pronto, mas, como os americanos, ele exigia hora extra. Por fim, em 1925, saíram com pompa em suas 925 páginas, com uma capa declarando *A formação dos americanos*. Sua editora em Nova York não conseguiu vendê-los nem mesmo no Natal. Que tiro no pé eram esses americanos.

NATALIE BARNEY, *Amants féminins ou la troisième*, 1926

O livro sobre o triângulo amoroso de Natalie Barney nunca encontrou uma editora. Em 1926, ficou sem ser publicado dentro da escuridão e lá permaneceu. Era um romance autobiográfico chamado *Amantes femininas ou a terceira mulher*: uma elegia excêntrica demais, um conceito estranho demais para qualquer editora na França. Havia mulheres demais no livro. Além disso, elas apareciam todas juntas na cama, pelo menos até a cena em que a amante de N foge com seu antigo amor, L de P, no Capítulo 15. Como N se lembrava vividamente do *idylle saphique* de L de P de 1899! Os lírios! O cancã! Natalie Barney terminou o manuscrito com carinho e o guardou em uma gaveta, onde permaneceu até sua morte.

RADCLYFFE HALL, *Miss Ogilvy Finds Herself*, 1926

Encontrando a si mesma, a srta. Ogilvy, uma motorista de ambulância de guerra, encontrou muitas outras como ela. A srta. Ogilvy tinha cabelos curtos e não fazia ideia de como ser uma garota, ou por quê. Ela era totalmente literal: gritava para as irmãs: Se ao menos eu tivesse nascido homem! Em suma, a srta. Ogilvy *sempre* foi um tipo *estranho* de pessoa, disse Radclyffe Hall intencionalmente.

Miss Ogilvy foi escrito em 1926, mas não foi publicado até muitos anos depois. Ao terminar o original, John pensou em onde escondê-lo: em uma gaveta, em uma guerra, em um poço, em uma caverna? No fim, Radclyffe Hall insistiu, em um tom de orgulho triste, que ela deveria abrir um caminho solitário a partir das dificuldades de sua natureza.

Era por causa de frases como essa que evitávamos os livros de Radclyffe Hall. Todas nós desejávamos que a srta. Ogilvy se encontrasse, assim como muitas outras como ela, mas lê-la era como ser martelada com uma ladainha. Nossos ouvidos doíam. Secretamente, não lamentamos que a srta. Ogilvy tenha sido escondida em uma caverna, onde permaneceu até morrer.

EILEEN GRAY, *E. 1027*, 1926

Com um jeito enigmático, Eileen Gray dizia que uma casa era como um corpo. Por fim, ela pretendia construir a sua própria, começando pelo alicerce. Cada fenda revelaria uma ligadura sutil; cada parede fecharia um cômodo. Ela projetou quartos, prateleiras de livros, entradas rebaixadas. Aos que protestavam que ela nunca tinha sido treinada formalmente como desenhista, Eileen Gray respondia que havia lido todos os livros sobre o tema e que aquilo não era mais técnico do que amarrar uma atadura. Além disso, acrescentou Eileen, móveis são arquitetura. São os pequenos ossos que compõem um cômodo.

Em um trecho rochoso da costa entre Roquebrune e Cap-Martin, onde o único acesso era uma trilha de pedestres, Eileen Gray começou a construir a casa que batizou de E.1027. Tinha paredes brancas e frias, mas, acima de tudo, como Eileen registrou mais tarde, levava em conta um problema com as janelas. Janelas sem persianas. Eileen achava que uma janela sem persianas era um olho sem pálpebras. Ninguém deveria ser obrigado a viver em um espaço nu, especialmente mulheres e artistas. Sempre deve haver uma oportunidade de se aconchegar nos cômodos internos, assim como deve existir a opção de abrir as janelas e ver uma grande faixa do mundo à sua frente. Revestida com suas persianas, a casa de Eileen Gray nos mostrou a forma de um interior ao mesmo tempo público e protegido. Era uma casa com as cavidades de um corpo embutidas dentro dela.

GERTRUDE STEIN, *Composition as Explanation*, 1926

A composição é aquilo que é visto por todos que vivem na vida que estão vivendo, explicou Gertrude Stein aos membros do Cambridge Literary Club. A isso se seguiram lábios retorcidos e olhos vidrados, mas Gertrude Stein continuou. Isso faz com que a coisa que estamos vendo seja muito diferente, e também faz da coisa aquilo que os que a descrevem pensam dela, faz da coisa uma composição, confunde, mostra, é, parece, gosta de ser como é, e faz com que o que parece ser seja.

Gertrude Stein respirou fundo e examinou os rostos de seu público. As bocas eram confusões; e as sobrancelhas, questionamentos. Ela havia sido convidada para dar uma série de palestras explicando *The Making of Americans*, mas duvidava que o Cambridge Literary Club tivesse entendido o livro mais do que seu editor americano. Talvez eles tivessem se intimidado com as quase mil páginas? Talvez ainda acreditassem que retratos deveriam ser pinturas, em vez de livros, casas ou vidas em si?

Três dias depois, em Oxford, Gertrude Stein tentou de novo. Procurou encontrá-los onde eles estavam, em seus salões de pedra peculiares que mal haviam sido invadidos pelo pensamento moderno. Durante os quatro séculos anteriores, antes de 1920, nenhuma mulher tinha sido admitida em um curso universitário. O ano de 1926 parecia ter sido queimado antes que se iluminassem suas janelas com vidros emoldurados em ferro. Mesmo assim, Gertrude Stein falou a eles sobre o presente contínuo, sobre escrever uma vida em todo o seu antes e depois. É *isso* que faz com que viver seja algo que eles estão fazendo, concluiu Gertrude Stein. Depois de uma longa pausa, a sociedade literária de Oxford fez sua salva de palmas escassa e hesitante. Gertrude Stein deixou o salão de pedra e não tentou elucidar mais suas ideias para os leitores ingleses até que o ensaio *A composição como explicação* fosse redentoramente publicado pela Hogarth Press.

NATALIE BARNEY, *Le Making of Americans par Gertrude Stein*, 1927

The Making of Americans começou uma segunda vida quando Natalie Barney, norte-americana de nascimento, traduziu partes do livro para o francês. Natalie achou *Le Making*, como ela o chamava, novo, lúcido. Era um retrato de seu tempo, se o tempo fosse capaz de traduzir a imagem de como as mulheres se compunham. De fato, Natalie explicou em seu prefácio à tradução, Gertrude Stein não é uma escritora no senso comum da palavra, como entendemos no presente.

O que é um norte-americano, afinal? Era o tradutor que fabricava os norte-americanos estrangeiros? O que é, afinal, um escritor? Tínhamos páginas e páginas de perguntas sobre como essas palavras eram entendidas no presente. Na verdade, poderíamos ter escrito um livro inteiramente composto pelo que ainda não sabíamos sobre escrever um possível retrato do presente contínuo.

VIRGINIA WOOLF, *How should one read a book?*, 1926

Sessenta meninas estavam sentadas atentamente no chão do salão quando Virginia Woolf chegou. Era uma tarde de inverno, em 1926, e as escolas para mulheres eram sempre frias; ela usava um suéter azul e parecia distraidamente distante. Sua palestra foi intitulada "Como se deve ler um livro?", uma frase que tinha como essência o ponto de interrogação, disse ela. De fato, era uma questão em aberto: como podemos ordenar esse caos de imenso emaranhado e, assim, obter o mais profundo e amplo prazer com o que lemos?

Primeiro, Virginia Woolf aconselhou as meninas da escola Hayes Court Common: Vocês podem tentar escrever um ou dois capítulos por conta própria. Não se assustem se uma cena se desfizer em espinhos debaixo de suas mãos ou se suas personagens conseguirem falar apenas clichês. Metade da escrita de um romance é olhar pela janela em leve desespero e ociosidade. A outra metade é arrastar do mundo metros e metros de suas coisas mais refinadas, novelos e rolos de cenas e histórias; pouco a pouco, você vai pondo a vida de suas personagens sobre a mesa de escrever. Se você for passo a passo, lentamente no início, verá que ou já escreveu um capítulo ou que não se tornou uma escritora, mas uma grande leitora.

Mas que livros devemos ler?, perguntou uma moça muito séria, torcendo as pontas de suas tranças. Virginia Woolf respondeu: Se um romance a aborrece, deixe-o. Tente outra coisa. Com a poesia, a mesma coisa. Já a biografia é algo completamente diferente. Vá até a estante de livros e tome a vida de quem quer que seja.

Dezoito

BERTHE CLEYRERGUE, *n.* 1904

Berthe Cleyrergue não era uma pessoa qualquer. Costumava-se dizer que Berthe começou sua vida com Natalie Barney em 1927. Mas Berthe nasceu em 1904. Inicialmente, ela se chamava Philiberthe, um nome tão pesado de se empurrar quanto uma carroça. Pouco tempo depois, passou a se chamar Bébert, uma moleca magra e ágil vinda dos campos de Borgonha. Aos dez anos, ela administrava a fazenda e, aos catorze, foi embora para Paris. Ainda não era 1927 e ela já tinha vivido várias vidas. Berthe Cleyrergue, no entanto, sempre foi dessas que faziam tudo por conta própria.

BERTHE CLEYRERGUE, *Carnet de bal, Palais d'Orsay*, 1923

Berthe queria dançar, Berthe queria viajar. Como seu pai, ela adorava uma taça de vinho Gamay e as músicas que os jovens cantavam. Quando Philiberthe adoeceu ainda bebê, sobreviveu graças a colheradas de vinho, diluído, é claro, mas ainda assim forte como sangue de boi. Em 1923, Berthe ia dançar todo fim de semana no Palais d'Orsay. Seu *carnet de bal* era um objeto de adoração. Naquela época, um cartão de baile atraía olhares lisonjeiros e apertos de mão firmes. Em 1923, Berthe trabalhava a semana inteira para conseguir comprar o que queria: vestidos de dança e mais dança.

BERTHE CLEYRERGUE, *Djuna Barnes*, 1925

Djuna Barnes morava no décimo quinto distrito de Paris e fazia compras no décimo sexto. Foi lá que ela conheceu Berthe Cleyrergue, com os braços cheios de latas de chocolate em pó que não se encontrava em nenhum outro lugar de Paris. Djuna era uma moça inteligente, disse Berthe, mas com mãos descuidadas: uma americana. Não demorou muito para que Djuna, desastrada, queimasse um buraco em seu tapete e Berthe tivesse de ir acalmar o proprietário. Depois disso, Djuna disse a Berthe que elas seriam amigas para sempre.

BERTHE CLEYRERGUE, *Miss Barney*, 1927

Soube-se depois que Djuna conhecia um número surpreendente de outras mulheres como ela: americanas, escritoras, mulheres desse tipo. Quase nenhuma delas sabia cozinhar. Algumas poucas sabiam falar francês. Djuna, que não sabia falar francês fluente, ganhava um salário ínfimo e cozinhava para si mesma; a srta. Natalie Barney, uma herdeira que falava francês como Luís XIV, nunca havia entrado na cozinha de sua casa. Berthe estava disposta a trabalhar a semana toda, e a srta. Natalie Barney lhe daria 450 francos e um pequeno quarto no mezanino. Assim, em 1927, Berthe foi morar com a srta. Barney na Rue Jacob, 20. Ela sabia cozinhar, costurar e tinha olhos verdes e sagazes que observavam tudo.

BERTHE CLEYRERGUE, *Romaine Brooks*, 1927

Berthe conheceu Romaine Brooks em meio a uma multidão de cem pessoas e sanduíches no salão da srta. Barney. Romaine detestava multidões e sanduíches, gostava de solidão e bolos que eram metade chocolate, metade baunilha. Romaine usava roupas pretas que deixavam o ambiente mais frio, mais elegante. Em casa, ela usava roupas pretas em cômodos pretos e pintava o dia inteiro sem comer nada. Romaine Brooks era sombria e mal-humorada como um corvo, mas amou a srta. Barney até o fim da vida.

BERTHE CLEYRERGUE, *Villa Trait d'union*, 1928

Romaine tinha o lado esquerdo da casa só para ela. A srta. Barney, do lado direito, enchia seus cômodos com lâmpadas de bronze e tapetes de pele de urso, com alegres buquês de margaridas-do-campo. Ou, melhor dizendo, foi Berthe quem encheu os cômodos da srta. Barney com confortos maravilhosos e objetos belos; assim que a casa foi comprada e batizada, Berthe foi enviada para limpá-la e mobiliá-la. Depois de dois meses de trabalho, Berthe a considerou uma obra de arte. Por fim, a srta. Barney e Romaine se encontraram na sala de jantar que unia as duas alas separadas do *Trait d'union* e fizeram um brinde ao hífen indelével que ligava suas vidas. Berthe fez um bolo, metade chocolate, metade baunilha.

BERTHE CLEYRERGUE, *La Duchesse,*
Élisabeth de Gramont, 1928

A estadia de Élisabeth de Gramont na Villa *Trait d'union* foi encantadora, como tudo que a duquesa se propunha a fazer. Ela entreteve a srta. Barney, apaziguou Romaine, todas foram nadar no mar e Colette veio, mais tarde, de St-Tropez para jantar. A duquesa era como uma *coquelicot*, uma papoula-vermelha, de sangue nobre, mas resistente como uma flor silvestre, e ainda por cima comunista. Ela costumava falar nas rádios de forma muito eloquente sobre a revolução. Todos os anos, no 1º de maio, a srta. Barney e a duquesa celebravam o aniversário de seu encontro: um almoço com vinho branco e ovos de abibe, seis para cada uma.

BERTHE CLEYRERGUE, *Alice e Gertrude*, 1927

Alice era uma das poucas americanas que sabia cozinhar e falar francês. Quando Berthe trazia uma perdiz de Borgonha, Alice, ela mesma, a depenava. Gertrude, por outro lado, estava sempre escrevendo, era brusca e impaciente se fosse interrompida. Gertrude se dava bem com homens artistas e com cachorros, sempre tinha um poodle a seus pés. Em 1927, não havia telefone na casa da srta. Barney, e era Berthe quem corria pela rua para entregar um convite ou um pacote de livros para Alice e Gertrude.

BERTHE CLEYRERGUE, *Aventures de l'esprit par Miss Barney*, 1927

De todos os livros escritos pela srta. Barney, Berthe considerava *Aventuras do espírito* o melhor. Em 1927, a srta. Barney tinha acabado de começar a escrevê-lo e estava apreensiva, excitada, quando se deu conta de algo interessante para, em seguida, se esquecer completamente no espaço de tempo necessário para Berthe subir as escadas. Ela trocava de vestido quatro vezes por dia. *Aventures de l'esprit* deveria ser um livro de retratos, disse a srta. Barney a Berthe; cada poeta teria seu pedestal.

A srta. Barney pensava em Renée Vivien, Berthe sabia. Houve uma vez, em um passado distante, que a srta. Barney e Renée Vivien viajaram para uma ilha onde acreditavam que toda poeta seria honrada como merecia. Era uma ilha grega, muito antiga, onde elas sonhavam em construir uma casa chamada Safo e organizar recepções esplêndidas. Foi naquele mesmo ano que Berthe nasceu.

BERTHE CLEYRERGUE, *Colette*, 1927

Berthe preferia os livros de Colette a todos os outros. Colette também era de Borgonha, era alegre, simpática e fazia vibrar seus *erres* na pronúncia. Colette tinha uma massa indomável de cachos que se agitavam para todos os lados no tempo chuvoso de Paris. Ela usava sandálias simples com solas de corda. Não era daquelas escritoras austeras, como Gertrude Stein, que não podiam ser incomodadas por nada menos do que a Arte. Quando menina, Colette havia trabalhado em salas de música e sabia como era sentar-se delicadamente no colo do poder e sorrir. Até mesmo sua equipe era *simpática*: da villa *Trait d'union* se fazia uma curta viagem de barco até St-Tropez, onde Berthe se encontraria com a governanta de Colette e dançaria até as cinco da manhã.

BERTHE CLEYRERGUE, *The Académie des Femmes*, 1927

Naquela época, não havia uma única mulher admitida na Académie Française. A srta. Barney achava, com razão, que isso era um absurdo, pois bastava dar uma olhada em seu salão para encontrar uma dúzia delas que merecia a honra mais do que Paul Valèry. A verdade era que Berthe mal conseguia fazer *eclairs* suficientes para alimentar todas as mulheres escritoras de mérito! Assim, a Académie des Femmes foi fundada na Rue Jacob, 20. Durante várias sextas-feiras de 1927, Berthe servia chá e leite cremoso e, em seguida, com uma cerimônia pretensiosamente pomposa, uma artista era admitida na Académie des Femmes. Como a srta. Barney proclamou no dia da admissão de Colette, seu trabalho era tão superior ao dos romancistas homens que ela deveria andar com cuidado entre eles, com suas sandálias de corda, para não pisar na cabeça deles.

BERTHE, 1928

Em 1927, Colette nos contou que Natalie Barney tinha, finalmente, encontrado uma empregada estável. Foram vários anos de vaivém de empregadas, cozinheiros e motoristas indo e saindo da Rue Jacob, 20. Alguns deles se escandalizavam demais para ficar. Havia, afinal, homossexuais em todos os andares da casa, e outros achavam a srta. Barney uma patroa muito irritante. Quando vimos Berthe pela primeira vez, com sua blusa branca bem passada e a boca fechada, imaginamos que ela não duraria uma semana. Na primeira festa, ela se agarrou às cortinas como um gato assustado.

Mas, em 1928, descobrimos que Berthe estava apenas observando tudo com seus inteligentes olhos verdes. Ela sabia que Djuna, pobre demais para comprar as roupas extravagantes que desejava, usava as capas rejeitadas das outras senhoras. Ela viu Romaine em seu pior humor, viu Natalie nervosa em um vestido novo com mangas bufantes. Berthe não só sabia tudo sobre essas mulheres, como também atravessava os olhos de uma dezena de várias outras. Em resumo, foi Berthe Cleyrergue quem nos ensinou que estávamos equivocadas sobre as empregadas domésticas.

BERTHE CLEYRERGUE, *Berthe ou Un demi-siècle auprès de l'Amazone*, 1980

Depois de quase todo mundo ter ido embora, Berthe Cleyrergue se lembrou. Ela havia anotado algumas coisas e outras ficaram penduradas na sua cabeça como panos de prato em seus ganchos. Ela se lembrava de como a casa na Rue Jacob, 20, era empoeirada, de como era preciso bater os tapetes para limpá-los fora de casa, nos jardins. Lembrou-se da primeira festa de sexta-feira, da quantidade exagerada de sanduíches, dos comentários sobre livros dos quais ela nunca tinha ouvido falar. Lá estava Colette, ao menos outra pessoa vinda de Borgonha, rindo e dando a ela o primeiro romance sobre Claudine, seria *Claudine à Paris*? Lá estava a própria Berthe, recém-chegada a Paris, com seu *carnet de bal* rabiscado de desejos galantes; mal tinha chegado, Berthe já estava servindo taças de *kir* para a srta. Barney e Romaine, que descansavam à sombra das árvores, cheias de sal depois de nadar. Quando elas foram embora, Berthe escreveu um retrato de todas das quais se lembrava e o intitulou com seu próprio nome: *Berthe, meio século de vida na companhia da Amazona*. Era a srta. Barney, que gostava de seu *pain au raisin* torrado com manteiga e canela.

Dezenove

COLETTE, *La Naissance du jour*, 1928

Ao ler as cartas de sua mãe, que havia morrido em 1912, Colette decidiu escrever uma autobiografia. Nela, traçou o mar azul bonito de doer de St-Tropez, vários casos de amor, uma vista bucólica da Borgonha com a névoa embaçando os canais como um sopro em um espelho. Era para ser um poema, Colette nos disse um dia em 1927. No dia seguinte, ela disse que não, que era uma coleção dos documentos confidenciais de sua mãe. No dia seguinte, era um diário íntimo de um verão, tão salgado que ardia a língua. O verão de quem, o diário de quem? Colette, sua mãe e sua filha tinham todas o mesmo nome, portanto era difícil saber.

Em 1928, *O nascimento do dia* foi publicado com esta epígrafe: Você imagina, ao me ler, que estou pintando meu próprio retrato? Mas é apenas minha modelo. O que queríamos mesmo saber de Colette era: Que gênero de literatura era esse? Sorrindo maliciosamente, Colette respondeu que o *gênero* era feminino: *la naissance, la vie, la mort; voilà!* Colette podia ser insuportável quando estava sendo inteligente; sua filha, agora com quinze anos, era igualmente exasperante. Tentar associar uma autobiografia a uma Colette era tão impossível quanto separar uma vida da outra.

SIBILLA ALERAMO, *Amo dunque sono*, 1927

Você pode ter sentido nesse romance que o romance não existe?, Colette comentou com um crítico perplexo sobre *La Naissance du jour*. Era uma época de paradoxo autobiográfico. Sibilla Aleramo, depois de um longo silêncio, publicou um livro chamado *Amo, portanto sou*; só pelo título, era claro que Sibilla nunca havia se recuperado de sua estadia em Capri em 1918. Mesmo quando voltou a Roma, a ilha se manteve em sua mente: esse era o perigo de um idílio. Nos anos seguintes, Sibilla Aleramo permaneceu nesse interlúdio, vaga e doce, perambulando em seu roupão. Ela teve amantes e as descartou languidamente; escreveu poemas sobre os voos de sua própria alma alada.

Nesse meio-tempo, os fascistas invadiram Roma. Em 1922, eles se declararam os patriarcas e patronos da nação; em 1925, os senhores do império. Naquele inverno, o cortejo fúnebre de Anna Kuliscioff foi atacado por esquadrões de homens de camisa preta. Com suas botas pesadas, eles pisotearam as flores de suas coroas fúnebres. Anna Kuliscioff não viveu o suficiente para ver o dia em que as mulheres puderam votar na Itália, viveu apenas o suficiente para morrer nas mãos da ditadura.

Depois do enterro, Lina Poletti foi interrogada pela polícia em seu escritório, enquanto Eugenia ocultava os manifestos restantes nos fundos falsos de todas as cadeiras de sua cozinha. Os homossexuais foram enviados para o confinamento nas zonas sulfurosas do país. Na mesma hora se proclamou que não havia um único homossexual em toda a Itália, pois a raça italiana não permitiria isso.

Havia apenas homens italianos nesse tempo viril, e, a seus pés e viradas para eles, as mulheres italianas destinadas a amá-los: *amo dunque sono*.

LINA POLETTI, *c.* 1927

Nunca soubemos exatamente quando foi que Lina Poletti desapareceu. Tudo que soubemos foi que a nação italiana não permitia mais certas coisas. A polícia estava cada vez mais insistente em seus interrogatórios. As bases das cadeiras se soltavam, o solo firme de cidades como Roma oscilava sob os pés de seus cidadãos. Parecia que a raça italiana estava se coagulando nas veias, expelindo corpos estranhos. Monumentos antigos rachavam e se desfaziam em uma poeira de mármore que engrossava o céu. O coro começou a tossir incontrolavelmente. Houve um aumento flagrante de pássaros, negros como fendas, no céu. Temíamos pela vida de Lina Poletti.

EVA PALMER SIKELIANOS, *Festival of Delphi*, 1927

Por fim, Eva estava ajoelhada na poeira branca e quente do grande teatro de Delfos. Ela finalmente havia reunido todos os fios em suas mãos, o dinheiro que pegou emprestado, os figurinos feitos, os cantores e os pedreiros: ela os reuniu no círculo com seus assentos de pedra de calcário escavados na própria encosta. Claro, a própria Eva sempre permaneceu em Delfos, com o Templo de Apolo se erguendo às suas costas.

Em 1927, Eva Palmer Sikelianos realizou o primeiro Festival de Delfos desde a época de Ésquilo. Diante de uma multidão de milhares de pessoas, Eva dirigiu a dança do coro. Em dois ringues, eles se moviam em direção à tragédia; em versos solenes, curvavam-se em direção ao destino.

Uma atriz, ao contrário de uma sibila, não pode se perder no vapor delirante do oráculo. Ela pode até ver as próprias pedras se partirem à sua frente, a garganta impiedosa do mundo se abrir: ainda assim, a atriz diz suas falas, recita seu papel. Ela pratica durante toda a vida o caso genitivo de lembrar. Então, prossegue como se fosse o quarto século antes dos novos deuses, com os cabelos grisalhos sujos de poeira.

CASSANDRA, 1927

Biografias sem nascimentos, elegias sem mortes: não conseguíamos mais, com exatidão, delimitar uma vida. Além disso, em francês, *genre* significa tanto gênero quanto o formato de um livro. Algumas autobiografias estavam se despedaçando em solipsismo, enquanto outras estavam expondo suas partes mais quentes pelo avesso, abrindo-se no centro em uma constelação vertiginosa de partes em movimento. Lina Poletti havia desaparecido antes de revelar a orientação de nosso futuro. Lembrávamos de Cassandra nos dizendo que inverteríamos a ordem das coisas: o tempo se viraria do avesso ao nosso redor, como um retrato engolindo sua própria moldura.

Pensamos na casa de Eileen Gray, olhando por debaixo de suas pálpebras. O arranhar do barulho da dobradiça da porta fazia a diferença entre ver e ser esquadrinhada. Uma alcova era um segredo, esculpida para aconchegar a leitura ou o abraço. No interior de E.1027 poderia estar isolada uma de nós, ou uma multidão, ou todas que já tínhamos sido. Refletíamos como escrever uma vida com todos os seus cômodos.

NATALIE BARNEY, *Le Temple de l'Amitié
et ses Familiers*, 1928

O desenho que Natalie Barney fez de nós em 1928 era um mapa com o formato de uma casa. Passando por seus cômodos, havia um rio chamado Amazona; no centro, o chá era servido no salão. Do lado de fora ficava o jardim dos mortos, com seus espíritos pairando em repouso elísio ao redor do Templo *à l'amitié*. O mais elevado dos espíritos era, evidentemente, Renée Vivien, que coroava as colunas dóricas com um pedaço de seu nome. Mas até as vivas eram meros rabiscos. A fim de conter tanta intimidade na planta da cartografia, Natalie havia escrito apenas nosso nome. Assim, podíamos ser vistas de cima, como se estivéssemos em um avião, mas cada uma de nós estava reduzida a uma ou duas palavras. Olhando para o mapa, você tinha de imaginar por si mesma todos os corpos e verbos, quem estava servindo o chá e quem estava lendo em voz alta seu livro. E, como na maioria das vezes era Berthe quem servia o chá, nos perguntamos se seríamos nós as últimas a ver esses cômodos animados por corpos, a conhecer o interior de uma vida como a de Natalie Barney.

DJUNA BARNES, *Ladies Almanack*, 1928

O *Almanaque das senhoras* era um livro que fechava todas as persianas e ria de si mesmo. Se você não estivesse dentro da história, era inútil tentar discernir o que estava acontecendo por trás da capa: tudo que era possível ouvir era o divertimento íntimo, zombeteiro e de camaradagem. Djuna Barnes tinha mudado os nomes, mas todo o resto era descaradamente verdadeiro. Em um capítulo, a Lady

Buck-and-Balk, de lábios finos e monóculo, estava acompanhada de dois cachorros pequenos e rechonchudos e de sua esposa, a romancista extremamente inglesa Tilly Tweed-in-Blood, e visitam um templo amigável pertencente a uma certa amazona valente.[37] Enquanto o casal continua reclamando das leis parlamentares que proíbem as mais sublimes formas de paixões, a amazona sorri e acena com a cabeça. Ela ri para si mesma.

O *Almanaque das senhoras* foi escrito apenas para aquelas de nós que já haviam visto os retratos, disse Djuna. Ela nem mesmo poria seu próprio nome na capa. Mas, de fato, o *Almanaque* foi escrito mesmo para Natalie Barney; era uma piada heroicamente interna, publicada em 1928.

VIRGINIA WOOLF, *To the Lighthouse*,
PRIMEIRA EDIÇÃO, 1927

Virginia inscreveu com alegria para Vita a folha de rosto da primeira edição: Na minha opinião, o melhor romance que já escrevi! Era o dia da publicação: um dia ensolarado de um mês de maio florido, anunciado por chapéus com

---

[37] No *Almanaque das senhoras*, Djuna Barnes faz piada do círculo de Natalie Barney dando apelidos cômicos às mulheres que frequentavam sua casa. Tilly Tweed-in-Blood era o apelido dado a Radclyffe Hall, numa referência sarcástica ao estilo inglês masculino de Radclyffe, que vestia tweeds, as estampas de flanela xadrez muito comuns em paletós e boinas no Reino Unido. *Blood* como uma referência ao gênero feminino. Lady Buck-and-Balk era uma referência a Una Troubridge, par de Radclyffe, também jocosa em relação ao estilo de vida tradicional da classe alta inglesa que frequenta as casas de campo, caçando e decorando casas com *bucks* (chifres de animais); *balk* pode ser uma referência à resistência em se modernizar. Talvez, durante a guerra, tivesse havido um interlúdio que as mulheres inglesas puderam, finalmente, ser homens, como propôs a senhora Ethel Alec-Tweedie. (N.T.)

seus grandes laços e cestas de morangos. Virginia enviou o livro com muito bom humor e chamou Nellie para preparar o chá no jardim.

Dois dias depois, ainda não havia recebido nenhuma resposta de Vita. As nuvens despencaram do céu. Cada pardal que voava era uma flecha no coração, os morangos apodreciam até a morte em suas cestas. Talvez Vita não tivesse entendido, talvez nunca entendesse. Virginia suspendeu a respiração.

Finalmente veio um bilhete de Vita. É claro que Vita tinha entendido a piada, ela riu como uma gralha ao abrir o esboço de *Ao farol* com todas as páginas em branco, o melhor romance que alguém poderia escrever! Se ao menos Virginia tivesse enviado um exemplar para todos os críticos da Inglaterra!

E então Vita leu o romance com todas as palavras intactas, mergulhou em suas maravilhosas profundezas por dois dias em um só fôlego. Ler aquele livro era como deitar nos braços de sua amante; a única diferença era se as capas eram de seda ou papel.

VIRGINIA WOOLF, *Poetry, Fiction and the Future*, 1927

Os alunos de graduação de Oxford sentaram-se no chão com ar de expectativa, pois naquela mesma tarde lhes seria contado o segredo da ficção. A notável escritora Virginia Woolf lhes explicaria pessoalmente.

Virginia Woolf chegou de carro e parecia um pouco incomodada. Ela se posicionou diante dos alunos de graduação e explicou, por cerca de uma hora, os segredos da poesia, da ficção e do futuro. Mas os alunos não ouviram quase nada. Estavam totalmente presos a uma presença ao lado da porta. Seus rostos permaneciam fixos na notável escritora enquanto ela falava, mas, o tempo todo, seus olhos inquietos deslizavam para os lados, arregalados, insaciáveis, pois no fundo da sala estava Vita Sackville-West, a famosa autora de *Challenge* e uma infame safista.

VIRGINIA WOOLF, *Slater's Pins Have No Points*, 1927

No fim da história, Julia beijou Fanny. Ou Fanny desejou tanto que Julia a beijasse que isso deve ter mesmo acontecido, ali, na sala de visitas. Ou talvez não, já que a srta. Julia Craye era uma mulher sensata, embora enigmática, que improvavelmente beijaria com ardor sua aluna de piano, mas Fanny, determinada, inventou tudo. Ela inventou sua vida, sua Julia, a imagem de seu próprio rosto brilhando e atordoado com aquele beijo. Ela inventou a história que Virginia Woolf chamou de *Os alfinetes de Slater não têm pontas.*

Sessenta libras acabaram de ser recebidas dos Estados Unidos por minha pequena história de safismo, que o editor não captou bem!, Virginia escreveu se gabando em uma carta para Vita. A maneira como os americanos eram criados, em 1927, significava que, em geral, eles não entendiam as sutilezas relacionadas ao safismo. A história foi publicada em 1928 em Nova York e era considerada um sonho que se sonha acordado.

Talvez o único objetivo dos alfinetes de Slater, para Virginia Woolf, fosse prender um pouco da imaginação em tardes comuns. Ou talvez esses alfinetes mantivessem nossa esperança no lugar, como um cravo florescendo na lapela de Lina Poletti, de que as mulheres pudessem um dia se beijar abertamente na literatura.

ISADORA DUNCAN, *My Life*, 1927

Isadora Duncan publicou sua autobiografia em 1927, que também foi o ano de sua morte. Isadora a chamou de *Minha vida*, como se a vida fosse sua apenas, seu direito de nascença. As páginas estavam repletas de suas glórias na Arte e de suas tragédias no Amor; ela se lembrava de como tinha desdenhado dos cidadãos comuns de Atenas para dançar em sua colina ao luar. Ela insinuou que outras mulheres artistas com moral menos severa poderiam se acariciar em quartos de hotel em Berlim, mas nunca Isadora Duncan.

Em seus últimos anos, Isadora frequentemente tremia de tanto beber; estendia os braços como uma estátua de uma cariátide em queda e balbuciava alguns aforismos sobre Arte e Amor e a Nobreza da Forma Pura. A história de sua morte foi seu próprio melodrama. Estava em todos os jornais, assumindo uma forma trágica, e não queríamos repetir aquela narrativa.

NATALIE BARNEY, *Aventures de l'esprit*

Além de Isadora, muitas outras mulheres que conhecíamos tomariam a ideia de gênero em suas próprias mãos, desde a vida dupla de Sarah Bernhardt até as memórias de Berthe Cleyrergue. Havia Colette escrevendo a autobiografia de sua mãe, ou, quem sabe, de sua filha, e Natalie Barney, que acabara de dar início ao primeiro de três volumes de sua vida, em grande parte dedicados a cartas e retratos da Académie des Femmes. Na verdade, Natalie, em seu salão, exclamava: Autobiografia *epistolar*!, e gargalhava.

Esse volume deveria se chamar *Aventures de l'esprit*, disse-nos Natalie. O espírito que sentíamos pairando sobre nós, em 1927, era mais do que uma piada interna, mais amplo do que o âmbito da Académie des Femmes. Desejávamos não apenas que as mulheres pudessem se beijar abertamente na literatura, mas que a literatura se abrisse às mulheres como nunca antes. Estávamos aos poucos ganhando os volumes de nossas vidas; Ada Bricktop Smith começou a fazer anotações para seu *Bricktop by Bricktop*.

No entanto, em meio a todas essas aventuras do espírito, não tínhamos uma autobiografia de Lina Poletti. Talvez nunca teríamos.

VIRGINIA WOOLF, *The New Biography*, 1927

Antigamente, alguém nascia menino, crescia velozmente até atingir as proporções de um homem e logo partia para conquistar sua cota de feitos notáveis. Nos capítulos do meio, ele poderia compor um tratado ou anunciar a descoberta de um pensamento moderno. Quando se tornava eminente o bastante, morria.

Todas nós já havíamos lido aquelas velhas vidas; elas eram tão monótonas e pesadas quanto pratos de chá feitos de estanho. Eram os pilares de todos os 26 volumes do *Dictionary of National Biography* de Leslie Stephen. Além disso, essas vidas eram invariáveis em sua forma, curvadas e esticadas desde o nascimento portentoso até o modo elegíaco empregado nos funerais de grandes homens. É claro que eles eram grandes homens: essa era a única vida, a velha vida.

Então, em seu ensaio "Nova biografia", Virginia Woolf expressou nosso desejo por outras vidas. Essas novas vidas poderiam ser mais plenas, mais livres, por sua vez mais libertinas e mais ternas, assumindo ora a forma de raízes que se enterram cegamente sob o solo do pensamento consciente, ora a forma de ondas que se chocam por cima e por baixo de si mesmas em uma costa de pedrinhas, a espuma presa na correnteza, os tons mais claros de um verde quase translúcido e os escuros cheios do som rouco do cascalho sendo arrastado para as profundezas salgadas, pedras arranhando pedras.

Nessas novas vidas, escreveu Virginia Woolf, haveria aquela estranha amálgama de sonho e realidade que conhecíamos tão intimamente: era a alquimia de nossa própria existência. Essas biografias dariam origem a momentos de tornar-se que durariam séculos; haveria mais de uma vida se desenrolando em cada vida. As linhas não se interromperiam na página assim que nos apaixonássemos, e em cada capítulo Safo poderia se tornar uma de nós, a cada vez uma diferente.

Vinte

VIRGINIA WOOLF, *The Jessamy Brides*, 1927

Lucubrare é o verbo que significa pensar à luz de uma lâmpada. Tarde de uma noite em 1927, iluminada por um lampião de baixa luz, Virginia Woolf concebeu um novo livro: uma fantasia inteira, escreveu em seu caderno, que se chamaria *As noivas Jessamy*. Na luz do lampião, surgiram as silhuetas de duas mulheres, solitárias no alto de uma casa. Ela as desenhou: pernas, sonhos, idades.

O safismo deve ser sugerido, disse Virginia Woolf a si mesma, e furiosamente.

Juntas, as duas mulheres foram até a janela e seus olhares se voltaram para as árvores que balançavam com o vento da noite, o brilho dos mares distantes, as estrelas girando em suas órbitas antigas. Daquele mirante, elas poderiam ter vislumbrado Mitilene ou Constantinopla. O futuro delas era tão claro e sem trancas quanto uma janela aberta silenciosamente à meia-noite de 1927. Ao redor de seus corpos havia incandescência.

VITA SACKVILLE-WEST, *A Note of Explanation*, 1922

Antes que qualquer história possa ser contada, Vita Sackville-West escreveu em 1922, é preciso explicar o que aconteceu em casa. Por que as luzes estão acesas, as janelas estão abertas, as camas estão desarrumadas? Que habitante inquieto ou espírito desgarrado perturbou seus cômodos antes em ordem?

Uma resposta pode ser as duas mulheres do sótão. Duas mulheres juntas podem servir de desculpa, eternamente, para explicar o safismo e o comportamento selvagem. Mas a resposta que Vita Sackville-West propôs, em vez disso, foi que, vivendo através dos séculos, a sombra de uma mulher havia, ela mesma, virado a casa do avesso. Então, *Uma nota explicativa* previu um futuro para alguém cuja vida não poderia ser contida em meras paredes ou décadas. Depois de atravessar livremente as épocas, a protagonista estava incomodada com a vida moderna: queixosa, ela acendia e apagava as luzes elétricas, abria as torneiras do banho até que tremessem. Portanto, a casa e o período habitual de uma vida que a acompanham foram deixados em total desordem no dia seguinte.

VIRGINIA WOOLF, *Suggestions for Short Pieces: A Poem*, 1927

Algo sobre uma ilha, Virginia divagou: seria um poema. Uma paisagem, um sonho. Sabia-se naquela ilha a arte de não se afogar, é provável que houvesse manuais para a construção de barcos de madeira muito leve. Havia árvores.

Queríamos saber de Virginia onde o poema poderia ser encontrado, em que atlas ou biografia: como poderíamos chegar às margens desse sonho? Teria sido para dentro dessa ilha que Lina tinha desaparecido? Talvez Lina tenha se esquivado dos interrogatórios e sumido para alguma ilha que só ela poderia discernir; talvez nesse exato momento ela estivesse escrevendo para nós um manifesto em forma de autobiografia.

Mas as anotações de Virginia sobre *Um poema* permaneceram vagas. Era uma paisagem terrestre, era um sonho, era o mero deslize da vida esboçada em duas ou três linhas não borradas pela água. Ainda assim, tínhamos no coração uma esperança por Lina: pelo menos havia árvores. Nesse meio-tempo, Virginia voltou sua atenção para a segunda possibilidade em suas sugestões para textos curtos: *Uma biografia*.

VIRGINIA WOOLF, *Suggestions for Short Pieces:*
A Biography, 1927

Uma biografia: trata-se de contar a vida de uma pessoa, explicou Virginia Woolf. Um gênero que descreve as pessoas como se fossem histórias e que também diz a outras pessoas como lê-las. É um livro que, sorrateiramente, segue os dois caminhos. Uma biografia que atende ao próprio sujeito está também, com uma leve reverência, voltando-se para os leitores, como uma dança de quadrilha em forma de narrativa.

Essas foram as anotações de Virginia Woolf quando ela começou a conceber uma nova biografia. Entendíamos a liberdade das orientações; certamente todas nós já havíamos sentido esse movimento de dança nos livros que amávamos. Virginia Woolf, então, escrevendo com uma bela tinta roxa no verso do que mais tarde se tornaria sua página de rosto, imaginou uma vida que ainda não tínhamos visto:

Sugestões para textos curtos.
Uma biografia
Contar a vida de uma pessoa desde o ano de 1500 até 1928.

Mudança de sexo.

observando diferentes aspectos do personagem em diferentes Séculos. A teoria é que a personagem passa clandestinamente antes de nosso nascimento; e também ~~deixando~~ deixa algo como um epílogo.

Afinal, será que foi isso que Cassandra profetizou para nós? Estávamos abertas para as sugestões de textos curtos, admirávamos uma mudança decisiva no gênero e na forma. Pensamos em Lina, que tinha suas próprias maneiras de escapar do século.

Começamos há tanto tempo nossos poemas a partir de Safo, cuidadosamente estilizados em fragmentos, nossas pinturas e rubores todos feitos à sua semelhança. Talvez, enfim, o futuro de Safo fosse entregue em nossas mãos como um pacote de livros amarrados com barbante. Por exemplo, poderíamos abrir uma biografia aparentemente comum, com seus capítulos bem divididos, e descobrir que ela estava enrolada com as mais extraordinárias teias de uma vida. Afinal, uma vida não acontece sozinha, em unidades separadas. Essa biografia estaria, então, ligada a todas as nossas vidas, entrelaçada do prefácio até o índice: ondulante, animada, verdejante. No fim, poderíamos nos tornar leitoras de nossos próprios epílogos.

VIRGINIA E VITA, 1927

Surgiu em minha mente como eu poderia revolucionar a biografia da noite para o dia, escreveu Virginia para Vita, e tudo o que ela precisa é de você. Você se importaria? Ousadamente, Vita respondeu que Virginia poderia ter cada greta dela, cada sombra e fio de pensamento perolado, seus próprios nervos para trançar.

Nesse caso, disse Virginia a Vita, ela começaria o livro no mesmo instante. Mas é claro que a biografia já havia começado meses atrás, anos atrás, talvez até séculos atrás. A teoria é que a personagem se desenvolve na clandestinidade antes de nascermos, como a massa sinuosa de raízes que se entrelaçam no solo, ancorando um carvalho a este planeta que gira loucamente.

RADCLYFFE HALL, *Stephen*, 1927

Enquanto isso, em uma mansão inglesa que não era o castelo Knole, em uma sala com mobílias elegantes e estofadas, uma criança chamada Stephen recebia uma excelente criação. Era o primeiro esboço. No entanto, ficou claro desde a frase inicial, mesmo antes de Stephen ser concebido, que essa seria uma vida infeliz. As armadilhas do império e da cavalaria eram caras a Stephen, que inevitavelmente sairia para caçar com seus cães de caça e cortejaria as empregadas domésticas, como Sir Phillip e todos os pais antes dele. Em suma, Stephen Gordon não era só um tipo estranho de pessoa, era também um *gentleman*, disse Radclyffe Hall a Natalie Barney, que suspirou enquanto tomava sua xícara de chá.

Regio decreto, 1927

Em 1927, declarou-se que a Itália estava entrando em uma batalha, uma nova batalha, e todos os corações generosos das mulheres e todas as mãos viris dos homens foram solicitados em nome da nação. Embora, o governo tivesse se apressado em acrescentar que ninguém seria morto sob o *regio decreto* de 1927, havia um ar solene e belicoso no ambiente.

Seria uma batalha demográfica. De um lado, explicou o governo, estava a brava gente, o bom povo da Itália, que agora deveria cingir seus lombos, e do outro lado estavam todos os povos menores de terras estrangeiras. O governo aconselhou todos os italianos, com exceção dos padres, a se considerarem baionetas nessa batalha; eles deveriam avançar e dilacerar com grande vigor. Apenas assim a raça italiana poderia se expandir e preencher seu império.

De acordo com o Decreto Real, condecorações com medalhas e fitas seriam concedidas às mulheres italianas que gerassem mais filhos, e aquelas que permanecessem obstinadamente celibatárias pagariam um imposto por isso. Os poetas receberiam prêmios por longos hinos às famílias numerosas. Na verdade, Sibilla Aleramo havia solicitado recentemente uma bolsa do governo, pois estava escrevendo um artigo chamado "A mulher italiana", que era, como ela dizia, uma ode de gratidão aos fascistas que haviam despertado as massas femininas para sua função precisa e sagrada de reprodutoras da espécie.

Ouvimos nessas palavras o grave toque da hora viril quando ela chegou. Ela nos atingiu como uma baioneta. Ela cortou nosso coração. Pois assim que Sibilla recebeu seu estipêndio, ela entrou para a Associazione Nazionale Fascista Donne Artiste e Laureate. A partir de então, Sibilla Aleramo era oficialmente uma artista mulher associada a uma nação de fascistas.

O ano de 1927 foi tão inquietante quanto as entranhas cruas de pássaros ditando o destino; ansiávamos que Lina Poletti emitisse um novo manifesto. Mas Eugenia não tinha nenhuma palavra dela, apenas que a polícia havia devastado sua casa, do escritório à cozinha. Havia, ainda, confiscado os cadernos de Lina, mesmo que não pudessem distinguir um antigo dialeto dórico do arranhar das patas de uma prega nas pedras, e também não tiveram acesso aos seus cadernos de anotações. Assim, em vez de ler a nova ode de gratidão de Sibilla Aleramo aos fascistas, voltamos ao manifesto de Lina de 1921, intitulado "Ancora un cero che si spegne".

VIRGINIA WOOLF, *Phases in Fiction*, 1927

Em 1927, Virginia Woolf havia se comprometido religiosamente a escrever um livro sobre as fases da ficção. Havia a fase em que tudo era romance; depois, uma intrigante virada do avesso, lendo cada livro como se ele próprio o tivesse escrito; e, finalmente, a fase do desespero autoral, pois o que poderia ser dito hoje em dia sobre romances, exceto que o mundo estava em pedaços e Virginia estava apaixonada por Vita?

No eclipse das fases da ficção, Virginia vislumbrou a silhueta de uma nova forma surgindo: não era um romance, não era uma sombra. Era a cor de uma ou duas mulheres pensando na luz de uma lâmpada no sótão de uma casa. Antes que a incandescência se dissipasse, Virginia escreveu a si mesma uma nota explicativa: uma biografia chamada *Orlando: Vita*; só que com uma mudança de um gênero para outro.

VIRGINIA WOOLF, *Orlando as a Boy*, 1927

Orlando começa com um golpe abrupto contra as armadilhas grotescas do império e da cavalaria. Ele ainda não tinha dezessete anos e, portanto, era influenciado para um lado e para o outro pelo vento vindo das janelas abertas no sótão da grande casa. Mas, quando vislumbrou seu próprio rosto na linhagem de rostos brancos e lúgubres, nos retratos de todos os pais antes dele, estremeceu e recuou. Suas cruzadas e suas colônias, as pessoas que eles haviam massacrado ou arrastado pelos mares como escravos: Orlando não viveria naquela hora viril, decidiu Virginia Woolf. Melhor que seja vaidoso, ingênuo, mimado, romântico e arrogante; muitos de nós éramos assim. Mas, mesmo em seus piores momentos, ele não tinha as mãos embrutecidas de seus antepassados. Então, depois do primeiro capítulo, Orlando fechou a porta de seu quarto e começou a escrever.

RADCLYFFE HALL, *True Realism in Fiction*, 1927

Metade do que era considerado literatura nos dias de hoje não era verdadeiro, contestou Radclyffe Hall. Ela estava dando uma palestra aos alunos de uma faculdade de Londres enquanto eles cochilavam na vaga esperança de participarem da uma recepção onde seria servido um bolo de rum. O *verdadeiro* realismo na ficção, de acordo com Radclyffe Hall, era uma devoção inabalável à revelação do nu, do literal e do trágico. Um escritor inglês deveria se ater à forma sem se deixar levar a fantasiosos voos de gansos selvagens. Havia proporções a serem respeitadas, esquemas a serem seguidos. A ficção era uma arte tão precisa quanto trocar francos por libras esterlinas; apenas assim um tratado sobre sexologia poderia ser corretamente convertido em um romance.

VITA E VIRGINIA, 1927

Jour de ma vie! era o lema dos Sackville. Significava "dia da minha vida", mas era frequentemente usado como um termo carinhoso. Uma pessoa amada podia ser apostrofada no possessivo como o dia que estava amanhecendo na vida de alguém da família Sackville ou outra qualquer, acordando nua em uma cama no Knole, cheia de almofadas com borlas, explicou Vita a Virginia. Ou, acrescentou Vita, maliciosamente, enfiando a mão no bolso de Virginia, ela já poderia ter estado acordada a noite toda.

Elas viajaram juntas de carro até Yorkshire para ver o eclipse do Sol. Você pode traduzir para o francês para mim?, perguntou Virginia a Vita em um estranho sussurro após a sombra do eclipse ter passado. Pode me dar sua opinião? Posso pegar emprestada a imagem de sua avó, seu poema, esse casaco de veludo que te deixa tão divinamente linda e desgrenhada? *Jour de ma vie!*, respondeu Vita, você pode ter todas as minhas vidas como se fossem seus brinquedos.

VIRGINIA WOOLF, *Orlando on Her
Return to England*, 1928

O ano de 1928 começou com um novo capítulo de Orlando. Na véspera, depois dos fogos de artifício e algumas conversas escandalosas, ao irem para a cama, todas disseram que 1927 havia sido um ano memorável. Virginia Woolf finalmente tinha conseguido um carro motorizado e o Sol se eclipsara na Inglaterra pela primeira vez em dois séculos.

Enquanto isso, Orlando se tornara um jovem elegante, com pernas bem torneadas e o hábito de escrever bobagens. Nos jardins dos fundos, ele lia e tomava sol; em uma cama com meio lençol, estendia o braço para declamar fragmentos de versos sáficos. Ele cortejou uma jovem aristocrata que falava o francês mais perfeito; ele se envolveu com atrizes e escreveu cartas demais, muitas. Depois dos desgostos que são necessários para impulsionar a literatura, ele partiu para Constantinopla. No Natal, havia rumores de que Orlando havia se casado com Rosina Pepita, sua própria avó. Nos dias mais desoladores do inverno de 1927, espalhou-se o boato de que Orlando estava morto.

Mas Orlando estava apenas no quarto capítulo e bastante animado. Na véspera do capítulo cinco, depois dos fogos de artifício e de uma conversa escandalosa, ao ir para a cama, todos em Constantinopla disseram como Orlando estava divinamente lindo e desgrenhado em um casaco de veludo. *Jour de ma vie!*, murmurou Orlando, deitando-se em uma cama repleta de almofadas com borlas. Quando acordou, ela tinha muitas outras vidas. Era 1928, e ainda no século XVII.

STEPHEN GORDON, *The Furrow*

Zut alors!, exclamou Natalie Barney, lendo o rascunho de Stephen enquanto a água do banho esfriava ao seu redor. Francamente, Radclyffe Hall tinha ido longe demais dessa vez. Irritada e ainda molhada, Natalie ordenou a Berthe que lhe trouxesse imediatamente um maço de papel azul-claro. Meu caro John, Natalie rabiscou, você precisa mesmo fazer com que sua heroína sáfica escreva um romance chamado *O SULCO*? Todos os idiotas do Parlamento o lerão, e nunca mais ouviremos o fim *disso*. Tenha um pouco de consideração com o resto de nós.

LEI DE REPRESENTAÇÃO DO POVO DE 1928

Em 1928, finalmente, o Parlamento concedeu às mulheres da Inglaterra, do País de Gales e da Escócia o direito de votar naqueles que as governavam. Ou seja, depois de algumas dezenas de milhares de anos habitando aquelas terras, os homens reconheceram que metade do povo éramos nós. Na Itália, na França, na Grécia e na Suíça, essa ideia ainda não havia chegado. Os homens de vários governos europeus resistiram a um futuro de mulheres indóceis e emancipadas, alegando que éramos muito volúveis, muito simples, muito angelicais, muito ignorantes, muito más, muito histéricas, muito impuras, muito modernas, muito presas ao lar, sem posses suficientes, sem casamento suficiente, sem idade suficiente, sem educação suficiente e sem inclinação confiável para votar nos mesmos homens que votaram contra nós durante a maior parte de nossa vida. Apesar de tudo isso, em 1928, nos animamos com a perspectiva de que, a partir de então, Virginia Woolf poderia votar.

VIRGINIA WOOLF, *Orlando at the Present Time*, 1928

(Aqui entrou outro eu), escreveu Virginia Woolf. Era a primavera de 1928. As personagens que estavam enterradas brotavam suas pontas verdes através do solo. Pelas grandes massas de água, escutávamos aquele pequeno som. A tarde sumia pelos galhos enquanto nos deitávamos olhando para a luz verde das folhas contra o céu. No sexto capítulo, Orlando também se deitou à sombra do futuro e dormiu entre suas raízes. O dela era o caso genitivo de lembrar, até que seja agora.

Orlando no tempo presente era uma ilustração de Vita vestindo uma jaqueta de veludo, emoldurada por galhos de árvores e grama silvestre. Perto do final do livro, Orlando começou a se tornar tudo ao mesmo tempo. Podíamos sentir quando o primeiro rascunho de Orlando estava terminado, porque o próprio ar soava com o tremor das folhas. Como Lina Poletti poderia ter nos dito, *aithussomenon* é o clima do depois.

RADCLYFFE HALL, *Stephen Gordon*, 1928

Durante todo o ano de 1928, Radclyffe Hall compôs obstinadamente seu romance. O enredo geral acompanhava Stephen Gordon, enquanto ela escrevia *The Furrow*, examinava seu corpo no espelho, chorava e perdia todos que amava. Infelizmente, nos capítulos intermediários, Stephen Gordon foi a Paris, onde encontrou uma amazona carismática que oferecia poesia sáfica e sanduíches de pepino para almas perdidas; uma anfitriã tão plácida e confiante, como Radclyffe Hall sempre dizia, que todas se sentiam muito normais e corajosos só de se reunirem ao redor dela.

Em vários jantares intermináveis, ficamos impressionadas com o fato de John acreditar no Império Britânico, nas teorias de sexologia de Krafft-Ebing e na santidade do matrimônio. Portanto, Stephen Gordon pediu a Deus para que se casasse com uma moça chamada Mary em uma casa no interior decorada principalmente com cabeças de javalis mortos.

Porém, nós mesmas não víamos por que a estrela Polar de uma vida deveria se sentir muito normal. Além disso, embora admitíssemos ser vaidosas, ingênuas, mimadas, românticas e arrogantes, não éramos almas perdidas. Estávamos lutando havia décadas, às vezes desesperadamente, pelo direito à nossa própria vida. Tínhamos nos arriscado, tínhamos renunciado; havia aquelas que tinham sido punidas por ousar ganhar a vida vestindo as calças de seus irmãos e aquelas que mal tinham sobrevivido aos criminologistas. Lina Poletti nos despertara, Anna Kuliscioff nos deixara uma revolução para seguir. Quem de nós desejava agora ser abençoada pelos homens ou recrutada para seus exércitos? Acreditávamos na Divina Sarah: vida, mais vida! Estávamos em 1928, insistimos com Natalie, era hora de livros em que poderíamos, poeticamente, ser todas ao mesmo tempo. Apesar do diagnóstico de Radclyffe Hall, uma invertida é, de fato, alguém que acredita que isso seja possível.

RADCLYFFE HALL, *The Well of Loneliness*, 1928

Era pleno verão quando o romance *O poço da solidão*, de Radclyffe Hall, foi publicado. Todas nós que tínhamos uma vila estávamos reclinadas com as pernas à mostra em nossos terraços, embaladas pelo zumbido quente das cigarras nos pinheiros. No gramado baixo do jardim da cobertura de Romaine, sentamo-nos para ler em voz alta. Colette, com seu leque abanando o ar úmido e cinzento, pedia, às vezes, uma tradução; valentemente, uma de nós se esforçava para explicar o casamento anglicano. Mas não adiantava muito. Nos infelizes capítulos do meio, quando Stephen Gordon se escandalizou com a perversidade que era dançar em nossos bares favoritos de Paris, Colette se levantou com brusquidão.

Essas pessoas *horríveis*?, repetia Colette com desdém. Essas *pessoas horríveis* começaram a *apontar* para ela com os dedos trêmulos, brancos e afeminados? *Celle-ci n'est pas une vie!* Colette nos chamou de volta enquanto descia as escadas, *Ce n'est pas notre vie!* Cansadas, terminamos o livro e regamos a pereira. Isso não é uma vida, isso não é nossa vida.

JAMES DOUGLAS, *Review of The Well of Loneliness* NO
Sunday Express DE LONDRES, 1928

Estou bem ciente de que a inversão e a perversão sexual
são horrores que existem entre nós nos dias atuais. Eles se
exibem em locais públicos com cada vez mais desfaçatez e
em uma bravata provocativa insolente. Acham bonito sua
notoriedade extravagante. Já vi essa praga perseguindo desavergonhadamente grandes assembleias públicas. Já a ouvi
ser sussurrada por rapazes e moças que não compreendem
e não podem compreender sua putrefação indescritível.
Não se pode escapar do contágio.

Permitam-me alertar os romancistas e nossos homens
de letras de que a literatura, assim como a moralidade,
está em perigo. A literatura ainda não se recuperou dos
danos causados pelo escândalo de Oscar Wilde. Para
evitar a contaminação e a corrupção da ficção inglesa,
é dever do crítico tornar impossível que qualquer outro
romancista repita esse ultraje. Eu preferiria dar a um menino ou menina saudável um frasco de ácido prússico a
esse romance.

LEI DE PUBLICAÇÕES OBSCENAS DE 1857

Assim como Oscar Wilde antes dela, Radclyffe Hall foi
convocada a comparecer a um tribunal inglês para explicar o espetáculo escandaloso que ela criara de forma tão
caprichosa. Ou melhor, Radclyffe Hall não foi convocada.
Ela ficou sentada, fumegando, três fileiras atrás, enquanto
o advogado de sua editora balbuciava para o juiz que em
O poço da solidão todas as relações entre as mulheres eram
puramente de caráter intelectual. O personagem Stephen

Gordon não era, por assim dizer, o que pensavam que fosse. Afinal, não havia lésbicas na Inglaterra: a própria palavra congelava na boca de um magistrado.

Um grito lívido de indignação veio da terceira fileira. Por Deus, estamos em 1928, protestou Radclyffe Hall, no país mais civilizado do mundo! Um invertido, uma lésbica, uma pessoa tão estranha quanto Stephen Gordon pode parecer: todas elas, como já argumentaram eminentes sexólogos em seus ensaios, eram criaturas trágicas involuntárias que mereciam a benevolência britânica. Eles poderiam muito bem ser cavalheiros como ela. Ou talvez fossem almas perdidas. De qualquer forma, sem a magnanimidade do magistrado, todos eles se afogariam em um poço de solidão. Radclyffe Hall ressaltou com grande ênfase que foi por isso que ela chamou seu romance de *O poço da solidão*.

Virginia Woolf, no fundo da sala de audiências, teve de esconder o rosto nas mãos para evitar que um grande número de exclamações saísse de sua boca. Ela rabiscava em seu caderno: um livro sem graça e insípido, já morto e que paira por todo o tribunal. Ao seu lado, Cassandra, de olhos arregalados, mal conseguia se conter. Não era por isso que ela já vivera nosso futuro.

VIRGINIA WOOLF, *The New Censorship*, 1928

É claro que Virginia Woolf defendeu Radclyffe Hall com veemência, de corpo e alma. Se os romances modernos fossem proibidos, ela escreveu em *A nova censura*, os leitores simplesmente voltariam aos clássicos da literatura grega e latina, que eram mil vezes mais picantes. Não vamos nem começar a dissecar Ovídio ou Aristóteles, esses elementos básicos da educação inglesa! Chamada a depor como testemunha especialista em romance moderno, Virginia Woolf preparou suas anotações: Será que o magistrado gostaria de considerar, só por um momento, que o julgamento do livro de Radclyffe Hall como perniciosamente obsceno se baseou na opinião de um crítico que recentemente havia defendido a distribuição de frascos de ácido prússico para crianças?

Em particular, no entanto, Virginia achava *O poço da solidão* uma poça de sentimentalismo enjoativo e hipócrita, que vazava sua moral em todas as direções. Pior do que tentar ler o livro, escreveu ela a Vita, era tentar discuti-lo com o próprio John, que não aceitava nenhuma defesa, exceto a de que seu romance era uma obra de gênio trágico irrepreensível. Para grande alívio de Virginia Woolf, o juiz decidiu que os escritores de romances modernos não podiam ser considerados especialistas em obscenidade. Assim, Virginia passou o resto da tarde olhando para a luz fraca e triste que se infiltrava obscuramente pelas janelas altas da sala de audiências, como se estivesse sentada no fundo de um lago.

VIRGINIA WOOLF, *Orlando: A Biography*, 1928

Mas quando poderei finalmente ler *Orlando*?, Vita solicitava a Virginia em todas as suas cartas. Não preciso nem dizer que eu mal existo até que eu possa lê-lo.

No entanto, a ficção não podia se precipitar para o futuro. *Orlando* foi publicado no mesmo dia citado por Orlando na última linha do romance: E a décima segunda badalada da meia-noite soou; a décima segunda badalada da meia-noite, quinta-feira, 11 de outubro de 1928. Então, enquanto *Orlando* surgia, a letra ainda fresca quase ainda fumegando na página, o relógio bateu meia-noite com um Orlando dos tempos atuais. Virginia Woolf mandou encadernar o manuscrito em couro e o enviou de presente para Vita, embora não fosse seu aniversário. Era meramente o dia em que a *vita* de Vita veio ao mundo.

O título anunciava que se tratava de uma biografia. Mas também era um romance, uma fantasia completa, uma visão de duas mulheres no sótão de uma casa, uma conversa sobre a ficção e o futuro, uma nova biografia, fragmentos de um poema sáfico, uma composição como explicação, uma piada heroicamente interna, uma série de retratos, um manifesto, um nicho à história da literatura, um experimento alquímico, uma autobiografia e um longo trecho da vida atual. Na verdade, ninguém sabia dizer qual era seu gênero, pois era tão inconstante no humor e amplo na forma quanto o próprio Orlando. Toda vez que Orlando acordava, havia muitas outras vidas.

VIRGINIA WOOLF, *Women and Fiction*, 1928

Tendo contornado os gramados impecáveis de Cambridge, Virginia Woolf seguiu em ângulos erráticos em direção ao seu tema. Imagine ler um romance, disse ela às alunas, que a olhavam com curiosidade enquanto abriam seus cadernos, no qual você chega a esta linha: Chloe gostava de Olivia. Você pode muito bem dizer a si mesma: Sim, eu me lembro, há muitos anos que Chloe gosta de Olivia, elas dormiram juntas, protegidas pela sombra das samambaias à beira d'água em uma ilha da qual nunca nos esquecemos. Ou, em vez disso, você pode temer pelas vidas de Chloe e Olivia, ou pelo próprio romance, que certamente será banido em breve por algum magistrado em um tribunal onde a luz é como água de vala. De fato, as verdades das mulheres na ficção têm significado problemas desde a época de Cassandra.

No entanto, se você puder trancar a porta de seu quarto, poderá tentar, você mesma, escrever a história de Chloe e Olivia. A primeira coisa a fazer é mudar os nomes delas, para que a história pareça ser sua.

Posfácio

LINA POLETTI, S.D.

Chegou, finalmente, o momento de escrevermos a biografia de Lina Poletti. Temíamos por sua vida, mas Lina tinha, na verdade, várias delas, e as nossas estavam emaranhadas entre cada uma delas.

Depois de *Orlando*, quando olhamos pela janela, vimos a exuberância da folhagem verdejante em cada galho. Um ar matinal luminoso, sem vento e sem morte, salpicava as folhas até que elas se agitassem em seus caules. *Jour de ma vie!*, dissemos umas para as outras. Começamos a trazer para a janela os grandes novelos e rolos de histórias que o mundo havia nos proporcionado.

Em nossas mãos, Lina Poletti trocou de nomes. Fugiu no meio da noite sem atear fogo nos fundos da casa. Em um vilarejo chamado Pizzoli, ela escreveu seu caminho pelo inverno, pelas noites em que as estrelas se distanciavam infinitamente de todo sentimento humano. Por um tempo, ela levou comida para as cabanas e celeiros onde as pessoas se escondiam, percorrendo estradas esburacadas de bicicleta com suas botas de cano alto com botões. Pessoas com os olhos famintos e agradecidos se espantavam ao vê-la, pois não havia muitas como ela. Na noite em que bombardearam as bibliotecas, ela atravessou as fronteiras das linhas inimigas; de manhã, sua voz ardente foi ouvida crepitante no rádio de uma cidade libertada: Nós somos o coro, Lina Poletti clamou na estação de rádio, nossas vozes nunca serão silenciadas.

Depois da guerra, ela viajou para as ruínas mais empoeiradas da Grécia, onde pacientemente raspou a terra nua até encontrar uma estátua sem olhos com pintura descascada em dourado e verde brilhante. Estava rodeada de pequenos ossos e não era o que ela esperava. Então, mudou de opinião sobre as cores dos deuses e cidadãos. Os pássaros pegas pousaram nas árvores das ruínas enquanto Lina escrevia em seu caderno, *perdere la propria vita*, que significa perder o decoro, a propriedade, o limite e a posse, o possessivo *impadronirsi* de uma vida.

Alguns anos depois, Lina sentou-se em um círculo no chão com outras mulheres, falou sobre os direitos que elas deveriam ter. Ela tocava suas bochechas quando choravam. Juntas, elas decidiram que abririam uma biblioteca para emprestar livremente os livros que eram proibidos. Elas a chamariam de biblioteca das mulheres. Até que Lina foi repreendida por fumar naquela biblioteca; depois, uma mulher chamou sua atenção quando ela entrou no banheiro. *Non sai che cos'è una donna?*, disse a mulher. Você não sabe o que é uma mulher? Na verdade, Lina Poletti havia lido *Una donna* em 1906, quando foi publicado pela primeira vez.

O mundo moderno era, vez ou outra, desconcertante, mas Lina Poletti havia conseguido viver por um século sem atear fogo nele. Aprendeu as novas palavras. Ajudou a retirar as estátuas antigas de seus pedestais. Lutou contra a lei do sangue, lutou contra a hora viril, lutou pelos direitos que Anna Kuliscioff não viveu para ver conquistados. Toda vez que os fascistas chegavam, Lina escrevia um manifesto; há sempre uma vela que não se apagará. Ela deu as mãos a pessoas consideradas indescritíveis, selvagens, retrógradas, inferiores, criminosas e estrangeiras. Elas marcharam pelas ruas cantando, *Insieme siamo partite, insieme torneremo*: juntas partimos, juntas retornaremos; um fragmento ainda está inacabado, devemos ir adiante somente juntas. Sua voz ficou rouca com o passar dos anos. Ela mudou de nome. Mudou de gênero. Ela observou com o olhar derretido quando chegamos ao tempo presente.

Escrevemos a vida de Lina Poletti, mas nem sempre a entendemos. De alguma forma, Lina estava sempre mais além de nós. Ela surfava uma onda que nos deixava lutando por ar. Ela conseguia avistar a terra quando estávamos atracadas, encontrando abrigo em nossos interlúdios. Em outras palavras, Lina sabia como se virar do seu avesso interior para o exterior e em outros lugares. Ela estava sempre nos servindo de farol para um futuro que ainda não sabíamos como viver. Nós somos o coro, Lina Poletti urgia a suas companheiras, assumindo diferentes aspectos da personagem em diferentes séculos. Então, nós a seguimos para além de nós. Ou falamos dela para as outras, da melhor forma que pudemos: *Essas coisas agora para minhas companheiras/ eu devo cantar lindamente.* Safo, Fragmento 160.

Nota bibliográfica

Esta é uma obra de ficção. Ou, possivelmente, é um híbrido de imaginários e não ficções íntimas, de biografias especulativas e "sugestões para textos curtos" (como Virginia Woolf definiu enquanto escrevia *Orlando*), algo que não cabe em categorias. Não há, por exemplo, nenhum registro histórico de Lina Poletti saindo de seus cueiros em nenhuma igreja de Ravena. Alessandra Cenni, que trabalhou incansavelmente para recuperar os vestígios históricos de Lina [Cordula] Poletti, questiona na conclusão de seu livro *Gli occhi eroici: Sibilla Aleramo, Eleonora Duse, Cordula Poletti: una storia d'amore nell'Italia della Belle Époque* se, de fato, Lina poderia querer se perder ["perdersi"] na obscuridade, a fim de fazer suas futuras reencarnações possíveis.

Além disso, homens como Gabriele d'Annunzio – que passeia prepotentemente em todos os relatos já escritos sobre Eleonora Duse e Romaine Brooks – não merecem aqui nem mesmo uma nota de rodapé sobre com quem se casaram ou como morreram. Tem sido surpreendentemente fácil deixar esse tipo de homem fora dos textos: um simples corte rápido, e a história é arrematada sem eles. Penso em Vita Sackville-West, que disse em uma carta em 1919 que a única vingança que se poderia ter contra certos homens era reescrevê-los despudoradamente. Naquela época, tudo o que ela tinha em mãos era um capítulo inacabado de seu novo romance *Challenge*. Portanto, Vita contou, "ontem à noite fui a Aphros e prendi todos os oficiais gregos, o que me deu uma satisfação absurda". O fato de minha afirmação aqui sobre gênero e ficção se basear em uma citação de uma carta real – cuja fonte é assinada no trabalho de Georgia Johnston, pesquisadora acadêmica respeitável: *The Formation of 20th-Century Queer Autobiography, Reading Vita Sackville-West, Virginia Woolf, Hilda Doolittle, and Gertrude Stein* –, na qual a autora explica, meio de forma ficcional, mas feliz, que ela foi para a Grécia por uma noite, a fim de exigir uma retribuição narrativa pelos erros cometidos contra sua protagonista (sob cujo nome ela às vezes circulava pelo mundo): isso, creio eu, ilustra o gênero do presente trabalho.

Como Saidiya Hartman explica em seu "elenco de personagens" para *Wayward Lives, Beautiful Experiments: Intimate Histories of Riotous Black Girls, Troublesome Women, and Queer Radicals*, um Coro poderia muito bem ter sido composto por "todas as jovens mulheres sem nome de uma cidade tentando encontrar uma forma de viver e de buscar a beleza". No entanto, na maioria das vezes, as figuras que se tornaram meus personagens são reais; muitas delas deixaram vestígios materiais de como se sentiam em relação ao mundo e seus lugares nesse mesmo mundo. Portanto, incluí indicações de fontes primárias (as cópias de cartas, pinturas, romances, memórias, fotografias, discursos etc.) que Melanie Micir, em *The Passion Projects: Modernist Women, Intimate Archives, Unfinished Lives*, chama de "um arquivo diversificado de atos biográficos", e a bolsa de pesquisa que consultei enquanto escrevia. Quando citei, parafraseei ou traduzi diretamente de uma fonte, anotei-a abaixo; as fontes usadas sinteticamente ou consultadas como base estão listadas em uma bibliografia, disponível on-line em https://www.galleybeggar.co.uk/after-sappho-references.Qualquer erro é responsabilidade minha e, obviamente, nenhuma fonte pode ser responsabilizada por minha imaginação.

Todas as traduções de Safo, para o inglês, foram extraídas do livro *If Not, Winter: Fragments of Sappho*, de Anne Carson, fonte à qual sou, aliás, muito grata na escrita deste livro.

Trechos dos escritos publicados de Sibilla Aleramo são de seus livros *Uma mulher* e *Il passaggio* e de seus artigos (reimpressos em *Gli occhi eroici*, de Alessandra Cenni, e na antologia *La donna e il femminismo: Scritti 1897-1910*, de Sibilla Aleramo, editada por Bruna Conti); todas as traduções e transcrições, no entanto, são minhas. O material das cartas de Sibilla Aleramo, Lina Poletti, Eleonora Duse e Santi Muratori foi extraído de *Gli occhi eroici*, de Cenni, bem como de *Il tempo delle attrici: emancipazionismo e teatro in Italia fra Otto e Novecento*, de Laura Mariani; todas as traduções são minhas. A paráfrase de *Contribuzione alla casuistica della inversione dell'istinto sessuale*, de Guglielmo Cantarano, baseia-se em *The Origin of Italian Sexological Studies: Female Sexual Inversion, ca. 1870-1900*, de Chiara Beccalossi, e em *Amiche, compagne, amanti: storia dell'amore tra donne*, de Daniela Danna; a paráfrase de *La donna delinquente: la prostituta e la donna normale*, de Cesare Lombroso, é derivada de *Labelling Women Deviant: Heterosexual Women, Prostitutes and Lesbians in Early Criminological Discourse*, de Mary Gibson. Os elementos da obra *A Treatise on the Nervous Diseases of Women*, do dr. T. Laycock, foram extraídos de *The Lesbian History Sourcebook: Love and Sex Between Women in Britain from 1870 to 1970* (ed. Alison Oram e Annmarie Turnbull), inclusive a frase "paroxismo histérico" e uma versão ligeiramente alterada da citação: "jovens moças da mesma idade, ele advertiu, não poderiam se relacionar com outras em escolas públicas sem correr o sério risco de excitar as paixões e de serem levadas a saciar-se em práticas injuriosas tanto do corpo quanto da mente". As palavras de Anna Kuliscioff são tiradas de "Feminism and Socialism in Anna Kuliscioff's Writings", de Rosalia Colombo Ascari. Alguns detalhes sobre o Congresso Nacional de Mulheres Italianas de 1908 foram tirados do livro *Il primo congresso delle donne italiane, Roma 1908: opinione pubblica e femminismo*, de Claudia Frattini.

A frase de Nora em *Uma casa de bonecas*, de Ibsen, é citada em "'First and Foremost a Human Being': Idealism, Theatre, and Gender in *A Doll's House*", de Toril Moi. A descrição da peça inacabada de Aleramo, *L'assurdo*, é baseada em *Eccentricity and Sameness: Discourses on Lesbianism and Desire between Women in Italy, 1860s-1930s*, de Charlotte Ross. O caso de William Seymour, o cocheiro de carruagens de aluguel, foi parafraseado de *The Lesbian History Sourcebook*, de Oram e Turnbull.

O episódio da pessoa que carregava a lanterna foi parafraseado de forma bem próxima da coletânea dos primeiros diários de Virginia [Stephen] Woolf, *A Passionate Apprentice: Early Journals, 1882-1941* (editado por Mitchell Alexander Leaska); a frase "a portadora da lanterna não era ninguém menos do que a própria escritora" é uma ligeira variação da frase da própria Woolf. O relato do trabalho editorial de Leslie Stephen, incluindo as frases "verbetes nos primeiros 26 volumes" e "tintura amoniacal de quinino", são extraídas da biografia *Virginia Woolf*, de Hermione Lee. A poeta cuja caracterização de Cassandra eu cito – que "brilhava como uma lâmpada em um abrigo antibomba"

– é de Anne Carson, de "Cassandra Float Can", em *Float*. O verso "é que Virginia Stephen não nasceu em 25 de janeiro de 1882, e sim muitos mil anos antes; e que desde o início encontrou instintos já adquiridos por milhares de mulheres antepassadas" é citado em "A Sketch of the Past", de Woolf, reimpresso em *Moments of Being*. A descrição de Laura Stephen se baseia em *Virginia Woolf*, de Hermione Lee, incluindo (com pequenas alterações) as frases "cruel, malvada, perversa, terrivelmente arrebatada, extremamente perturbadora e extremamente patética", "menina de olhos vazios que mal sabia ler" (Lee está citando aqui "Old Bloomsbury", de Woolf, reimpresso em *Moments of Being*) e a frase de Laura "eu disse a ele que me deixasse em paz". O título *Logick: Or, The Right Use of Reason in the Inquiry After Truth: With a Variety of Rules to Guard Against Error, in the Affairs of Religion and Human Life, as Well as in the Sciences* e o episódio de arruiná-lo vêm de *A Passionate Apprentice* (editado por Leaska), assim como uma versão da declaração da srta. Janet Case: "notemos essa forma muito rara de genitivo no terceiro verso". "The Serpentine" foi escrito no diário de Virginia [Stephen] Woolf em 1903; a nota suicida citada e alguns detalhes vêm dessa entrada, reimpresso em *A Passionate Apprentice*. "Review of *The Feminine Note in Fiction*", de Virginia [Stephen] Woolf, apareceu originalmente no *The Guardian* em 25 de janeiro de 1905 (seu aniversário) e foi reimpresso em *The Essays of Virginia Woolf, Vol. I: 1904-1912*, editado por Andrew McNeillie. Incorporei duas citações levemente alteradas de sua crítica: "mais e mais romances eram escritos por mulheres e para mulheres, e isso pouco a pouco acarretava o declínio do romance como obra de arte" e "não era, afinal de contas, cedo demais para criticar o 'tom feminino' no que quer que fosse. E a crítica adequada para uma mulher não seria outra mulher?".

A descrição de Radclyffe Hall de Natalie Barney (como a personagem Valérie Seymour) foi extraída, com pequenas alterações, do *The Well of Loneliness*. Léo Taxil é citado em seu livro *La Corruption fin-de-siècle*, de 1894, embora a tradução seja minha. A linha de "Retour à Mytilène", de Renée Vivien, é citada na dissertação de Lowry Gene Martin II, *Desire, Fantasy, and the Writing of Lesbos-sur-Seine, 1880-1939*, embora as traduções sejam minhas; a descrição de *Comment les femmes deviennent écrivains*, de Aurel, baseia-se em *Gli occhi eroici*, de Cenni.

A expressão do ardor de Matilde Serao por Eleonora Duse, bem como os termos "*Nennella*", "*commediante*" e "*la smara*" foram extraídos do livro *Eleonora Duse: A Biography*, de Helen Sheehy. A descrição dos orfanatos (incluindo a taxa de mortalidade no orfanato Annunziata e o termo "filhos da *Madonna*") foi extraída do livro de Anna-Maria Tapaninen, *Motherhood through the Wheel: The Care of Foundlings in Late Nineteenth-Century Naples*. A descrição da lei de paternidade francesa é baseada em *Seduction, Paternity, and the Law in Fin de Siècle France*, de Rachel G. Fuchs. A identificação de Eleonora Duse com Madame Robert em *L'assurdo*, de Sibilla Aleramo, é sugerida por Laura Mariani em *Il tempo delle attrici*; e minha interpretação muito livre de versos de *Gli inviti*, de Lina Poletti, utiliza o texto do poema reimpresso em *Gli occhi eroici*, de Cenni. A linha de *Portrait of Mabel Dodge at the Villa Curonia*, de Gertrude Stein, é citada em *Selected Writings of Gertrude Stein*, editado por Carl van Vechten. A descrição da entrevista de Eleonora Duse em 1913 elabora uma sugestão de *Eleonora Duse and Women: Performing Desire, Power, and Knowledge*, de Lucia Re.

A linha 52 das *Heroides XV* de Ovídio é citada na edição da Loeb (*Heroides. Amores*, traduzido por Grant Showerman). A descrição da encadernação usada por Giacinta Pezzana no papel de Hamlet, bem como os comentários de Pezzana sobre entrar no personagem baseiam-se em dois artigos de Laura Mariani: "Portrait of Giacinta Pezzana, Actress of Emancipationism (1841-1919)" e "In scena en travesti: il caso italiano e l'Amleto di Giacinta Pezzana". A linha da carta de Giacinta Pezzana a Sibilla Aleramo em 1911 é citada em *L'attrice del cuore: storia di Giacinta Pezzana attraverso le lettere*, de Laura Mariani. A referência ao termo de gíria *"gousse d'ail"* é de *Sapphic Fathers: Discourses of Same Sex Desire from Nineteenth-Century France,* de Gretchen Schultz, enquanto a perspectiva de Sarah Bernhardt sobre a moralidade de *Fedra* é baseada em seu livro de memórias *Ma double vie*. "Um idílio de Teócrito" é uma citação do diário de Virginia [Stephen] Woolf, publicado em *A Passionate Apprentice*, descrevendo sua viagem à Grécia; o esboço de seus exercícios de tradução e viagens incorpora alguns elementos de suas entradas em 1905-1906. A descrição das encenações de Natalie Barney de *Équivoque* e de *Dialogue au soleil couchant* baseia-se no livro *Performing Antiquity: Ancient Greek Music and Dance from Paris to Delphi, 1890-1930*, de Samuel Dorf (que é a fonte para a frase de Gorgo, "Sua vida é seu poema/ Coisa mais linda", de *Équivoque*), bem como nos livros de Artemis Leontis, *Eva Palmer Sikelianos: A Life in Ruins*, e de Ann Cooper Albright, *Traces of Light: Absence and Presence in the Work of Loïe Fuller*. A conversa entre Eva Palmer e a sra. [Stella] Patrick Campbell é baseada na autobiografia de Eva Palmer

Sikelianos, *Upward Panic*, editada por John P. Anton. O lema de Sarah Bernhardt está registrado em seu livro de memórias *Ma double vie*.

Os *Idílios* de Teócrito estão contidos no volume da Loeb, *Theocritus. Moschus. Bion* (editado e traduzido por Neil Hopkinson). O verso "Tranquila junto ao mar calmo e risonho" é citado em "Theocritus: A Villanelle", contido em *Collected Poems of Oscar Wilde* (editado por Anne Varty). O livro de memórias de Isadora Duncan, *My Life*, forneceu alguns elementos da descrição dos empreendimentos dos Duncan na Grécia.

Os verbetes do *Dictionnaire érotique moderne*, de Alfred Delvau (1864) são citados em *Sapphic Fathers*, de Gretchen Schultz, e *Lesbian Decadence: Representations in Art and Literature of Fin-de-Siècle France*, de Nicole G. Albert, respectivamente. A frase do poema de Gertrude Stein "Rich and Poor in English" é citada em *The Sapphist in the City: Lesbian Modernist Paris and Sapphic Modernity*, que também traça as relações espaciais de La Maison des Amis des Livres e da Shakespeare and Company em "Odéonia" – como Adrienne Monnier a chamava – dentro de uma eventual geografia lésbica da margem esquerda do rio Sena. Obtive detalhes sobre a livraria de Monnier em *Adrienne Monnier et La Maison des Amis des Livres, 1915-1951*, de Martine Poulain; os detalhes sobre Sylvia Beach vêm de sua própria obra, *Shakespeare and Company*. O fato de Eileen Gray lamentar que "seu pai insistisse em pintar paisagens quentes e secas na Itália, em vez das coisas cinzentas e frias que eram brilhantes e sedosas no condado onde nascera" é citado, com pequenas variações, em uma entrevista com Gray em *Eileen Gray: Her Work and Her World*, de Jennifer Goff. A conexão entre a pintura *The Screen* (também chamada *The Red*

Jacket), de Romaine Brooks, e o trabalho inicial de Eileen Gray é sugerida por Jasmine Rault em *Eileen Gray and the Design of Sapphic Modernity: Staying In*; Rault também faz um breve relato de Jack. A comparação de Damia com um "boxeador de meia-tigela em repouso" foi feita pelo crítico de dança André Levinson, como Kelley Conway observa em *Chanteuse in the City: The Realist Singer in French Film*. A descrição da encenação de *Electra*, de Sófocles, em Paris, em 1912, com Eva Palmer Sikelianos e Penelope Sikelianos Duncan devo a *Eva Palmer Sikelianos: A Life in Ruins*, de Artemis Leontis; além disso, Leontis postula que a paixão de Eva pela música e pelo teatro gregos era também uma busca por Penelope. A citação sobre o caráter "firmemente ancorado" de Electra, cujo "movimento deve ser feito com o máximo de propósito", foi tirada, com pequenas alterações, de "On Not Knowing Greek" (em *The Common Reader*), de Virginia Woolf; minha representação do verbo grego *lupein* e suas implicações se baseia em "Screaming in Translation", de Anne Carson. "The Greek Girl", a jovem grega, é o título de uma seção das memórias não publicadas de Romaine Brooks, cujos trechos foram reimpressos em *The Toll of Friendship: Selections from the Memoirs of Romaine Brooks*, de Timothy Young.

A explicação do *jus sanguinis* se baseia na obra de Lucia Re "Italians and the Invention of Race: The Poetics and Politics of Difference in the Struggle over Libya, 1890-1913" (do qual parafraseio a afirmação de Pisanelli de que "o principal elemento da nacionalidade é a raça"); ao observar seus impactos coloniais, devo muito à história de Angelica Pesarani "Non s'intravede speranza alcuna", em *Future* (editado por Igiaba Scego). Os esboços do pensamento racista de figuras como Mantegazza e Orano se baseiam em *Vital Subjects: Race and Biopolitics in Italy, 1860-1920*, de Rhiannon Noel Welch, bem como em "Italians and the Invention of Race", de Re (do qual traduzi bastante grosseiramente as linhas de Sibilla Aleramo em *L'ora virile* sobre guerras entre países – e raças – e as mulheres que as acabam apoiando). A obra de Yeeyon Im, "Oscar Wilde's Salomé: Disorienting Orientalism", é a fonte da descrição que Wilde fez de Sarah Bernhardt como "aquela 'serpente do velho Nilo'" que ele imaginou como a Salomé ideal.

A capitalização de palavras como "Beauty" (Beleza) na descrição da ideologia de Isadora Duncan (bem como a crítica de sua política racial) segue o livro de Ann Daly, "Isadora Duncan and the Distinction of Dance". O enquadramento da frase de Cassandra "*Itys, itys*" vem de *Cassandra and the Poetics of Prophecy in Greek and Latin Literature*, de Emily Pillinger. A descrição do figurino de Ida Rubinstein em *Cléopâtre* se baseia em *Ida Rubinstein: A Twentieth-Century Cleopatra*, de Charles S. Mayer, que também é a fonte para o retrato de Romaine Brooks de Ida caminhando na neve com seu "longo casaco de arminho".

As citações e variações dos ensaios de Virginia Woolf foram extraídas de "Mr Bennett and Mrs Brown" (também chamado de "Character in Fiction", reimpresso em *The Essays of Virginia Woolf, Vol. 3: 1919-1924*, ed. Andrew McNeillie) e "A Society", de *Monday or Tuesday*. Parafraseei partes do primeiro ensaio em minha seção "Virginia Woolf, *Mr Bennett and Mrs Brown*, 1924" e citei (com ligeira alteração) a famosa frase "foi por volta de dezembro de 1910, quando a humanidade mudou irrevogavelmente". A frase "certa porcentagem de mulheres morria de doenças relacionadas ao parto" é citada em "A Society", de Woolf, que descreve as percepções da "Sociedade do Futuro" sobre a misoginia sistêmica. A alusão a "Moças da Sociedade do Futuro", tirada da dedicatória de Pierre Louÿs em *Les chansons de Bilitis* (e repetida por Natalie Barney em *Cinq petits dialogues grecs*), é citada no artigo de Tama Engelking "Translating the Lesbian Writer: Pierre Louÿs, Natalie Barney, and 'Girls of the Future Society'". "Objects, Food, Rooms" são seções do livro *Tender Buttons*, de Gertrude Stein. A alusão à Libreria delle Attrici de Eleonora Duse como um "teto todo seu" vem de *Eleonora Duse and Women*, de Lucia Re. A representação de Cassandra em *Agamêmnon*, de Ésquilo, é devedora de "Cassandra Float Can", em *Float*, de Anne Carson. A frase "filhas de homens instruídos" é de *Three Guineas*, de Virginia Woolf. A paráfrase de *Women and Soldiers*, da sra. Ethel Alec-Tweedie, e a citação "Deus do céu! As mulheres nos eliminaram. Em breve estaremos tão extintos quanto o pássaro dodô" são do artigo de Laura Doan "Topsy-Turvydom: Gender Inversion, Sapphism, and the Great War", assim como a referência a *The Woman's Motor Manual*, de Gladys de Havilland. A caracterização de Virginia Woolf da Primeira Guerra Mundial como uma "invenção masculina absurda" é citada por Anne Fernihough em "Modernist Materialism: War, Gender, and Representation in Woolf, West, and H.D.", fazendo referência a uma carta de Woolf para Margaret Llewelyn Davies em janeiro de 1916. As informações sobre o Artigo 14, incluindo os nomes das mulheres comerciantes relatadas no censo de 1911 em Bolonha, vêm de "Economic autonomy and male authority: female merchants in modern Italy", de Maura Palazzi. A descrição do pacifismo de Natalie Barney é derivada de "Imagining a Life", de Mary Eichbauer, embora eu tenha alterado ligeiramente a citação que ela faz dos *Pensées* de Barney.

"O mundo moderno perece sob uma onda de repugnância" é de *The Well of Loneliness* de Radclyffe Hall, atribuído a Pierre Louÿs, mas apresentado no romance como um sentimento que Valérie Seymour compartilharia. O verso italiano *"Per voi, per voi tutte, cadute"* é citado de *Il poema della guerra*, de Lina Poletti, enquanto as traduções livres desse verso e de algumas outras frases são de minha autoria; o canto que começa com *"Siamo il grido* [...]" é do movimento transfeminista italiano temporário Non Una di Meno, que traduzi. "Oh, Cassandra, por que você me atormenta?" é uma citação de "A Society", de Woolf.

A frase "o inacabado, o não preenchido e o não escrito vieram em forma fantasmagórica e se revestiram de um semblante quase completo" é citada em *Night and Day* de Virginia Woolf. Em *The Unlit Lamp*, de Radclyffe Hall, a jovem Joan Ogden é "descoberta cortando o cabelo com um canivete". O trecho traduzido do artigo de Élisabeth de Gramont "Les lacques d'Eileen Gray", publicado originalmente em *Les Feuillets d'Art* em março de 1922, é citado em *Eileen Gray: Her Work and Her World*, de Jennifer Goff.

A alegação de Noel Pemberton Billing de que "as esposas dos homens de posição suprema estavam envolvidas. Em êxtase lésbico, o mais sagrado dos segredos do Estado foi traído" é citada no livro *Citizen, Invert, Queer: Lesbianism and War in Twentieth-Century Britain,* de Deborah Cohler, que analisa o caso de Maud Allan. O livro de Cohler também é a fonte das seguintes linhas (do roteiro do julgamento, de uma carta particular e dos Debates Parlamentares de 1921, respectivamente): "Clitóris... um órgão superficial, que quando indevidamente excitado ou superdesenvolvido, possuía a mais terrível influência em qualquer mulher";

"Lord Albermarle [que] teria entrado no Turf [Club] e dito: 'Nunca ouvi falar desse tal grego, Clitóris, de quem todos estão falando hoje em dia!'"; e "assunto abominável". Detalhes da vida de Ada Bricktop Smith, inclusive a frase "West-by-God-Virginia", foram extraídos de *Bricktop's Paris: African American Women in Paris between the Two World Wars*, de T. Denean Sharpley-Whiting, com um vislumbre da vida noturna colhido em *Being Geniuses Together, 1920-1930*, de Robert McAlmon e Kay Boyle; o episódio do carimbo de autógrafo de Josephine Baker é relatado no livro de memórias de Ada Bricktop Smith, *Bricktop by Bricktop*, extraído do livro de Sharpley-Whiting.

A pergunta: "Não é, pois, a tarefa do romancista, questionou Virginia Woolf, transmitir essa variação, esse espírito desconhecido e incircunscrito, qualquer que seja a aberração ou a complexidade que ele possa apresentar?" é uma citação de "Modern Fiction" de Virginia Woolf, incluída em *The Common Reader*. O sentimento de Virginia "Quero tornar a vida cada vez mais plena" é uma citação de *The Diary of Virginia Woolf, Vol. 2: 1920-1924*, ed. de Anne Olivier Bell. Em um registro do diário de 1925 (portanto no *Vol. 3: 1925-1930*), Woolf escreve: "Tenho uma ideia e vou inventar um nome para os meus livros para suplantar 'romance'. Um novo ____ de Virginia Woolf. Mas o quê? Elegia?"; o volume 3 é também fonte da citação "(Quero começar a descrever meu próprio gênero)". O episódio de Rachel Footman em Oxford é parafraseado de *Bluestockings*, de Jane Robinson (com excertos de "Memories of 1923-1926", memórias não publicadas de Footman). O esboço de Clarissa Dalloway é derivado de *Mrs Dalloway*, de Virginia Woolf, que inclui a frase "interessada em política como um homem".

A frase da carta de 1925 de Virginia Woolf para Vita Sackville-West, "se você me inventar, eu te invento", é citada em Karyn Z. Sproles, *Desiring Women: The Partnership of Virginia Woolf and Vita Sackville-West*. A frase romani "*man camelo tuti*" (e sua tradução) são citadas em "Gypsies and Lesbian Desire: Vita Sackville-West, Violet Trefusis, and Virginia Woolf", de Kirstie Blair, originalmente incluída em uma carta de Violet Trefusis para Vita Sackville-West. A discussão sobre pássaros, Cassandra e loucura nos escritos de Virginia Woolf tem como referência a obra de Emily Pillinger "Finding Asylum for Virginia Woolf's Classical Visions". A afirmação mediterranista de Lina Poletti sobre a decadência da Europa nas concepções do clássico deriva de uma frase em uma de suas cartas a Santi Muratori, "*rispetto all'Asia-Africa, da cui la Grecia esce, e non più rispetto all'Europa, come si è fatto fin qui*", citado em *Gli occhi eroici*, de Cenni. A descrição de *Parallax*, de Nancy Cunard, parafraseia uma afirmação de *The Great War, "The Waste Land" and the Modernist Long Poem*, de Oliver Tearle. A descrição carinhosa de Nancy Cunard de "um momento cintilante de pigmento vermelho ou preto na página" foi extraída de seu livro de memórias *These Were the Hours*. As linhas a seguir são citações de *Miss Ogilvy Finds Herself*, de Radclyffe Hall: "Muitas outras como ela"; "No fim, ela deveria abrir um caminho solitário a partir das dificuldades de sua natureza"; e "Se ao menos eu tivesse nascido homem!". A ideia de Eileen Gray sobre "o problema das janelas", ou seja, que "uma janela sem persianas era um olho sem pálpebras", publicada originalmente em uma edição de *L'Architecture Vivante* (1929), é citada em *Eileen Gray and the Design of Sapphic Modernity*, de Jasmine Rault; Rault também faz uma descrição detalhada do E.1027 e sugere vínculos temáticos com o trabalho de Radclyffe Hall e de Virginia Woolf. Três trechos de *Composition as Explanation*, de Gertrude Stein (apresentado inicialmente como uma série de palestras em Cambridge e Oxford em 1926 e publicado pela Hogarth Press no final daquele ano; o ensaio foi reimpresso em *What Are Masterpieces*, de Stein, em 1940), são citados aqui: "A composição é aquilo que é visto por todos que vivem na vida que estão vivendo"; "Isso faz com que a coisa que estamos vendo seja muito diferente, e também faz da coisa aquilo que os que a descrevem pensam dela, faz da coisa uma composição, confunde, mostra, é, parece, gosta de ser como é, e faz com que o que parece ser seja"; e "É *isso* que faz com que viver seja algo que eles estão fazendo". O elogio de Natalie Barney a Gertrude Stein é citado em *Adventures of the Mind: The Memoirs of Natalie Clifford Barney* (traduzido por John Spalding Gatton). Do ensaio de Virginia Woolf "How Should One Read a Book?" (apresentado como palestra em 1926 na Hayes Court Common School for Girls, e eventualmente revisado para *The Common Reader: Second Series* em 1932), citei as seguintes partes: "Como podemos ordenar esse caos de imenso emaranhado e, assim, obter o mais profundo e amplo prazer com o que lemos?" e "Se um romance a aborrece, deixe-o. Tente outra coisa. Com a poesia, a mesma coisa. Já a biografia é algo completamente diferente. Vá até a estante de livros e tome a vida de quem quer que seja". A primeira é citada da versão do *The Common Reader: Second Series*, e o outro de um esboço holográfico de manuscritos de palestras reimpresso em "Virginia Woolf's 'How Should One Read a Book?'", de Beth Rigel Daugherty.

O relato da vida de Berthe Cleyrergue baseia-se substancialmente em seu livro de memórias *Berthe ou Un demi-siècle auprès de l'Amazone*, do qual parafraseei (e traduzi) vários trechos curtos.

Do livro *La Naissance du jour*, de Colette, traduzi a epígrafe, bem como uma citação posterior de Colette a um crítico. A frase "a hora viril" faz alusão ao ensaio *L'ora virile* (1912), de Sibilla Aleramo, que é analisado em "Italians and the Invention of Race", de Lucia Re. "Lady Buck-and-Balk" e "Tilly Tweed-in-Blood" são personagens do *Ladies Almanack* de Djuna Barnes. A inscrição de Virginia Woolf na cópia fictícia de *To the Lighthouse* enviada a Vita Sackville-West é citada em *Virginia Woolf*, de Hermione Lee. A nota de Virginia Woolf para Vita Sackville-West sobre a publicação americana da história "Slater's Pins Have No Points" é citada em *The Letters of Virginia Woolf, Vol. 3: 1923-1928* (ed. Nigel Nicolson e Joanne Trautmann); fiz paráfrases de trechos curtos dessa história. A frase "aquela estranha amálgama de sonho e realidade que conhecíamos tão intimamente: era a alquimia de nossa própria existência" é citada de "The New Biography", de Virginia Woolf, reimpressa em *The Essays of Virginia Woolf, Vol. 4* (ed. Andrew McNeillie).

Citei uma série de frases breves que descrevem a concepção de Virginia Woolf de *The Jessamy Brides* e a inspiração para *Orlando* em *The Diary of Virginia Woolf, Vol. 3: 1925-1930* (ed. Anne Olivier Bell). Trechos das anotações de Virginia Woolf nos fragmentos "Suggestions for short pieces: A Biography" e "Suggestions for short pieces: A poem" são citados na "Introduction" de Suzanne Raitt e Ian Blyth à edição de Cambridge de *Orlando* (que cita o rascunho holográfico do manuscrito). Citei algumas frases das cartas de Virginia Woolf para Vita Sackville-West em 1927 (contidas em *The Letters of Virginia Woolf, Vol.*

3: 1923-1928), incluindo "como ler toda a ficção como se fosse um livro que a própria pessoa tivesse escrito", "Surgiu em minha mente como eu poderia revolucionar a biografia da noite para o dia" e "Você se importa?". Como é evidente, descrevi alguns personagens e elementos do enredo de *A Note of Explanation,* de Vita Sackville-West; *The Well of Loneliness*, de Radclyffe Hall; e *Orlando: A Biography,* de Virginia Woolf (do qual também citei a última linha). A declaração de Sibilla Aleramo em *La donna italiana*, creditando a Mussolini a reorientação das "massas femininas para sua função precisa e sagrada de reprodutoras da espécie", é citada em "The Body and the Letter: Sibilla Aleramo in the Interwar Years", de Carole C. Gallucci; a tradução é de Gallucci. A descrição de Virginia Woolf de Vita como "divinamente linda, um pouco desgrenhada, em um casaco de veludo", extraída de uma carta a Clive Bell em 1924, é citada (com pequenas alterações) da "Introduction" de Raitt e Blyth a *Orlando*. A linha "(Aqui entrou outro eu)" é citada de *Orlando*; a linha "Essas *pessoas horríveis* começaram a *apontar* para ela com os dedos trêmulos, brancos e afeminados?" é citada de *The Well of Loneliness*. A defesa de *The Well of Loneliness* feita pelos advogados da Jonathan Cape, ou seja, que "durante todo [o romance] as relações entre as duas mulheres eram puramente intelectuais", é citada com pequena alteração de "Lesbianism, History, and Censorship: *The Well of Loneliness* and the Suppressed Randiness of Virginia Woolf's *Orlando*", de Adam Parkes. A análise particular de Virginia Woolf sobre *The Well of Loneliness*, "um livro sem graça e insípido, já morto e que paira por todo o tribunal", é citada em *Lesbian Scandal and the Culture of Modernism*, de Jodie Medd. Trechos da crítica de *The Well of Loneliness*, escrita por James Douglas para o

Sunday Express em 1928, são citados literalmente – apenas reorganizei as frases – da reimpressão de "A Book That Must Be Suppressed" em *Palatable Poison: Critical Perspectives on The Well of Loneliness* (editado por Laura Doan e Jay Prosser). A carta de Vita Sackville-West a Virginia Woolf pedindo uma cópia de *Orlando* é citada na edição de *Orlando* de Raitt e Blyth. "Chloe gostava de Olivia" é, notoriamente, uma frase do livro *A Room of One's Own* (1929) de Virginia Woolf, originalmente apresentado como uma série de palestras em Cambridge em outubro de 1928.

"*Insieme siamo partite/ Insieme torneremo/ Non una, non una/ Non una di meno*" é um canto do movimento transfeminista italiano contemporaneo Non Una di Meno; a tradução é minha. "*Perdere la propria vita*", uma frase extraída de uma carta que Lina Poletti escreveu a Santi Muratori em 1933, é citada em *Gli occhi eroici*, de Alessandra Cenni; os ornamentos são meus.

Agradecimentos

Minha mais profunda gratidão a Elly e Sam, que decidiram que isso seria um romance.

Este livro foi composto com tipografia Adobe Garamond Pro e
impresso em papel Off-White 70 g/m² na Formato Artes Gráficas.